Chère lectrice,

Combien sommes-nous à nous demander : « Si seulement j'avais pu réaliser mes rêves, décrocher ce job, rencontrer l'homme qu'il me fallait... que serait ma vie aujourd'hui ? serais-je beaucoup plus heureuse ? » Combien sommes-nous à avoir commis des erreurs de parcours, à nous être trompées sur le chemin des choix à faire, des décisions à prendre ? La vie est ainsi faite : on n'obtient pas toujours ce que l'on veut.

En tout cas, pas au premier essai. Car, fort heureusement, la vie est aussi généreuse, elle nous offre plein de secondes chances. Cependant, le jour où cette seconde chance se présente, elle nous place de nouveau devant la difficulté du choix à faire. « Dois-je tenir compte de mon expérience passée ? Dois-je au contraire tourner la page ? Dois-je battre en retraite... ou me lancer dans l'aventure ? » Certaines tourneront les talons par peur de faire, encore, le mauvais choix et d'échouer une deuxième fois. Mais d'autres iront de l'avant et se jetteront dans l'aventure avec le sentiment que la vie leur a fait un cadeau qu'il ne faut surtout pas laisser dans son emballage.

Et vous, chère lectrice, évitez-vous de déballer les cadeaux, les préférez-vous dans leur habillage de fête, ou révélés à la lumière avec les surprises qu'ils contiennent ?

Bonne lecture !

La responsable de collection

D1426278

Si l'amour est plus fort

LINDA STYLE

Si l'amour est plus fort

ÉMOTIONS

*éditions*Harlequin

Cet ouvrage a été publié en langue anglaise
sous le titre :
DADDY IN THE HOUSE

Traduction française de
FLORENCE GUILLEMAT-SZARVAS

HARLEQUIN®

est une marque déposée du Groupe Harlequin

Photos de couverture
Père et fille : © KEVIN DODGE / MASTERFILE
Champ : © DARYL BENSON / MASTERFILE

Toute représentation ou reproduction, par quelque procédé que ce soit, constituerait une contrefaçon sanctionnée par les articles 425 et suivants du Code pénal.
© 2001, Linda Fensand Style. © 2006, Traduction française : Harlequin S.A.
83-85, boulevard Vincent-Auriol, 75013 PARIS — Tél. : 01 42 16 63 63
Service Lectrices — Tél. : 01 45 82 47 47
ISBN 2-280-07988-7 — ISSN 1768-773X

1.

Dana le rendait fou, complètement fou !

Telle fut la première pensée de Logan Wakefield lorsqu'il décrocha le téléphone, par une fraîche matinée d'automne, pour répondre au message laissé par son ex-femme. Une femme qu'il n'avait pas revue depuis un an, et qui arrivait encore à le plonger dans un état de tension extrême.

Il faut dire que Dana était à l'image de la ville où elle avait grandi : active, intense, pleine d'énergie. Elle crépitait comme un feu bien nourri, et dès que quelque chose ravivait ce feu, elle fonçait. Rien, alors, ne pouvait plus l'arrêter.

Même si elle devait tout détruire sur son passage.

Il n'y eut pas de réponse à l'autre bout du fil. Logan consulta sa montre, sans toutefois raccrocher.

Pour quelle raison pouvait-elle avoir besoin de le joindre ? La veille au soir, il avait parlé à leur fille Hallie au téléphone, afin de lui souhaiter bonne chance pour le spectacle de l'école. Ce n'était donc pas au sujet de cette dernière que Dana cherchait à l'appeler.

Or, rien d'autre n'était suffisamment important pour que Dana le dérange pendant une mission. Appuyé contre le mur de sa chambre, dans un hôtel miteux d'un pays du tiers-monde, Logan poussa un soupir de regret. Le fait de ne pas voir sa fille autant qu'il l'aurait voulu était la seule chose qu'il regrettait, dans ce métier.

Un métier où il excellait.

— Hé, ho ! s'écria Remy DeMarco en déboulant dans la chambre. Bouge-toi ! On rentre à la maison.

— Ça, ça fait plaisir à entendre, vieux.

Avec un intense sentiment de soulagement, Logan ramassa son blouson et l'enfila, cachant l'arme qu'il portait sur lui.

Il rappellerait Dana de l'aéroport. Les raisons pour lesquelles elle cherchait à le joindre ne devaient pas être si importantes, puisqu'elle n'était pas là pour répondre.

Mais au fond de lui, il savait que si. Dana aurait fait n'importe quoi pour éviter de l'appeler. Donc, ce devait être sacrément important. Cela dit, il ne pouvait pas faire grand-chose, pour le moment, puisqu'il se trouvait à l'autre bout du monde.

— Après cette mission, il m'en faudrait une près de chez moi, annonça-t-il à son collègue Remy.

— Tu as des problèmes ?

— Non. Mais la petite me manque.

Son collègue était bien placé pour le comprendre, lui qui attendait un heureux événement.

Ils s'étaient connus et liés d'amitié tout enfants, la première année où Logan était venu passer ses grandes vacances chez ses grands-parents, dans le quartier sud de Philadelphie. Ce lien s'était renforcé été après été. Après un détour par la CIA — et par le FBI pour Remy —, ils étaient de nouveau réunis et travaillaient ensemble, à leur propre compte, dans l'entreprise qu'ils avaient fondée à Chicago : Security International Surveillance. SISI, en abrégé.

Entourés d'une équipe de plus en plus nombreuse d'anciens agents d'élite ou d'agents secrets, ils se chargeaient de missions d'infiltration, d'affaires top secret et sophistiquées — le genre de choses que le commun des mortels ne connaissait que par films interposés. Comme la mission qu'ils venaient de terminer, une affaire d'enlèvement dont la victime était un chef d'entreprise d'envergure internationale. Ils avaient négocié en secret une rançon pour sa libération.

Le visage sévère de Remy s'illumina.

— Tu as de la chance, j'ai justement ce qu'il te faut : une mission dans le comté de Cook que nous a confiée le gouvernement fédéral, concernant le procureur de l'Illinois.

Logan décocha un regard oblique à son collègue. Remy, toujours pince-sans-rire, poussait un peu loin : il savait bien que Dana travaillait au bureau du procureur. Pas question pour lui d'aller se fourrer là-dedans.

— Mais bien sûr ! répondit-il. Mes tendances masochistes ne connaissent pas de limite… C'est tout ? Pas d'autre contrat en vue ?

— Si tu veux du local, c'est tout ce que nous avons. C'est un boulot d'infiltration sur mesure, pour toi : il faut prendre la place d'un avocat.

— Il faudrait m'adjoindre un gorille pour m'empêcher de commettre un meurtre. Dès que je suis en présence de qui tu sais pendant plus de cinq minutes, j'ai envie de la tuer. Je finirais en prison et notre affaire tomberait à l'eau.

— Ce n'est tout de même pas à ce point-là ?

C'était pourtant le cas. S'il débarquait dans son bureau, Dana piquerait sûrement une crise. Il voyait d'ici la tête qu'elle ferait. Puis elle saurait aussitôt cacher ses émotions avec sa rapidité habituelle.

Soudain, Logan se souvint. Harvard Law School, la faculté de droit de Harvard… C'est là qu'il l'avait rencontrée.

— Mademoiselle Marlowe, veuillez vous lever et nous exposer l'affaire, avait demandé le professeur Karpinsky.

Logan l'avait regardée se lever, lentement, comme une

accusée affrontant le jury qui allait décider de son sort. Sa peur était bien compréhensible : depuis que Karpinsky avait descendu un étudiant en flamme, la veille, la plupart des élèves de première année tremblaient à l'idée d'être désignés par le prof le plus dur de tout le campus.

Dana s'était d'abord éclairci la voix.

— Affaire Masters contre Woodcliff, plainte pour préjudice, avait annoncé Dana devant les cent quarante étudiants.

Sa voix avait légèrement tremblé, suffisamment pour que sa langue fourche et que le mot « plainte » ressemble au mot « plante ».

— Peut-on savoir ce que cela signifie ? avait aussitôt glapi le professeur Karpinsky. Une « plante » pour préjudice ? De quoi s'agit-il ? D'une plante médicinale ?

Il avait rejoint Dana et cherchait déjà des yeux sa prochaine victime, tout en assénant le coup de grâce à l'actuelle.

— Ceci n'est pas un cours de botanique, mademoiselle Marlowe. Vous prenez-vous pour Michel le jardinier ?

Tout l'amphi avait ri sous cape et Dana était devenue rouge comme une tomate. Bizarrement, Logan avait ressenti sa gêne comme si c'était la sienne. Karpinsky était précédé d'une réputation de brute tyrannique et, bien que ce ne fût que leur deuxième jour de cours, Logan savait déjà à quoi s'attendre.

De toute évidence, ce n'était pas le cas de sa camarade de classe.

A moins qu'elle ne se soit tout bonnement laissé désarçonner par la peur. Peut-être ne se sentait-elle pas dans son élément, ici. Avec son sous-pull blanc, sa chasuble noire et ses bas noirs, elle ressemblait davantage à une écolière échappée d'une école catholique qu'à une élève de première année à la faculté de droit de Harvard.

Elle avait rentré le menton, comme cet oisillon qu'il avait

sauvé un jour. Une petite créature sans défense tombée du nid, qui avait besoin de protection jusqu'à ce qu'elle puisse voler de ses propres ailes. Ne pouvait-il pas exposer l'affaire lui-même, soulageant du même coup sa camarade ? Il leva la main.

Mais Karpinsky avait fait semblant de ne pas le voir. Quant à Dana Marlowe, loin de paraître apprécier son geste, elle l'avait foudroyé du regard. Puis, inspirant profondément et redressant l'échine elle s'était exprimé d'une voix assurée.

— Cela signifie que le plaignant réclame un dédommagement en numéraire pour les torts causés à lui par le défendeur, *monsieur.*

Puis elle avait continué son exposé, clair, précis, peut-être même mieux que Logan lui-même ne l'aurait fait à sa place.

Karpinsky, qui se balançait sur ses talons, avait fini par lever les mains.

— Bien, je crois que cela suffira. Je pense que nous pouvons prononcer un non-lieu dans cette affaire, puisque vous l'avez si efficacement résumée.

Comme quelques ricanements retentissaient dans la salle, Karpinsky s'était retourné, hélant une nouvelle victime.

— Monsieur Beaufort, vous allez peut-être pouvoir nous parler de l'affaire suivante...

Logan n'avait pratiquement pas écouté la question et aurait été bien ennuyé s'il avait été interrogé à son tour. Il était bien trop occupé à regarder Dana Marlowe se rasseoir avec un superbe aplomb. Elle avait réussi à sortir victorieuse de la bataille et, par-dessus le marché, elle avait fait passer Karpinsky pour le salaud qu'il était.

Logan se serait-il sorti aussi magnifiquement de l'épreuve ? Aurait-il eu d'aussi bons réflexes ? A la sortie du cours, il avait rattrapé Dana et lui avait emboîté le pas.

— Hé, félicitations ! Tu t'es bien débrouillée.

Elle avait levé les yeux vers lui, ses grands yeux ardents et verts où se lisait un mélange de colère et de gêne. Il y avait aussi autre chose en elle : une détermination farouche que trahissait sa mâchoire crispée et légèrement asymétrique.

— Pas grâce à toi, en tout cas. Mais qu'est-ce qui t'a pris… ?

Et elle était partie d'un pas décidé, serrant contre elle ses cours comme un bouclier.

— Attends…

Il l'avait rattrapée.

— Qu'est-ce que tu veux dire ? Qu'est-ce que j'ai fait ?

— Tu as fait croire à Karpinsky et à tout l'amphi que je n'étais pas capable d'exposer l'affaire.

— Quoi… ?

— Tu t'en es mêlé, tu as levé la main.

— Et alors ? J'essayais de t'ôter la pression. De te sauver de l'humiliation.

Un sourire ironique s'était peint sur les lèvres charnues de Dana, des lèvres qu'elle ne maquillait pas, contrairement à la plupart des amies de Logan. A y regarder de plus près, elle n'était même pas maquillée du tout. Elle n'avait pas besoin de ça.

— C'est bien ce que je disais, avait-elle rétorqué. Qui t'a demandé de jouer les sauveurs ? Je n'avais pas besoin qu'on m'ôte la pression. J'étais parfaitement capable de me débrouiller toute seule. Mais dès l'instant où vous vous en êtes mêlé, monsieur Wakefield, c'était fini : plus personne n'écoutait.

Logan avait souri. Pourquoi ? Il l'ignorait. Peut-être parce qu'elle connaissait son nom alors qu'il ne le lui avait pas dit. Une autre chose qu'il avait remarquée, alors, c'est qu'elle disait ce qu'elle pensait.

Il aimait cela. Il aimait son aplomb, son caractère, même quand elle se trompait. Ce qui était le cas en l'occurrence, car on l'avait bel et bien écoutée.

C'est alors qu'il avait compris qu'elle n'était pas du genre à reculer.

Et aussi que cette conversation l'avait passablement excité.

— D'accord, excuse-moi. Je ne volerai plus jamais à ton secours. Parole de scout.

Un sourire était né dans le regard de Dana, puis avait gagné sa bouche. Une bouche appétissante, avec de jolies dents et un petit côté boudeur. Il avait eu follement envie de l'embrasser, et s'était senti redevenir un collégien, du moins à en juger par les picotements de son bas-ventre.

Soudain, Dana avait recouvré son sérieux.

— Je ne crois pas un mot de ce que tu dis.

— Et pourquoi ?

— Parce que tu ne sais pas faire le vrai salut scout ! Je parierais que tu n'as jamais mis les pieds dans un camp de scouts. Tu es plutôt du genre à fréquenter les yacht-clubs.

Comme un flot d'étudiants passait, quelqu'un avait poussé Dana contre lui. Il avait senti la douceur de ses cheveux sur sa joue, il avait humé leur parfum de vanille… Brusquement, il s'était rendu compte qu'ils étaient seuls sur le trottoir.

Il l'avait repoussée tout en se disant qu'il était heureux qu'elle plaisante, parce qu'il l'aimait bien et qu'il avait envie que ce soit réciproque.

— D'accord, j'avoue que je n'ai jamais été scout. Mais j'étais sincère. Si je t'offrais un café pour le prouver ?

Une rougeur soudaine avait envahi le visage de Dana, estompant les taches de rousseur qui ornaient l'arête de son nez et le haut de ses pommettes…

Logan inspira à fond. Il se rappelait jusqu'au parfum qu'elle

13

portait ce jour-là. Il se la rappelait telle qu'il l'avait vue pour la première fois, fraîche et nette comme une laitière. Une publicité vivante pour la vie dans le Midwest.

Il était temps de revenir au présent, se dit-il. Pourtant, ce souvenir avait réveillé en lui un sentiment de regret qui lui serrait la gorge. Tout ce qui lui avait tellement plu en elle, ce jour-là, était précisément ce qui avait détruit leur mariage.

Tout cela était bien loin, à présent. C'était une autre époque. Trois ans de fac de droit, sept ans de mariage avec Dana, un an depuis leur divorce. Un an... qui lui avait semblé une décennie.

— Tu viens ? demanda Remy. Hou-hou ? Y a quel-qu'un ?

Logan passa une main dans ses longs cheveux, qu'il ferait couper dès son arrivée aux Etats-Unis. Puis il hissa son sac sur son épaule en adressant un clin d'œil à son collègue.

— Oui, j'arrive. Allons-y.

— Je ne comprends pas, docteur Fleming. Le choc était insignifiant. Vous m'avez dit qu'elle n'avait rien, qu'elle ne souffrait d'aucun problème physique, et pourtant... elle ne s'est toujours pas réveillée.

Dana glissa sa main dans celle de sa fille, dont le petit corps semblait perdu sur le lit d'hôpital. Le cœur serré, elle caressa sa peau de bébé, si fraîche et si inerte qu'elle en eut le frisson.

— Réveille-toi, ma chérie. Je t'en prie, réveille-toi...

Tout ce qu'elle voulait, c'est qu'on lui dise que sa fille n'avait rien. Et si ce n'était pas le cas ? Si Hallie n'était pas endormie mais dans le coma, destinée à une vie de néant sous perfusion ? C'était plus que Dana ne pouvait supporter.

14

Si seulement elle avait quitté le bureau à l'heure, au lieu de grappiller un quart d'heure…

— Prenez patience, madame Wakefield.

— Marlowe. Dana Marlowe. C'est ma fille qui s'appelle Wakefield…

Combien de fois avait-elle dû le préciser, depuis son divorce ? Elle le disait presque machinalement, à la longue.

— Excusez-moi.

Elle devait être bien tendue et bien acerbe pour que le médecin se sente obligé de s'excuser.

— Non, non… C'est sans importance.

Rien n'avait d'importance, sauf sa fille. Dana inspira à fond pour se calmer.

— Pour en revenir à ma question : pourquoi ne se réveille-t-elle pas ? Et par pitié, dites-moi cela en termes simples !

La peur gagnait du terrain en elle, à mesure que sa patience s'amenuisait. Sa fille, son unique enfant, avait été conduite à l'hôpital après un accident survenu à l'école, et le médecin, un neurologiste réputé, un spécialiste de la question, ne trouvait rien d'autre à lui dire que : « Prenez patience » !

Elle ne jeta qu'un bref regard au médecin aux cheveux argentés. Elle ne voulait pas quitter Hallie des yeux une seule seconde. Si la fillette ouvrait les yeux, elle verrait sa maman à son côté et saurait qu'elle était en sécurité dans ce lieu inconnu.

D'après l'horloge murale, Hallie dormait depuis quatre heures.

— Il n'est pas rare qu'un enfant dorme plus qu'à l'accoutumée après une expérience traumatisante, madame Marlowe.

— Elle dormait déjà quand je suis arrivée. D'ailleurs, elle n'a pas l'habitude de dormir du tout à 4 heures de l'après-midi. Vous m'avez dit qu'elle était éveillée lorsqu'on vous l'a amenée et qu'elle ne souffrait ni de commotion ni de traumatisme…

La voix de Dana s'était mise à trembler. Elle avait les nerfs à vif.

— Il n'y a pas de traumatisme physique, en effet. Mais l'expérience qu'elle vient de vivre peut être stressante pour un enfant : l'ambulance, la salle des urgences, tous ces étrangers autour d'elle… D'ailleurs, nous ignorons ce qui a pu se passer avant sa chute.

Dana caressait les cheveux de son enfant tout en écoutant le médecin. Certes, cela avait dû être traumatisant pour Hallie, qui n'avait jamais mis les pieds à l'hôpital.

Malgré le divorce, Dana avait tout fait pour assurer le confort et la sécurité de sa fille. Elle la protégeait de tout et faisait en sorte qu'elle se sache aimée et désirée. Elle avait même laissé un message à Logan, qui était toujours le père d'Hallie, malgré tout. Il avait le droit de savoir que sa fille venait d'être hospitalisée.

La pauvre petite avait dû avoir la peur de sa vie lorsqu'on l'avait emmenée en ambulance.

— J'imagine que le personnel de l'hôpital a l'expérience des enfants et sait comment s'y prendre.

— Bien entendu, dit le docteur en s'apprêtant à partir. Tous les signes vitaux sont bons. Nous lui avons administré un petit antalgique pour la soulager des douleurs éventuelles et je suis persuadé qu'elle va très bien. Je repasserai vous voir avant de quitter l'hôpital.

— Mais si… ?

Si Hallie ne se réveillait pas ?

— … si elle a besoin de quelque chose ?

— Les infirmières me biperont. Je ne pars pas avant plusieurs heures. Vous devriez peut-être rentrer chez vous et vous reposer. De toute façon, votre fille ne sortira pas ce soir.

Dana secoua la tête. Pas question qu'elle quitte l'hôpital tant qu'elle n'aurait pas l'assurance que sa fille allait bien.

Lorsqu'elle regarda une nouvelle fois sa montre, il était près de minuit. A moins que ce ne soit midi ? Difficile à dire. Ses yeux étaient si secs qu'ils la piquaient chaque fois qu'elle fermait les paupières. Du fait de la fatigue, sa vision était floue et la seule lampe allumée dans la chambre, une petite veilleuse, ne l'aidait pas à y voir plus clair.

Il régnait un silence de mort. Elle entendait la lente respiration d'Hallie. Aucun bruit ne parvenait du bureau des infirmières. Et dans se silence affreux de cette chambre blanche, Dana se sentit soudain vidée et impuissante jusqu'à la moelle.

Elle ne pouvait absolument rien faire pour sa fille. Elle n'avait aucun recours et n'était pas habituée à ce sentiment. Si Hallie allait bien, pourquoi ne se réveillait-elle pas ?

Installée dans un fauteuil près du lit, elle n'avait pas lâché la main de la fillette. Elle posa son front contre son bras. Elle pourrait fermer les yeux juste un instant… Si Hallie bougeait pendant ce temps-là, elle le sentirait.

Elle sombra dans un état semi-inconscient dans lequel les odeurs d'antiseptiques s'évanouirent. Sa notion du temps devenait de plus en plus vague. Soudain, quelque chose lui dit qu'on l'observait.

Sans relever la tête, elle ouvrit les yeux.

Logan.

Elle sentait sa présence avec la même acuité que s'il l'avait touchée. Lentement, sans savoir si elle rêvait ou non, elle se redressa et attendit une seconde avant de se retourner.

Il était là, à la porte de la chambre. Sa haute silhouette carrée se détachait à contre-jour sur la lumière du couloir. Il s'avança vers elle et, bien qu'elle ne vît pas son regard, elle sentit qu'il la brûlait, l'interrogeait, l'accusait, la condamnait.

Car il était évident qu'il allait lui attribuer tous les torts.

Ne s'accusait-elle pas elle-même ? Elle n'était pas à l'école au moment où sa fille avait fait cette chute. Si elle était venue la chercher plus tôt...

— Bonjour, Dana.

Ce n'était donc pas un rêve.

Sa voix était toujours la même. Grave, douce, sensuelle.

— Bonjour, Logan. Je suis contente que tu aies pu venir.

Un violent désir de se réfugier dans ses bras venait de s'emparer d'elle.

— Je suis venu le plus vite possible, dès que j'ai eu ton dernier message m'indiquant où vous étiez. Que s'est-il passé ? Est-ce qu'elle va bien ?

Il parlait à voix basse, mais sur un ton tranchant. Tout envie de chercher le réconfort auprès de lui disparut instantanément.

Il prit une chaise et y casa son mètre quatre-vingt-cinq de muscles. Il revenait d'une mission, à n'en pas douter, car ses cheveux châtains, d'ordinaire courts, descendaient jusqu'à ses épaules. Une barbe naissante recouvrait ses joues, son jean était aussi fripé que s'il avait dormi avec et ses boots étaient rayées et sales.

Logan Wakefield, issu de la bonne société de Boston, n'était pas un adepte des vêtements froissés. Même en jean, il semblait toujours sorti d'une revue de mode.

Mais lorsqu'il s'infiltrait pour une mission, il pouvait ressembler à n'importe qui, et pour l'heure, dans cette tenue, il était le danger fait homme. Les notes familières de son parfum ne rappelaient que trop à Dana sa virilité et les effets que cette virilité avait sur elle. Oui, Logan représentait bel et bien un danger... pour son équilibre émotionnel.

— J'ignore ce qui s'est passé, répondit-elle à voix basse.

Il était pourtant ridicule de chercher à ne pas déranger

Hallie, alors qu'elle ne souhaitait rien tant que la voir se réveiller.

— L'école m'a appelée au bureau pour me dire qu'elle venait d'avoir un accident. Apparemment, personne ne sait ce qui s'est passé, sauf qu'elle est peut-être tombée. On l'a emmenée à l'hôpital. Quand je suis arrivée, elle dormait. En dehors d'une petite bosse sur la tête, le docteur n'a décelé aucune trace de blessure.

— Et puis… ? C'est tout ? Depuis combien de temps dort-elle ?

Dana s'éclaircit la voix. Elle avait soudain la sensation de subir un contre-interrogatoire.

— Je ne sais pas. Quelle heure est-il ?

L'horloge murale affichait 3 heures du matin.

— Cela fait environ douze heures qu'elle dort. Mais le docteur dit qu'il faut attendre. Il n'y a pas de commotion. D'après lui, Hallie devrait aller bien.

Logan lui fit signe de continuer.

— Il dit qu'il n'est pas rare qu'un enfant dorme dans ce type de situation. En fait, les médicaments qu'on lui donne la font peut-être dormir plus que de coutume.

— Les médicaments ? Pourquoi lui en donne-t-on, si tout va bien ? Où est ce docteur ? Il faut que je lui parle, dit Logan en se levant.

— Je t'ai rapporté tout ce qu'il a dit. Hallie n'a pris qu'un peu d'antalgiques, au cas où elle aurait mal quelque part à cause de sa chute.

Logan quitta la pièce sans répondre.

Que croyait-il ? Qu'elle avait mal compris les explications du médecin ? Qu'elle lui cachait quelque chose ? Croyait-il qu'elle ne s'était pas bien occupée de leur fille ?

Qu'il croie ce qu'il voudrait ! Elle préférait ne penser qu'à Hallie.

Pourtant, si elle n'était pas arrivée en retard, si elle était venue chercher Hallie à l'heure, la fillette ne serait pas là, sur ce lit d'hôpital.

Dana se pencha pour scruter le visage de l'enfant. De toutes ses forces, elle souhaitait lui voir ouvrir les yeux, ces yeux si semblables à ceux de Logan que Dana en était chaque fois retournée. Si Hallie ne ressemblait pas vraiment à son père, elle en avait les manières, le caractère et la personnalité. Logan et Hallie avaient le même regard ambré, qui pouvait passer en une seconde de la malice à un sérieux si intense qu'on se sentait transpercé et mis à nu.

Logan avait laissé derrière lui un sillage parfumé qui menaçait de réveiller en Dana une foule de souvenirs. Comme ce jour où il l'avait tenue dans ses bras et invitée à prendre un café.

C'est à ce moment qu'elle avait compris qu'elle avait envie de lui.

Etrange qu'elle repense à cela, alors que, depuis son divorce, elle avait tout fait pour l'oublier et tourner la page… Et elle avait réussi — ou du moins elle croyait avoir réussi — jusqu'à ce moment où elle s'était rappelée combien elle l'avait aimé, autrefois.

« Autrefois », précisément. Ses sentiments pour Logan Wakefield appartenaient au passé. Elle n'était pas femme à se laisser emporter par un je-ne-sais-quoi qu'elle ne pourrait contrôler. Lorsque Hallie se réveillerait, elles rentreraient toutes les deux à la maison et tout redeviendrait normal.

Logan pouvait s'en aller. Qu'il retourne donc à sa chère liberté…

— D'après l'infirmière, le Dr Fleming revient dans la matinée, annonça-t-il juste derrière elle. Elle n'en savait pas davantage, parce qu'elle venait juste de prendre son service.

— J'aurais pu te le dire moi-même si tu n'étais pas parti

comme tu l'as fait. Quant à ce qu'a dit le docteur, je te l'ai déjà expliqué.

— Il fallait que je fasse quelque chose. Je me sens inutile à rester assis là.

Respirant profondément, Logan prit la main de sa fille, comme il l'avait fait en arrivant.

Se sentir inutile, voilà qui devait l'agacer. Il fallait toujours qu'il arrange tout, résolve les problèmes, même lorsqu'il n'y en avait aucun.

— Ça va ? demanda-t-il. Tu as l'air crevée…

— Ça va. Ça ira mieux quand Hallie se sera réveillée et que nous pourrons rentrer à la maison.

— Les affaires d'abord, hein ? À ce propos, comment va ton travail ?

En apparence, il posait la question par pure politesse. Mais Dana savait qu'il n'en était rien, comme elle savait ce que Logan avait toujours pensé de sa carrière. Il n'avait pas changé d'opinion, apparemment.

Il n'avait jamais compris, et sans doute ne comprendrait-il jamais. Il ne comprendrait jamais, parce que tout avait toujours été facile, pour lui.

A vrai dire, si Logan Wakefield avait désiré le poste de procureur de l'Illinois comme elle le désirait, il l'aurait déjà obtenu. Il aurait suffi d'en parler à une personne influente, de faire jouer les relations idoines, et il aurait obtenu le poste.

— Le travail, ça va. Et toi ?

— Je ne me plains pas.

Encore heureux qu'il ne se plaigne pas ! Il faisait exactement ce qu'il voulait, ce qu'il avait toujours rêvé de faire.

— Sauf qu'Hallie me manque, ajouta Logan en caressant la main de la fillette. Réveille-toi, ma puce. Allons… Papa est venu te voir.

Logan aimait sa fille, Dana n'en avait jamais douté. Hallie

aussi adorait son papa, peut-être encore plus depuis qu'il était parti. Un lien fort les unissait. Le genre de lien que Dana n'avait jamais eu avec les membres de sa famille, ni avec Logan.

Le plus dur, pour Hallie, avait été de comprendre les raisons pour lesquelles son père était parti, et pourquoi ils ne pouvaient plus vivre tous trois ensemble.

La fillette comprendrait-elle jamais ? Il faudrait sûrement attendre qu'elle soit en âge de savoir ce que représentait le mariage avec quelqu'un qui n'en veut pas.

Quelqu'un qui ne vous aime pas.

Dana, elle, avait tout de suite su ce que c'était.

Logan l'avait épousée par devoir et par obligation. Elle l'avait épousé non parce qu'elle était enceinte, mais parce qu'elle était folle de lui. Naïvement, elle avait cru qu'il finirait par l'aimer autant qu'elle l'aimait.

Elle l'observa à la dérobée. Comment allait-elle supporter sa présence toute la nuit à côté d'elle, cette présence qui réveillait tant d'émotions ?

Puis elle inspira profondément. Elle s'en sortirait. Elle s'en sortait toujours, dans la vie. Sa vie entière n'était qu'une longue suite de défis relevés les uns après les autres.

A l'école, elle avait dû étudier comme une folle pour réussir au moins aussi bien que sa sœur. Elle avait dû se battre pour obtenir une place parmi les majorettes qui encourageaient l'équipe sur le terrain, parce qu'elle n'était ni assez jolie, ni assez populaire. Comme ses parents ne pouvaient pas lui payer ses études, elle avait dû obtenir des bourses et travailler le soir comme serveuse pour atteindre son objectif...

La Harvard Law School, où elle avait rencontré et épousé Logan, contre l'avis de la famille Wakefield.

Son mariage était peut-être un échec, mais ses années de labeur allaient bientôt payer. Le poste de procureur de l'Etat était enfin à sa portée. Après tout ce qu'elle avait réussi à surmonter, elle pouvait certainement survivre à ces quelques heures en compagnie de l'homme qu'elle avait aimé.

Elle n'en doutait pas un instant.

2.

— Comment se porte ma petite patiente, ce matin ? demanda le Dr Fleming en entrant.

Nerveuse et rongée de questions, Dana bondit hors de son fauteuil. Elle attendit un moment que le médecin finisse d'examiner la feuille de température fixée au bout de lit de sa fille.

Puis, n'y tenant plus, elle l'aborda.

— Elle dort toujours. Nous n'avons pas quitté son chevet de la nuit et elle n'a pas bougé un cil.

Le médecin se tourna vers Logan, qui se leva à son tour pour lui serrer la main.

— Je suis le père d'Hallie. Nous sommes vraiment très inquiets.

Généralement, les gens voyaient tout de suite que Logan avait confiance en lui. C'est pourquoi ils avaient tendance à adopter une attitude positive envers lui.

— Je comprends... Hier, nous avons fait subir à votre fille un certain nombre de tests : radio, scannographie, toute la panoplie. Nous n'avons pas décelé le moindre traumatisme. Par conséquent, je suis convaincu qu'elle va bien.

— Et le fait qu'elle dorme depuis si longtemps... ?

— Je vous accorde que c'est un peu déroutant, répondit le médecin en tâtant le pouls de l'enfant.

Déroutant ? Dana se rapprocha, de plus en plus agacée. Ces explications ne suffisaient pas à la rassurer.

— Docteur Fleming, si vous ignorez ce dont souffre ma fille, j'aimerais avoir l'opinion d'un second médecin. Je voudrais que vous fassiez venir un autre spécialiste, quelqu'un qui puisse me dire ce qu'elle a.

Posant une main sur son épaule, Logan intervint à son tour.

— Elle doit forcément avoir quelque chose, puisqu'elle n'arrête pas de dor...

— Le Dr Fleming et moi-même avons déjà parlé de tout cela, interrompit Dana en se dégageant. Voilà dix-huit heures qu'Hallie dort. J'estime qu'un deuxième avis médical *s'impose*.

— Bien entendu, madame Marlowe. A vrai dire, j'ai déjà contacté un confrère.

Le docteur se dirigea vers la porte, puis se retourna avant de sortir.

— Je sais que c'est difficile pour vous. Il vaudrait mieux pour tout le monde, y compris pour votre fille, que vous vous accordiez une pause. Peut-être devriez-vous dormir, vous aussi.

— Je crois qu'il a raison, déclara Logan après le départ du médecin. Je sais ce que tu ressens, mais...

— Vraiment ? rétorqua Dana, toujours à voix basse.

Ses craintes et sa colère lui nouaient les entrailles. Elle n'avait pas besoin de dormir. Ce qu'elle voulait, c'est savoir ce dont souffrait sa fille. Dès qu'elle le saurait, elle irait beaucoup mieux !

Les larmes lui montèrent aux yeux. Personne ne pouvait savoir ce qu'elle ressentait, surtout pas son ex-mari, qui avait passé la moitié de son temps à courir le monde, pendant la période où ils avaient été mariés.

— Si tu savais vraiment ce que je ressens, tu saurais que je n'admets pas que tu débarques comme ça et te mettes à décréter ce dont j'ai besoin, ou décider à ma place de ce que je dois faire.

Logan serra les dents et se tint coi. Une conduite habituelle chez lui, si les souvenirs de Dana étaient exacts.

Enfin, il ouvrit la bouche.

— Excuse-moi. Mais je pense que tu ne rends service à personne en t'épuisant. Ni en te querellant avec moi, d'ailleurs.

Cessant de tourner en rond, il ajouta :

— Et puis franchement, moi, je ne pense qu'à ma fille, pour l'instant.

Dana eut un mouvement de recul. Elle ne pensait qu'à sa fille, et non pas à elle-même, comme il l'insinuait.

— Moi aussi, je ne pense qu'à elle ! Et je n'irai nulle part tant que je n'aurai pas la certitude qu'elle est bien portante.

Elle s'était assise au bord du lit. Logan la rejoignit et s'éclaircit la voix.

— Bien. Ça, je le comprends parfaitement.

Il mourait visiblement d'envie de l'étrangler. Saisissant une chaise, il s'y installa les bras croisés.

Ils restèrent ainsi en silence pendant une éternité. Lorsque le téléphone sonna, ils sursautèrent en même temps, en se lançant un regard méfiant. Ce fut Dana qui décrocha à la deuxième sonnerie.

C'était sa sœur, Liz, qui prenait des nouvelles d'Hallie.

— Elle dort toujours, mais nous attendons un second avis médical.

Après lui avoir brièvement expliqué ce qu'avait dit le

docteur, elle assura sa sœur qu'elle la tiendrait au courant dès qu'elle aurait du nouveau.

— … oui, tu peux me joindre ici, bien sûr, ajouta-t-elle avec un coup d'œil en direction de Logan. Je resterai à l'hôpital aussi longtemps qu'il le faudra.

Elle raccrocha, ne se sentant aucunement obligée de rapporter sa conversation à Logan. Il n'avait jamais aimé Liz, de toute façon.

— Tu as prévenu tes parents ?

— Oui. Enfin, c'est Liz qui l'a fait. Ils sont en vacances et ne rentrent que la semaine prochaine.

— Je comprends mieux.

— Tu comprends quoi ?

— Pourquoi ils ne sont pas ici.

Le mépris que lui inspiraient les parents de Dana était à peine déguisé. Encore une des nombreuses raisons pour lesquelles cela n'avait pas marché entre eux. Comment les aurait-il compris, alors qu'il n'avait jamais vraiment cherché à les connaître ? Mais tout cela n'avait plus d'importance, à présent.

— Je ne vois pas pourquoi je les aurais inquiétés, alors que je ne sais rien moi-même… Comme je n'arrivais pas à les joindre, j'ai laissé un message leur expliquant que, d'après le médecin, Hallie se réveillerait sans séquelle. Liz les tient au courant.

Logan accueillit cette explication d'un bref hochement de tête et le silence retomba sur la pièce. Puis Dana demanda, par simple politesse :

— Et tes parents, comment vont-ils ?

— Bien. Toujours à Boston. Papa s'occupe de son entreprise et maman… Enfin, tu sais bien comment elle occupe son temps. Toutes ces œuvres de charité… J'ai prévu d'emmener Hallie les voir le week-end prochain.

Même si Hallie avait été en mesure de le suivre, Logan aurait pu prendre la peine de demander à Dana si elle était d'accord. Croyait-il que le fait de ne pas exercer régulièrement son droit de visite l'autorisait à emmener Hallie où bon lui semblait, quand bon lui semblait ?

Dana se retint de rétorquer ; cela n'aurait servi à rien. Hallie n'était pas près de partir en week-end. D'ici peu, Logan repartirait pour une autre mission, et elle n'aurait plus à craindre qu'il emmène sa fille où que ce soit.

Logan caressait les doigts de la fillette en répétant sans cesse :

— Allez, ma puce… Il est temps d'ouvrir tes jolis yeux. Papa est là.

Il répéta la même chose durant toute l'heure qui suivit, en fredonnant de temps en temps une chanson qu'il lui chantait autrefois.

Il avait chanté cet air-là à Hallie la première fois qu'il l'avait prise dans ses bras.

A quoi bon se rappeler tout cela, maintenant ? songea Dana en se mordant la lèvre.

Prise d'un urgent désir de mettre un peu de distance entre eux, elle alla se réfugier dans le cabinet de toilette, ne quittant qu'à contrecœur le chevet d'Hallie.

Logan entendit la porte se fermer, puis l'eau couler. Il continua de caresser le front, les bras, les mains de sa fille, afin qu'elle sache qu'il était là, qu'il serait toujours auprès d'elle.

Hélas, il n'avait pas toujours été là. Il le regrettait et le lui avait dit lors de leur dernière conversation au téléphone, quand il n'avait pas pu assister au spectacle de l'école.

« Je serai avec toi en pensée, ma puce. »

« Je sais, papa. Tu m'emportes toujours avec toi dans ton cœur », avait répondu la fillette, répétant la formule qu'il prononçait chaque fois qu'il partait pour une mission — les mots qu'il lui avait dits lorsque Dana et lui s'étaient séparés.

Mais ce jour-là, Hallie avait répondu : « Je sais pourquoi tu pars, papa. Pas la peine de m'expliquer ». Elle lui faisait parfois penser à une adulte et pas à une petite fille de sept ans. Elle avait déjà un vocabulaire incroyable à cinq ans.

Sans doute le fait d'avoir pour parents des avocats y était-il pour quelque chose. Dana n'avait jamais eu la langue dans sa poche, c'était certain.

Parfois, Hallie s'exprimait exactement comme sa mère. Elle lui ressemblait aussi physiquement. Toutes deux avaient le même ovale du visage, le même sourire parfait. Ce sourire qui illuminait le visage d'Hallie à tout moment…

Il aimait la voir sourire, comme il aimait voir Dana sourire. Hallie était le portrait de sa mère en miniature, jusqu'aux taches de rousseur qu'elle avait, elle aussi, sur son petit nez en trompette.

Cependant, Hallie avait les cheveux plus clairs, dorés comme les blés. Logan tendit la main pour repousser une boucle blonde sur sa joue.

— Allons, ma puce… C'est l'heure de rentrer à la maison. Pooka t'attend.

Logan soupira. N'aurait-il pas mieux valu qu'Hallie ait près d'elle son lapin en peluche préféré ? La pauvre chose était tellement élimée que Dana n'osait même plus la laver. Mais Hallie traînait-elle encore son Pooka partout ?

Il y avait décidément bien longtemps qu'il n'avait pas vu sa fille.

Du fait de son travail, il n'avait pas eu grand-chose à dire, au moment où s'était décidée la garde d'Hallie. Mais il avait bien l'intention d'y remédier.

Il allait cesser d'être un père lointain. Tout cela, c'était fini.

— Hé, ma puce… C'est papa. Il est l'heure de se lever.

Elle essayait de se réveiller. Elle essayait *vraiment*. Mais elle avait beau essayer de toutes ses forces, ses paupières refusaient de s'ouvrir.

Au début, la voix de cet homme lui avait semblé très lointaine. Puis la voix s'était rapprochée et elle avait compris que cet homme lui parlait. A elle. A cause de sa jolie voix, elle avait eu envie de se réveiller, mais elle s'était sentie de nouveau fatiguée et avait eu l'impression de flotter.

— Papa est là. C'est l'heure de se lever, Hallie.

Voilà, c'était encore lui qui parlait. Elle aurait bien aimé faire ce qu'il disait. Mais ça ne marchait pas. Elle avait beau essayer, essayer, ses yeux ne voulaient pas s'ouvrir.

Peut-être qu'elle avait fait quelque chose de très mal, et que pour cela, elle ne savait pas où elle était. C'était peut-être pour ça que tout était dans le noir. Elle avait peur du noir, très très peur…

Elle entendit de nouveau la voix, qui lui disait que c'était son papa. Il devait être tout près, parce qu'elle sentait une odeur épicée comme… comme… Zut, elle ne savait plus comment ça s'appelait, sauf qu'il n'y avait que les hommes qui sentaient comme ça !

Il disait que tout allait bien. Alors pourquoi est-ce qu'elle avait peur ? Ensuite, il se mit à chanter une jolie chanson. Elle essaya d'ouvrir les yeux pour le voir, mais il ne se passa rien.

— Regarde, tu as vu ?

Ça, c'était encore la voix de cet homme.

— Appelle le docteur, je t'en prie.

Une voix de femme, ça ne ressemblait pas à une voix d'homme. Mais cette femme-là parlait en chuchotant, comme si quelque chose n'allait pas bien. Hallie ne voulait pas que cette dame appelle le docteur.

Les docteurs, ils vous donnent des comprimés, ils regardent dans vos oreilles et tout ça quand vous êtes malade. Voilà ce qu'elle savait sur les docteurs.

Si elle se rendormait, elle n'entendrait plus parler des docteurs, et on ne lui ferait pas de piqûre.

— Tu n'as pas vu ? dit Dana en s'installant une chaise près du lit. Ses paupières ont bougé. Je crois qu'elle est en train de se réveiller !

Hallie allait enfin se réveiller, et tout allait rentrer dans l'ordre. Quelle idiote elle faisait d'avoir craint le pire !

Mais craindre le pire, n'était-ce pas son lot depuis le divorce ? Elle était le pilier, la protectrice, la source de stabilité d'Hallie. Il lui incombait de veiller à la santé, au bonheur, à la sécurité de sa fille.

Comme les paupières d'Hallie frémissaient une nouvelle fois, Dana se leva.

— Tu as vu ?

Logan lui lança un de ces regards compréhensifs qui la faisaient grincer des dents. Un regard qui lui conseillait de se calmer, car tout allait bien : Logan Wakefield s'occupait de tout.

— Oui, j'ai vu. Allons, assieds-toi. Ça ne sert à rien de tourner en rond comme tu le fais.

— Si, cela me fait du bien.

Comment pouvait-il comprendre ce qu'elle vivait ? Ce n'était pas lui qui était là depuis la veille, sans dormir, sur des charbons ardents, à s'inquiéter, à se poser des questions, sans savoir ce qui allait se passer !

Tout ce qu'elle voulait, c'était savoir que sa fille n'aurait aucune séquelle, qu'elle ne souffrait d'aucune blessure qui aurait échappé aux tests. Que deviendrait-elle si jamais…

En vérité, elle savait fort bien ce qu'elle deviendrait. Elle ne se le pardonnerait jamais. Quant à Logan, il ne le lui pardonnerait pas non plus, c'était une cause entendue. Au temps de leur vie commune, il lui avait reproché maintes fois de trop penser à son travail et pas assez au reste.

Mais tout ce que Logan pensait n'avait plus d'importance.

Les paupières d'Hallie frémirent encore une fois, comme si elle faisait des efforts pour se réveiller.

— Je vais chercher le médecin. Je veux qu'il soit là lorsqu'elle se réveillera. Je veux qu'il l'examine immédiatement.

Sur ces mots, Dana s'élança dans le couloir. Au bureau des infirmières, l'infirmière de garde était en conversation animée au téléphone. Aucune autre infirmière en vue.

— Pourriez-vous demander au Dr Fleming de venir immédiatement voir Hallie Wakefield, chambre 322 ?

L'infirmière la regarda d'un air absent. A y regarder de plus près, c'était peut-être une aide-soignante.

— Pourriez-vous, s'il vous plaît, joindre le Dr Fleming, ou trouver quelqu'un qui puisse le joindre ? Ma fille a besoin de lui le plus vite possible.

Comme l'aide-soignante acquiesçait, Dana retourna à la chambre. Peut-être n'aurait-on pas besoin d'un second avis médical, finalement.

Quand elle entra, Logan était au téléphone.

— C'est pour toi, dit-il en lui tendant le combiné.

Dana fit un geste en direction d'Hallie.

— Rien… ?

— Elle a ouvert les yeux une seconde. Je crois qu'elle m'a souri. Tu as trouvé le docteur ?

Tout en secouant la tête, Dana s'assit au bord du lit, pleine d'espoir.

— Hallie, c'est maman. Tu m'entends ?

Rien.

Elle regarda Logan, en proie à un soudain besoin d'aide. Elle était à bout et ses émotions menaçaient de prendre le dessus.

C'était un moment de faiblesse inexcusable. Elle arracha quasiment le combiné des mains de Logan. Elle n'avait vraiment pas envie de parler à qui que ce soit.

— Allô ? dit-elle d'un ton sec.

A son grand soulagement, elle reconnut la voix de son amie Jillian, qui venait aux nouvelles.

— Non, rien de nouveau. Mais nous allons bientôt avoir un second avis médical.

— Nous ?

— Logan — le père d'Hallie — est là.

Il y eut un silence au bout du fil. Jillian avait emménagé à côté de chez Dana juste après le divorce. Les deux femmes s'étaient tout de suite liées d'amitié, comme si elles s'étaient toujours connues. Jillian était veuve et mère d'une petite Chloé qui avait le même âge qu'Hallie. Les fillettes étaient devenues amies aussi rapidement que leurs mères.

Heureusement que Dana avait pu compter sur cette nouvelle amie pour l'aider après le départ de Logan, et jusqu'à ce que le divorce soit prononcé.

— Ça ne t'ennuie pas qu'il soit là ? demanda Jillian.

Tournant le dos à Logan, Dana baissa la voix pour qu'il ne puisse pas l'entendre.

— Ça va. D'ailleurs, il ne va pas rester longtemps. Il ne s'éternise jamais.

C'est vrai, elle en éprouvait de l'amertume et s'en voulait de réagir ainsi.

L'amertume n'avait rien de logique. Du moins pas dans son cas. Elle savait à quoi s'attendre en épousant Logan. Elle savait qu'ils appartenaient tous deux à des mondes différents.

Mais elle était jeune et tellement amoureuse que rien d'autre n'avait d'importance, à l'époque.

Peut-être cette différence même avait-elle constitué un défi, pour elle qui avait toujours aimé se battre. Elle ne connaissait pas d'autre manière de réussir dans ce monde.

Elle aurait pourtant dû se douter de ce que serait le mariage avec Logan Wakefield, au lieu de s'attendre à Dieu sait quoi ! C'était l'unique fois où elle s'était battue pour une cause perdue.

— Bon, dit Jillian. En tout cas, n'oublie pas que je suis là, si tu as besoin d'aide.

— Merci, Jilly. Je te tiens au courant dès que j'ai du nouveau.

Quand elle raccrocha, l'aide-soignante attendait sur le pas de la porte.

— J'ai prévenu l'infirmière que vous vouliez voir le Dr Fleming immédiatement. Elle a dit qu'elle le lui ferait savoir dès qu'il sortirait du bloc opératoire.

Il allait encore falloir attendre… Le système judiciaire était lent, mais elle n'aurait pas cru qu'il en était de même pour l'hôpital.

— Et en cas d'urgence, comment fait-on ?

Elle avait beau parler à voix basse, elle sentait sa colère affleurer.

— Je… je pense qu'il doit y avoir un médecin de garde, madame. Vous… vous devriez peut-être demander à l'infirmière.

Voilà qu'à présent elle se défoulait sur cette pauvre fille, qui ne faisait que son travail.

— Excusez-moi, marmonna-t-elle à l'aide-soignante qui s'éloignait.

Adossée au mur, elle inspira à fond.

34

« Reprends-toi, Dana Marlowe ! Sinon, tu ne seras plus bonne à rien. »

Elle allait se renseigner à l'accueil, voir quand devait arriver le médecin chargé de donner un second avis. Ensuite, il ne lui resterait plus qu'à prier pour que le Dr Fleming ne se soit pas trompé.

Après cela, Hallie et elle rentreraient à la maison et reprendraient le cours de leur vie.

Logan la regarda s'éloigner dans le couloir, le pas décidé, le bras énergique. Même après une nuit blanche et malgré ses vêtements froissés, elle avait toujours l'air aussi professionnelle. Néanmoins, si elle avait porté un vieux pantalon avec sa veste de tailleur au lieu de cette petite jupe droite, peut-être n'aurait-il pas ressenti la même chose, à la vue de ses jambes bien galbées.

Il était obligé de le reconnaître : elle était vraiment belle, même s'il ne l'avait jamais vue aussi nerveuse.

C'était d'ailleurs peu dire, car Dana était la personne la plus impétueuse qu'il ait connue. Toujours prête à foncer, quelles que soient les conséquences. Quand elle avait décidé qu'une chose s'imposait, elle la mettait à exécution.

Une bouffée de nostalgie inattendue s'empara de lui. Cet aspect de la personnalité de Dana avait beau être agaçant, parfois, c'était aussi une des qualités qu'il avait aimées en elle.

Elle n'avait pas peur de l'échec.

Cela, il l'avait compris le jour où elle avait rejoint son groupe, composé d'étudiants de première année qui s'étaient alliés pour se donner les moyens de tenir jusqu'au bout de l'année.

Le taux d'abandon en première année était affolant, à la

faculté de droit de Harvard. Or, tout le monde savait que quiconque passait victorieusement le cap de cette année avait de fortes chances de survivre aux deux suivantes.

Apparemment, Dana n'avait même pas envisagé de ne pas passer ce cap. Une semaine après la rentrée, elle avait déjà décidé d'écrire dans la *Harvard Law Review*, chose que lui-même n'avait pas envisagée. Le privilège de publier un article dans cette revue était réservé à l'élite, aux meilleurs parmi les meilleurs. A des gens comme son copain Henry Baker, le petit génie du droit qui avait passé l'examen d'admission avec des 20/20 dans presque toutes les épreuves.

Certes, Logan avait brillamment réussi cet examen, mais il n'avait pas fait aussi bien. Quoi qu'il en soit, deux semaines après la rentrée, la plupart des étudiants en étaient à se demander comment ils allaient terminer l'année, et non s'ils réussiraient à publier un article dans la *Harvard Law Review*, la plus ancienne et la plus prestigieuse revue du genre aux Etats-Unis. Cette publication regroupait des articles rédigés par des professeurs, des juges, des experts reconnus et des étudiants triés sur le volet, en troisième année pour la plupart. Mais la sélection était impitoyable : seuls cinq pour cent des meilleurs étudiants accédaient à ce privilège.

Publier un article dans la *Review* était une sorte d'honneur, un peu comme d'obtenir un siège à la Cour suprême — une distinction qui vous suivait toute votre vie. Mais c'était le cadet des soucis de Logan.

Ce qu'il désirait, c'était seulement connaître son droit pour passer avec succès l'examen du barreau, afin d'épauler son père dans ses affaires, avant de prendre sa succession. Tel était l'avenir qu'avaient tracé pour lui ses parents à sa naissance.

Un jour, Dana avait annoncé en entrant à l'étude :

— Il faut avoir fini nos devoirs à 21 heures. J'ai besoin

de mes sept heures de sommeil si je veux publier dans la *Review*.

C'étaient seulement la deuxième fois qu'elle se joignait au groupe, et elle essayait déjà de jouer les vedettes. Sept heures de sommeil ? Logan, lui, s'estimait heureux lorsqu'il arrivait à dormir quatre ou cinq heures.

— Peux-tu me dire comment, après seulement deux semaines de cursus, tu espères réussir à faire ça ? On ne t'a jamais dit à quel point c'était dur de publier dans cette revue ?

Elle l'avait dévisagé un instant, comme s'il venait de l'insulter en posant cette question.

— Cinq pour cent seulement des meilleurs étudiants y parviennent, avait ajouté Logan. Ça doit représenter cinq ou six étudiants de chaque promotion.

— Je sais. Et j'ai bien l'intention d'en faire partie.

Logan avait bien failli rire de tant de naïveté.

— Ah oui ? Tu te rends compte du travail que ça demande ? Quarante ou cinquante heures par semaine. En dehors des heures de cours, bien sûr.

Dana n'avait pas paru impressionnée. Soit elle ignorait quel travail de titan cela représentait et ne voulait pas l'avouer, soit elle en avait entendu parler mais n'y croyait pas vraiment.

— Je sais cela aussi, avait-elle rétorqué.

Puis elle s'était assise à côté de lui.

Elle portait un sweat-shirt ample aux couleurs des Chicago Cubs et un jean qui moulait joliment son postérieur. Elle s'était assise les cuisses légèrement disjointes, et son énergie se voyait à ses pieds et ses jambes qu'elle secouait sans arrêt. Rien qu'en la regardant, Logan avait senti ses hormones se déchaîner.

Puis, lorsqu'elle l'avait regardé bien en face, avec un air de défi, il aurait juré que tous les étudiants présents avaient senti le courant entre eux.

— De nombreuses personnalités éminentes du monde du droit se réfèrent volontiers aux avis exprimés dans la *Review*, avait déclaré Dana. Si j'arrive à y publier un article, j'obtiendrai peut-être un poste de professeur, voire une place de greffière à la Cour suprême.

Puis elle s'était calée sur sa chaise, avec un air déterminé qui confirmait ses dires.

— Voilà mon projet, avait-elle conclu.

Son *projet*… Dana avait toujours un projet, se dit Logan en prenant la petite main d'Hallie. C'était une des choses qu'il avait tout de suite aimées chez elle et, même à cette époque, il n'avait jamais douté de sa réussite.

« Arrête », se dit-il. Tout cela n'avait plus d'importance. Tout ce qui concernait leurs relations passées n'avait plus la moindre importance.

C'était fini. Terminé. Point.

En levant les yeux, il aperçut Dana debout au pied du lit, le regard désespéré.

Des regards comme celui-ci, il avait l'habitude d'en voir dans son travail. Avec le désespoir, la peur horrible que les choses tournent mal. Reconnaître ce regard dans les yeux de Dana et savoir qu'elle se sentait ainsi à cause de leur enfant lui rendait la situation beaucoup plus pénible. Il aurait voulu la prendre dans ses bras et la rassurer.

Mais elle ne l'aurait pas laissé faire, bien sûr. Contrairement à lui, elle se rappelait dans le moindre détail ce qui n'avait pas marché entre eux. C'est vrai, ils ne se ressemblaient pas du tout. Mais Logan avait du mal à se souvenir du motif pour lequel ils avaient divorcé.

De toute façon, cela ne comptait plus guère, à présent. Divorcé ou pas, il était le père d'Hallie, et dès qu'elle irait mieux et sortirait de l'hôpital, il entendait bien exercer ses droits parentaux, plutôt deux fois qu'une.

Avant de quitter l'hôpital, il ferait part à Dana de ses projets.

— Hallie, ma puce, allons, réveille-toi…

Toujours rien.

La main de la fillette était froide, et son corps d'une immobilité consternante. Logan avait l'impression de la voir partir sous ses yeux. Plus il la regardait, plus il avait le cœur serré. Une peur terrible commençait à le gagner.

Soudain, pris de panique, il eut envie de la secouer, de l'obliger à réagir. De sa main libre, il appuya sur la commande pour appeler une infirmière.

La main d'Hallie venait de bouger dans la sienne. Ses petits doigts serraient son pouce.

— Hallie, c'est papa… Réveille-toi, ma chérie. Réveille-toi, je t'en prie.

Elle ouvrit alors les yeux.

La boule qui s'était formée dans la gorge de Logan disparut et un immense soulagement l'envahit.

Hallie le fixait.

— Hallie ? Hallie, ma chérie, papa est là…

Il lui serra la main, les larmes aux yeux.

Aussitôt Dana vint près de lui, les yeux brillants, elle aussi.

— Coucou, ma puce, poursuivit Logan. Comment ça va ?

Les yeux immenses de la fillette ressemblaient à deux charbons ardents au milieu de sa figure. Quand elle les posa sur sa mère, Logan sentit qu'elle lui serrait les doigts plus fort.

Il se pencha vers elle et elle lui chuchota à l'oreille :

— Papa ?

— Oui, ma chérie, qu'y a-t-il ?

L'enfant montra sa mère d'un doigt mal assuré.

— Papa… c'est qui, la dame ?

3.

Dana se pencha vers sa fille. Elle n'avait pas compris ce qu'Hallie venait de dire à l'oreille de Logan. Contenant sa joie à grand-peine, elle voulut serrer la fillette contre son cœur.

— Oh, ma chérie, nous étions si inquiets !

Mais Hallie se raidit en détournant la tête.

Dana interrogea alors Logan du regard.

Pour toute réponse, il haussa les épaules et prit sa fille contre lui.

— Tout va bien, ma chérie, papa est là. Et maman aussi. Tu n'as rien, et nous sommes là avec toi.

Hallie lançait des regards inquiets en se blottissant contre son père, agrippant sa chemise. Elle commençait à pleurer.

— Ma chérie, maman est là... Tout va bien.

Comme Dana tendait la main vers elle, l'enfant ferma les yeux.

— Mais ma chérie, que se passe-t-il ? C'est maman. Tu ne me reconnais pas ?

Un horrible silence suivit cette question. Dana attendait la réponse, le cœur battant.

Enfin, Hallie secoua vigoureusement la tête.

Dana fut prise de panique. Hallie, sa propre fille, ne la reconnaissait pas ?

— Tu devrais peut-être aller chercher le docteur, suggéra Logan.

Dana hocha la tête et sortit sans un mot, hébétée, la gorge nouée. Dans sa hâte, elle faillit renverser l'infirmière.

— Que se passe-t-il ? Le voyant d'urgence s'est allumé.

Esquissant un pas en arrière, Dana lui répondit par gestes. Elle ne voulait pas ouvrir la bouche, de peur de craquer pour de bon.

Puis, fermant les yeux, elle inspira à fond, avec l'espoir de retrouver son calme.

— Hallie s'est réveillée. Mais il y a un grave problème. Appelez le médecin, je vous en prie.

— Si elle s'est réveillée, tout va pour le mieux, répliqua l'infirmière, intriguée.

— Non, il y a un problème. Elle ne sait plus qui je suis !

— Allons, allons… Elle doit être un peu désorientée. Je suis sûre que tout va bien.

— Non, tout ne va pas bien ! Allez chercher le docteur, je vous en prie.

— Le Dr Fleming arrive. Il nous a appelées il y a quelques minutes. Allons voir ce qui se passe. Votre fille est sans doute un peu troublée de se réveiller à l'hôpital.

Dana se raccrocha à cette explication. Oui, c'était certainement cela : Hallie était désorientée…

En entendant l'infirmière tousser, Logan se retourna et leur fit signe de sortir.

Dana se dit qu'il n'en était pas question. Sa place était dans cette chambre. Même si Hallie était un peu troublée, elle avait besoin de sa mère. Dana se dirigea tout droit vers le lit, mais l'infirmière la devança.

— Bonjour, jeune fille ! Tu en as fait, un gros dodo.

Hallie ouvrit de grands yeux en apercevant sa mère et, comme précédemment, baissa la tête et se blottit contre son père. Il fallut quelques instants à Dana pour se remettre de ce refus.

Puis Hallie chuchota quelque chose à son père, qui se retourna pour leur transmettre le message.

— Hallie dit que… qu'elle a peur des inconnus. Elle voudrait que… que tout le monde sorte et la laisse se reposer… Elle voudrait aussi que je reste.

Dana en resta bouche bée. Comment croire une chose pareille ? Hallie ne pouvait pas lui demander de sortir. Elles étaient trop proches l'une de l'autre ! Hallie avait besoin de sa maman.

Mais l'infirmière la tira par la manche. Dana, hébétée, s'exécuta machinalement. Elle entendit l'infirmière parler avec Logan, sans comprendre ce qu'ils se disaient.

Quelques instants plus tard, l'infirmière la rejoignait.

— Je vais vérifier que le Dr Fleming arrive. En attendant, cela vous ferait peut-être du bien de vous asseoir et de vous détendre un peu.

Prise de vertige, Dana s'appuya contre le mur.

— Oui, bien sûr…

L'infirmière avait déjà disparu.

Le Dr Fleming arriva avant qu'elle se soit remise de ses émotions. Après lui avoir ordonné de s'asseoir sur une chaise dans le couloir, il lui annonça qu'il allait voir Hallie, et qu'il reviendrait tout de suite.

Le temps s'écoulait au ralenti. Le docteur semblait avoir disparu dans la chambre d'Hallie depuis une éternité. Dana se leva et se mit à faire les cent pas dans le couloir. Enfin, le médecin apparut, accompagné de Logan.

— Que se passe-t-il ? demanda Dana en se précipitant sur

lui. Mais… Hallie est toute seule ! Il ne faut pas la laisser seule, elle va avoir peur…

Comme elle s'élançait vers la chambre, Logan lui saisit le bras au passage.

— Tout va bien. Elle s'est rendormie. On lui a administré un sédatif.

Un sédatif ?

— Pourquoi ? Elle a déjà suffisamment dormi.

— Elle était un peu agitée et effrayée, expliqua le médecin. J'ai jugé cela préférable, étant donné les circonstances.

— Quelles circonstances, exactement ?

— Je ne suis pas certain de la nature du problème, madame Marlowe. Votre fille semble présenter une déficience de la mémoire. Cela dit, sans…

— Une déficience de la mémoire ? Vous voulez dire… qu'elle ne se souvient pas de ce qui lui est arrivé ?

Le médecin prit un air soucieux. Il était clair qu'il ne savait pas lui-même à quoi s'en tenir.

— Pour l'instant, elle ne se souvient pas de certaines choses. Cela arrive quelquefois dans ce type de situations. Mais je ne veux pas me prononcer avant d'avoir effectué des tests plus poussés.

— Je ne comprends pas : quelles sont ces « choses » dont elle ne se souvient pas ? Elle se souvient bien de son père !

— Je regrette de ne pouvoir vous fournir de réponse catégorique, mais tant que nous n'aurons pas effectué de tests, je ne peux pas me prononcer. Mon confrère devrait arriver d'un moment à l'autre. Il va l'examiner ; ensuite, nous programmerons une série de tests, si nous l'estimons nécessaire. Il est fort possible qu'après avoir pris un peu de repos, votre fille se sente mieux et se souvienne de tout. Il n'est pas rare que les patients oublient ce qui s'est passé immédiatement avant un accident.

C'était vrai. Dana le savait, pour avoir défendu des clients victimes de blessures. Les personnes victimes d'un accident se rappelaient rarement l'accident lui-même ou les minutes qui avaient précédé. Même si Hallie n'avait aucune blessure grave, il fallait bien croire le médecin.

Posant une main sur son bras, celui-ci poursuivit :

— Il vaudrait mieux pour tout le monde que vous vous reposiez un peu. Allez dormir, vous aussi.

Le médecin disparut. Hochant machinalement la tête, Dana ne savait plus où elle était. Il lui fallut un certain temps avant de s'apercevoir que la sonnerie qui lui parvenait de très loin n'était autre que celle de son portable.

C'était sa secrétaire qui l'appelait du bureau.

— Désolée, Cheryl, je n'avais pas vu l'heure. J'aurais dû appeler pour prévenir que je serais en retard.

Dana inspira à fond, essayant de se concentrer sur autre chose. Son travail, c'était du solide. Mais il était 10 heures et elle avait deux heures de retard.

— Je suis à l'hôpital et… ma fille aussi. Je ne sais pas quand je vais pouvoir partir. Pourriez-vous prévenir David ?

David allait être dans tous ses états en apprenant qu'elle ne pouvait pas venir. Il y avait de quoi : le dossier le plus important de toute sa carrière l'attendait sur son bureau, une affaire qui pouvait assurer à David sa désignation au poste de ministre de la justice, et à Dana son élection au poste de procureur de l'Illinois, à la place de David.

— Votre fille va bien, madame Marlowe ? Vous n'avez pas l'air dans votre assiette.

Dana ferma les paupières. Ses yeux brûlaient. Elle n'avait pas dormi de la nuit, elle avait cru sa fille dans le coma, son ex-mari — qu'elle évitait depuis un an afin de ne pas raviver la douleur de son divorce — était là en chair et en os, et sa fille ne la reconnaissait plus.

44

Certes, il y avait de quoi ne pas être dans son assiette !

Et pour couronner le tout, elle risquait de compromettre tout ce pour quoi elle avait travaillé des années durant.

— Hallie… Euh… elle va bien. Mais il va falloir lui faire subir quelques tests, et je suis un peu fatiguée parce que je n'ai pas fermé l'œil de la nuit. Dites à David que je l'appellerai plus tard.

Sur ce, elle mit fin à l'appel et rangea son portable.

Logan attendit dans le couloir, avec Dana, retournant de temps à autre dans la chambre vérifier qu'Hallie dormait bien. Le Dr Nero, l'autre spécialiste appelé par le Dr Fleming, arriva trois heures plus tard et annonça qu'il lui faudrait quelques heures pour examiner Hallie et discuter de son cas avec son confrère. C'était un homme à l'air si juvénile qu'on l'aurait volontiers pris pour un étudiant.

Puisqu'il était condamné à l'attente, Logan décida de prendre un taxi pour se rendre à son bureau afin de faire un brin de toilette. Il serait de retour avant que les médecins aient terminé les tests.

Dans le cabinet de toilette de son bureau, c'est tout juste s'il reconnut son reflet. Pas étonnant qu'Hallie l'ait regardé d'un drôle d'air.

Auparavant, lorsqu'il revenait d'une mission, il avait toujours pris le temps d'aller chez le coiffeur, de se doucher, de se raser et de se changer avant de rentrer chez lui. Mais cette fois, ne sachant pas pour quel motif Hallie était hospitalisée, il n'avait pas voulu perdre une minute.

Dieu merci, elle n'avait rien, ou presque… Si elle avait quelques problèmes de mémoire passagers, ce n'était rien. Mais Dana, elle, n'était sûrement pas de cet avis. Il fallait se mettre à sa place.

Il se badigeonna les joues d'une mousse à raser mentholée, dont le parfum avait la propriété de lui éclaircir les idées. Le manque de sommeil accumulé depuis quarante-huit heures commençait à se faire sentir. Il se mit à se raser, tout en se félicitant d'avoir gardé deux tenues de rechange au bureau.

Depuis son divorce, il vivait une existence nomade, passant d'une mission à l'autre, d'hôtel en motel, séjournant chez Remy lorsqu'il venait à Chicago, et dans l'ancienne remise de la propriété familiale lorsqu'il allait à Boston.

Dana et Hallie avaient conservé la maison du quartier de Beverly et, pour sa part, Logan n'avait pas eu envie de se chercher un logement. Ce qui était une erreur de taille car, tout en s'apitoyant sur son propre sort, il s'était éloigné de sa fille.

C'était bien involontairement. S'il n'avait quasiment pas vu Hallie depuis un an, il s'en était seulement rendu compte lorsque Dana l'avait contacté.

Dans l'avion, il avait appelé un vieil ami, agent immobilier, pour lui demander de lui trouver un logement. Appartement ou maison, cela lui était égal du moment qu'il avait un domicile fixe proche de sa fille.

— Yo-ho, vieux, tu es là ?

— Oui, répondit Logan en passant la tête par la porte. Mais je ne reste pas : je dois retourner à l'hôpital. On peut savoir pourquoi tu es aussi essoufflé ?

— J'ai pris l'escalier. J'avais oublié ce que ça faisait de monter onze étages, quand on n'a pas la forme.

— Toi, pas en forme ? Cesse de te payer ma tête. Tu as manqué ta séance de 5 heures à la salle de gym ?

— Exact. Comme la dernière mission s'est prolongée, Crystal veut que je fasse la grasse matinée avec elle... Tiens, les sandwichs que tu as commandés.

— Merci.

46

Ouvrant grand la porte, Logan retourna à son cabinet de toilette.

— Tu sais, reprit-il, je ne sais pas pour combien de temps j'en ai. Dès que nous saurons de quoi souffre Hallie, je t'appelle.

— Ça marche, dit Remy en entrant.

Il portait un jean froissé, un T-shirt bleu délavé qui moulait sa large carrure, des baskets et une casquette de base-ball. Depuis leur retour, il avait eu le temps de se faire faire son habituelle coupe de cheveux stricte, de se raser et de se changer. De guérillero du tiers-monde, il avait repris l'apparence du bon petit Américain.

— Je suis vraiment désolé pour la petite, poursuivit Remy. Ça doit être super dur. Comment s'en sort Dana ?

Comment elle s'en sortait ? Sa propre fille ne la reconnaissait pas et avait presque peur d'elle. Sachant combien elle était proche de son enfant, Dana devait être effondrée.

— Elle tient le coup. Comme d'habitude.

— Oui, j'imagine. Elle est forte.

Forte jusqu'à l'excès, même. Mais il préférait ne pas penser à Dana. Cela lui faisait trop de mal.

— Parle-moi un peu de ce job, lança Logan pour changer de sujet. J'imagine que c'est une affaire de corruption interne, sinon l'Etat ne demanderait pas à un organisme indépendant de mener l'enquête ?

Remy et lui n'étant pas rentrés par le même avion, ils n'avaient pas pu évoquer le sujet.

— Oui. Les fédéraux nous ont contactés, et comme nous avons un nouveau contrat avec eux, l'affaire est dans le sac. Le dossier est au coffre, si tu veux le consulter. Mais j'imagine que tu préfères rester en dehors de cette affaire, étant donné les circonstances.

Logan ne releva pas ce commentaire. Remy avait raison :

moins il s'en mêlerait, mieux cela vaudrait. En tant qu'associé, il devait être au courant, mais vu l'endroit où devait se dérouler l'enquête, c'est Remy qui s'en occuperait.

— Qui est sur le coup ?

— Gideon Armstrong. Le profil idéal. Il a fait la fac de droit de Yale et passé l'examen du barreau de l'Illinois. Il connaît le milieu et, étant donné que nous venons juste de le recruter, il ne risque pas d'être reconnu.

— Et pour moi, tu n'aurais pas une mission dans le coin ?

— Pas encore, mais ça viendra. Si rien ne se présente, tu peux toujours t'occuper de la paperasse, quand tu seras installé.

Remy s'empara d'un haltère de quinze kilos et se mit à le passer d'une main à l'autre tout en poursuivant.

— De mon côté, j'ai plusieurs missions en vue et je n'ai toujours pas décidé laquelle j'allais prendre. Crystal me tanne pour que je reste ici un moment. Je ne peux pas m'absenter trop longtemps, avec le bébé qui arrive. Sans compter qu'elle ne se sent pas très bien.

— Effectivement.

Logan songea avec une certaine culpabilité à ses propres absences. Lorsque Hallie était née, c'est tout juste s'il était arrivé à temps à l'hôpital. A l'époque, il travaillait pour la CIA, et on ne lui demandait pas s'il avait envie de se rendre quelque part ou de s'absenter longtemps. C'est pourquoi il avait fini par démissionner et se mettre à son compte. Même s'il était déjà trop tard pour sauver son mariage. De toute façon, cela n'aurait probablement rien changé.

Après le départ de Remy, Logan enfila un pantalon de toile marron et un pull noir à col cheminée. Regrettant de ne pas avoir le temps d'aller chez le coiffeur, il se peigna sans se sécher les cheveux, chaussa ses mocassins, prit son autre veste en cuir et sortit.

A l'hôpital, muni des sandwichs livrés par Remy et des cafés achetés à la cafétéria, il dut se servir d'un coude pour appeler l'ascenseur. Dana avait refusé de quitter son poste, même pour aller manger, mais avait accepté que Logan lui rapporte quelque chose.

Au troisième étage, les portes s'ouvrirent et il partit à droite en direction de la chambre, la gorge irritée par une forte odeur de désinfectant. Il détestait les hôpitaux, leur atmosphère stérile et les soins qu'on y prodiguait, attentifs et anonymes à la fois.

Bien sûr, le personnel était compétent. Mais c'étaient tout de même des inconnus. Il détestait l'idée que sa petite fille soit confiée à des inconnus.

En tout cas, il espérait bien que les nouvelles seraient rassurantes...

Dana était assise près de la porte de la chambre. Lorsqu'elle leva les yeux en le voyant arriver, il crut voir son regard s'illuminer, comme si elle était heureuse de sa présence. Mais une fois près d'elle, il dut se rendre à l'évidence : il avait simplement rêvé.

— Les deux médecins sont avec elle. Ils lui font passer des tests, expliqua-t-elle.

Dana avait une mine effrayante. Des cernes violets soulignaient ses yeux et ses mains tremblèrent lorsqu'elle saisit sa tasse de café. Logan s'assit près d'elle, suffisamment pour que leurs épaules se touchent. Puis il lui tendit un sandwich.

— Quels sont ces tests ?

— Des tests de mémoire, je crois.

Après avoir humé le parfum du café, elle déballa son sandwich.

— Hmm... Sandwich au bœuf fumé et au pain de seigle de chez Goldberg ?

— C'est toujours ton préféré ?

Leurs regards se rencontrèrent. L'espace d'un instant, Logan mesura à quel point ils restaient intimes. Ils se connaissaient au point qu'ils n'avaient pas besoin de parler pour partager leurs pensées ou leurs émotions.

Puis Dana détourna le regard et acheva de déballer son sandwich.

— Oui, c'est toujours l'un de mes préférés. Merci.

Ils mangèrent en silence. Dana pensait-elle aussi aux sandwichs qu'ils se préparaient la nuit, autrefois, après avoir fait l'amour ?

« Oublie ça », se dit Logan en mordant à belles dents dans le sien. Mais sa bouche était soudain si sèche que la viande ressemblait à du carton. En voulant boire, il se brûla la langue avec son café.

Ils finirent de manger sans échanger un mot. Comme Logan revenait de la poubelle, où il avait jeté les emballages, le Dr Fleming apparut. Logan vint se poster près de Dana. La peur le disputait à l'espoir. Imaginant que Dana ressentait la même chose, il posa une main sur son bras, pour la réconforter.

— Le Dr Nero va bientôt me rejoindre, dit le médecin. Lorsqu'il aura terminé, nous viendrons vous voir dans la salle d'attente.

Logan entraîna Dana vers la salle, qui était heureusement vide. Il avait l'étrange pressentiment que, quoi que pût leur dire le médecin, ce ne serait pas ce qu'ils désiraient entendre. Sinon, pourquoi les faire attendre ?

Pourquoi ne pas leur dire tout de suite que tout allait bien ?

Cinq minutes passèrent, qui parurent des heures. Ne pouvant

rester assise, Dana se leva. Elle se mit à faire les cent pas entre les quatre murs de cette pièce étouffante.

Les efforts que déployait Logan pour la réconforter ne faisaient que l'énerver davantage. Dire que sa propre fille ne la reconnaissait pas !

Elle se rappela le moment où il avait posé sa main robuste sur elle. Comme il aurait été facile de chercher le réconfort dans ses bras, même si elle n'était plus pour lui que la mère de son enfant…

Mais une autre émotion avait pointé son nez, une émotion très mesquine : sa douleur de ne pas être reconnue par sa fille était décuplée par le fait qu'Hallie reconnaissait son père.

Comme pouvait-elle ne pas la reconnaître, elle qui avait toujours été présente depuis le premier jour ? Dana ne s'était jamais absentée, même pas un week-end. Ce n'était pas elle qui disparaissait des semaines, des mois durant, pour des missions ultrasecrètes.

Elle avait tout fait pour que sa fille se sente aimée d'elle, pour qu'elle sache que sa mère serait toujours là, quoi qu'il arrive.

Mais comment pouvait-elle être jalouse ? Ce n'était pas la faute d'Hallie, si elle se rappelait telle personne et pas telle autre. Elle ne l'avait pas décidé arbitrairement.

Comment une mère digne de ce nom pouvait-elle penser à elle en un moment pareil ? Ni Logan ni Hallie n'y étaient pour quelque chose. La seule coupable, dans cette histoire, c'était elle-même, qui ne s'était pas trouvée à l'école à l'heure où elle aurait dû y être.

Ce tout petit quart d'heure aurait pu tout changer.

Fermant les yeux, Dana s'appuya contre le chambranle de la porte. Où étaient les médecins ? Pourquoi ne venaient-ils pas leur parler ? Pourquoi prenaient-ils autant de temps ?

Soudain, la porte s'ouvrit. Dana sursauta et recula pour laisser entrer les médecins. Logan se leva et le Dr Nero leur fit signe de s'asseoir.

— Est-ce qu'Hallie va bien ?

— Physiquement, elle se porte bien.

Logan et Dana échangèrent un regard plein de soulagement, d'espoir et d'une multitude de questions.

— Mais… ? demandèrent-ils en chœur.

— Elle n'a aucune blessure. Néanmoins, elle ne se souvient pas de certains événements récents.

Les regards de Dana allaient d'un docteur à l'autre.

— Vous voulez dire… qu'elle est amnésique ?

— Oui. Cependant, dans ce type de cas, il est très probable que cette amnésie soit provisoire.

— Amnésique ? Je… je ne comprends pas : elle reconnaît bien son père. Comment pourrait-elle être amnésique ?

— Cela arrive parfois immédiatement après un accident. Dans ce cas précis, nous ignorons ce qui a déclenché l'amnésie. Peut-être a-t-elle eu une frayeur, un choc, à moins que ce ne soit un malaise ou qu'elle se soit cogné la tête lors d'une chute. Quoi qu'il en soit, elle ne présente qu'une minuscule contusion et c'est une petite fille de sept ans en pleine santé.

— Vous disiez que cette perte de mémoire pouvait n'être que temporaire, intervint Logan. Qu'entendez-vous par là, exactement ?

Le Dr Nero parut songeur, comme s'il choisissait soigneusement ses mots.

— Cela signifie que la mémoire peut lui revenir à tout instant. Mais cela peut aussi prendre un certain temps. Il se peut même qu'il faille lui réapprendre certaines choses.

Lui réapprendre ? Le cœur de Dana s'affola pour de bon. Cela signifiait-il…

— Etes-vous en train de nous dire que la mémoire peut ne jamais lui revenir ? reprit Logan.

— Ce n'est pas exclu. Mais il se peut aussi qu'elle se souvienne de tout dans une heure.

— Je ne comprends pas ce qui a pu provoquer ce... ce genre de chose, dit Dana.

— Nous sommes, hélas, loin de tout savoir de ce type de cas. Mais étant donné que rien ne permet d'invoquer un problème physique ou neurologique, nous supposons que ce trouble a été causé par un choc, peut-être par un blocage psychologique. Il s'agirait d'une rétention psychologique, si vous préférez. En termes médicaux, c'est ce que nous appelons une amnésie dissociative ou encore une amnésie hystérique.

Dana se sentait elle aussi gagnée par l'hystérie.

— Mais elle se souvient de son père ! Pourquoi se souviendrait-elle de lui et pas du reste ? A moins que... Y a-t-il d'autres choses dont elle se souvienne ?

— Je ne peux rien affirmer faute d'avoir suffisamment parlé avec elle, mais il semble qu'elle se souvienne de connaissances acquises. C'est un phénomène courant dans ce type de cas. Elle se rappelle comment on se brosse les dents, comment on fait du vélo, etc. En dehors de ces comportements acquis, il semble qu'elle se souvienne seulement de son père. Apparemment, elle n'a aucun autre souvenir concernant sa vie et sa famille.

Dana s'effondra sur le canapé qui se trouvait à côté d'elle. Loga posa une main sur son épaule.

— Que pouvons-nous faire ? demanda-t-il.

— Oui, que pouvons-nous faire au juste ? renchérit Dana.

Elle avait besoin de faire quelque chose, au lieu de rester

assise, à attendre et à se demander si sa fille se souviendrait un jour d'elle.

— Le mieux que vous puissiez faire, c'est de vous comporter comme si tout était normal. Nous allons la garder en observation jusqu'à demain. Si nous ne constatons aucun changement, nous la laisserons sortir dans la matinée. Si elle n'a pas recouvré la mémoire d'ici là, je vous conseille d'être patients. Ramenez-la à la maison, reprenez le train-train habituel. Il se peut que les activités quotidiennes l'aident mieux que tout le reste. Le fait d'être dans un environnement familier, et même de retourner à l'école, peut lui être bénéfique.

Dans le regard de Logan, Dana ne vit qu'une foule de questions qui se bousculaient. Elle ne savait plus où elle en était. C'était un mauvais rêve. Pire : un cauchemar.

— Si vous ne constatez aucune amélioration d'ici une semaine, je vous conseille d'aller voir un psychologue.

— Un psychologue ? En voilà une idée !

Sa fille chez un psychologue ? Quelle suggestion ridicule !

— Si elle ne recouvre pas la mémoire, vous aurez tous les trois besoin d'apprendre à vivre avec cette situation nouvelle. Vous devrez trouver un moyen de vous adapter. Mais nous n'en sommes heureusement pas là. Pour l'instant, soyez patients, et voyez si elle ne recouvre pas la mémoire d'ici une bonne semaine.

Le docteur palpa ses poches avant de continuer.

— Je n'ai pas de stylo sur moi, mais si nous devions en arriver là, je vous donnerai le nom d'un confrère. En attendant, comportez-vous comme d'habitude. N'essayez pas de brusquer les choses, ne la traitez pas différemment. Vaquez à vos occupations, faites-lui faire des choses qu'elle aime d'habitude, faites-lui fréquenter ses amis, sa famille. C'est probablement le meilleur traitement pour l'instant.

Dana allait donc la ramener chez elle, dans son environnement familier, sa chambre. Hallie verrait Chloé, Jillian, Pooka et peut-être même sa tante Liz.

Oui, mais… si cela ne suffisait pas ? Si Hallie refusait de la suivre ?

— En attendant… pendant qu'elle est à l'hôpital, que devons-nous faire, comment devons-nous nous comporter ?

— Soyez vous-même. Pour l'instant, c'est une petite fille qui a très peur.

La pauvre petite, en effet, devait être morte de peur, dans ce monde où elle ne reconnaissait personne à l'exception de Logan.

Heureusement qu'elle se rappelait au moins quelque chose, et qu'il ne s'agissait que d'amnésie partielle. C'était mieux que rien.

Le discours du docteur était plein de bon sens. Si Dana consacrait du temps à sa fille, la ramenait à la maison, dans son environnement familier, confortable, Hallie finirait sûrement par recouvrer la mémoire. Elle avait eu une frayeur, voilà tout. Peut-être lors de sa chute à l'école, ou lorsqu'elle s'était retrouvée toute seule dans l'ambulance. Quoi qu'il en soit, les choses ne pourraient que s'améliorer lorsque Hallie serait rentrée chez elle.

— Vous avez certainement envie de rester auprès d'elle aujourd'hui, mais ne forcez pas les choses, poursuivit le Dr Nero. Laissons-la passer une bonne nuit de sommeil. je repasserai la voir demain matin. Si tout va bien, nous envisagerons de la laisser sortir et parlerons de la suite.

Dana n'avait plus qu'à espérer. Une fois à la maison, tout s'arrangerait. Il le fallait.

Après le départ des médecins, Logan prit la parole.

— La mémoire va bientôt lui revenir. C'est juste une question de temps.

Il ne cherchait qu'à la rassurer. Pourtant, ces paroles firent prendre à Dana conscience de ce qui l'attendait. Que se passerait-il une fois à la maison ? Hallie avait peur des inconnus. Or, sa propre mère était une inconnue pour elle.

Si Hallie avait peur d'elle, comment Dana allait-elle s'en sortir ? Comment cacher sa souffrance à la fillette ?

— Allez, viens, dit Logan. Allons nous asseoir près d'elle. J'ai acheté un volume de *La petite maison dans la prairie* en passant. Je crois savoir qu'Hallie aime ces histoires.

Dana hocha la tête et, le menton tremblant, redressa les épaules.

— Oui, elle les aime bien... Nous en lisons souvent. Cela lui rappellera peut-être quelque chose.

— Coucou, ma puce, annonça Logan en entrant dans la chambre. On va lire une histoire.

Quelques heures plus tard, après avoir déjà lu l'histoire deux fois, après avoir pris un repas et deux desserts, Hallie et Logan lurent l'histoire une dernière fois. Puis la fillette ayant déclaré qu'elle était fatiguée et voulait dormir, Logan la borda.

— Nous allons tous passer une bonne nuit, ma chérie, et demain matin, peut-être que le docteur te laissera sortir.

Hallie jeta un regard en direction de Dana, qui n'avait pas quitté son chevet. Puis elle baissa les yeux et se mit à pincer sa couverture en se mordant la lèvre.

— Ce sera bien de rentrer à la maison et de retrouver tes petites affaires, dit Dana. Tu vas retrouver ta meilleure amie, Chloé. Tu te sentiras beaucoup mieux, tu verras. J'en suis certaine.

Hochant timidement la tête, Hallie chercha la main de Logan.

— Maman a raison, ma puce. Nous reviendrons demain

matin, et si le directeur de la prison ne nous laisse pas sortir, nous nous évaderons !

Un petit sourire se peignit sur le visage d'Hallie. Son premier sourire en deux jours.

Quand Logan eut fini de faire ses adieux, Dana déposa un baiser sur le front de sa fille puis, rassemblant toutes ses forces, quitta la chambre.

Comme ils passaient devant l'accueil, Logan lui demanda :

— Tu peux me déposer à mon bureau ? Je suis momentanément sans moyen de locomotion.

Le déposer, c'était retarder le moment de se retrouver toute seule dans sa maison vide.

— Oui, bien sûr. C'est sur ma route.

Ils roulèrent sans se dire un mot. Par sa présence, Logan semblait occuper tout l'habitacle, qui paraissait soudain trop étroit. En arrivant devant l'immeuble où se trouvaient les bureaux de Security International, Dana prit la parole.

— Veux-tu que je t'appelle demain matin pour te dire ce que décident les médecins, ou as-tu prévu de t'absenter ?

Bien sûr, elle comprendrait parfaitement qu'il veuille venir à l'hôpital, lui aussi. Mais s'il n'avait tenu qu'à elle, elle aurait préféré qu'il ne vienne pas. S'il ne venait pas, peut-être Hallie se souviendrait-elle un peu de sa maman. Peut-être se rappellerait-elle qu'elle vivait avec elle, que sa maman s'occupait d'elle et qu'elle ne disparaissait pas brusquement pour aller combattre les méchants à travers le monde.

Logan la dévisageait d'un air incrédule.

— Mais j'ai bien l'intention de venir ! Je suis la seule personne dont elle se souvienne. Elle se sentirait seule au monde, si je ne venais pas.

Il descendit de voiture et réfléchit un instant avant d'ajouter :

— D'ailleurs, Hallie est persuadée qu'elle va rentrer chez elle avec sa maman *et* son papa. Elle est persuadée que nous allons tous rentrer ensemble. Alors, prévois d'avoir un invité à demeure un certain temps.

4.

— Je crois que je n'y arriverai pas, Jillian. Je ne pourrai pas.

Dana se laissa tomber dans un fauteuil et, tout en passant une main dans ses cheveux, se débarrassa de ses chaussures. Au cours des dernières vingt-quatre heures, elle n'avait pratiquement pas fermé l'œil, et elle avait seulement avalé de quoi nourrir un oiseau. Elle n'avait plus les idées claires, et pas la moindre notion de la manière dont elle allait s'y prendre pour gérer l'imprévu.

Tout ce qu'elle voulait, c'était se coucher et dormir. Dormir, et le lendemain aller chercher sa fille à l'hôpital. Toute seule.

— Et il m'annonce, comme ça, que je devais m'attendre à ce qu'il reste un moment… Sans même me demander mon avis !

— Et s'il te l'avait demandé ? rétorqua Jilly.

Elle s'assit en face de Dana et se pencha vers elle.

— Tu l'aurais envoyé promener, non ?

— Oui, c'est vrai. Tu as raison. Logan devait s'en douter, lui aussi.

— Il va peut-être aider Hallie à s'acclimater. Une fois de

retour et quand elle verra Chloé, la mémoire lui reviendra peut-être.

Dana survola du regard le salon confortable. La cheminée contenait encore les restes calcinés des bûches qu'Hallie et elle avaient fait flamber le week-end précédent. Le canapé en cuir et le confident assorti étaient encore creusés à l'endroit où elles s'étaient lovées pour contempler le feu. La pièce fleurait bon le cèdre et le pin.

Oui, lorsque Hallie se retrouverait au milieu de ce décor familier, elle se souviendrait certainement. Et comment pourrait-elle ne pas se souvenir de Chloé, sa meilleure amie ?

— Tu dois avoir raison, Jilly. Comme d'habitude.

Jillian Sullivan n'avait peut-être pas fait d'études supérieures, mais elle en savait plus sur la nature humaine que bien des gens que Dana connaissait.

— En outre, étant donné qu'Hallie a dit à l'infirmière qu'elle allait rentrer chez elle avec sa maman et son papa, je ne voudrais pas m'attribuer le mauvais rôle en étant celle qui empêche la seule personne dont elle se souvient de rester à la maison… Cela vaut probablement mieux comme ça, du moins jusqu'à ce qu'Hallie s'acclimate. Donc, à moi de me débrouiller pour supporter Logan un certain temps.

Jillian prit un air étonné.

— Quoi ? Qu'y a-t-il ?

— Ai-je bien compris ce que j'ai cru comprendre ? Hallie vous croit toujours mariés ?

Dana se leva d'un bond.

— Je n'avais pas pensé à ça ! Oui, elle le croit sûrement. A moins que Logan ne lui ait expliqué que non… Ce qui m'étonnerait, car il a dû comprendre que ce n'était pas le moment… Elle le saura bien assez tôt. D'ailleurs, puisqu'elle ne se souvient pas de moi, elle ne se souviendra pas non plus du chagrin qu'elle a eu lorsque son père est parti.

Combien de fois Dana avait-elle dû expliquer à Hallie qu'elle n'était pour rien dans leur séparation ? Mais malgré tout, Hallie en revenait toujours à la même chose : elle croyait qu'ils avaient divorcé à cause d'elle.

C'était une réaction fréquente chez les enfants de divorcés : ils se sentaient souvent coupables.

— Eh bien, on peut dire que la situation n'est pas simple, déclara Jillian.

— C'est le moins qu'on puisse dire ! J'ai soif... Tu veux quelque chose ? demanda Dana en se dirigeant vers la cuisine.

— Rien. Il faut que je rentre. Ma belle-mère et Chloé vont bientôt arriver : il faut que je sois là. Sinon, Harriett va encore y aller de son couplet « quelle mère négligente je fais », etc.

— C'est ridicule.

— Toi, tu sais à quoi t'en tenir. Mais elle n'admet pas que j'aie une vie à moi, figure-toi ! Pour elle, cela revient à négliger son enfant.

— Veux-tu que je la menace de poursuites pour diffamation ?

Dana ne plaisantait qu'à moitié. On ne s'en prenait pas impunément à ceux qu'elle aimait.

— Non, répondit Jillian. Cela ne ferait que la conforter dans l'idée que je suis une sans-cœur. Elle s'est mis ça en tête sous prétexte que je ne veux pas m'habiller tout de noir jusqu'à la fin de mes jours. Non, il vaut mieux que je la dénonce au fisc : elle sera tellement accaparée qu'elle n'aura plus le temps de se mêler de mes affaires.

Dana rit pour la première fois depuis deux jours. L'ennui, c'est qu'à force de plaisanter de tout et de rien, on ne savait plus si Jillian parlait sérieusement ou non.

— Elle cache quelque chose au fisc ?

— Non, mais le temps qu'elle prouve son innocence, je serai tranquille un bon moment.

Jillian gagna la porte et embrassa Dana.

— A moins que je n'engage un tueur ! lança-t-elle avant de sortir.

Dana ferma le verrou derrière elle et resta un moment appuyée contre la porte en chêne. Elle devait justement plaider prochainement contre un tueur à gages.

Joey Lombard, truand à la petite semaine ayant des relations dans la mafia, avait été arrêté pour meurtre. La rumeur voulait qu'il ait été engagé pour éliminer Bruno Altoona, principale menace pesant contre Sal Leonetti, le parrain qui contrôlait la plus grande partie du syndicat du crime à Chicago. Selon David, Lombard était le moyen idéal de coincer Leonetti. Malheureusement, Lombard avait mal fait son travail et tué, à la place de sa cible, une femme qui, selon toute vraisemblance, passait à ce moment-là dans sa ligne de mire. Par conséquent, il allait être difficile de prouver que Leonetti l'avait engagé pour descendre Altoona. Leur seul espoir : que Lombard donne son patron.

Du moins s'il venait comparaître. Dana avait essayé toutes les tactiques connues pour éviter qu'il ne soit libéré sous caution. Mais il s'était offert un des meilleurs avocats de la ville. Inutile de demander où il avait trouvé l'argent nécessaire.

Tout cela rappela à Dana qu'elle devait prévenir David qu'elle ne viendrait pas travailler le lendemain. Même s'il était rare qu'elle vienne au bureau le samedi, elle l'avait fait dernièrement, pour se tenir au courant, notamment dans le dossier Lombard. Il fallait s'atteler à la tâche, s'ils voulaient faire tomber Leonetti. Cependant, pour importante que fût cette affaire, sa fille passait avant tout.

Le lendemain matin, elle irait chercher la fillette à l'hôpital. Avec ou sans Logan.

Après avoir appelé sa sœur et ses parents pour leur annoncer qu'Hallie rentrerait le lendemain, Dana laissa un message à David et monta dans sa chambre. Dans le couloir, elle s'arrêta un instant devant la porte fermée de son ancienne chambre.

Cette chambre, Logan et elle l'avait partagée pendant près de cinq ans... Résistant à l'envie d'en pousser la porte, Dana poursuivit son chemin jusqu'à la chambre d'amis, où elle avait pris l'habitude de dormir après le départ de Logan. Il ne lui avait pas fallu longtemps pour s'y installer définitivement. Dans la chambre d'amis, il n'y avait pas de souvenir.

En entrant dans sa chambre, l'angoisse que lui inspirait le retour d'Hallie décupla. Et si Hallie refusait de rentrer à la maison avec elle ? Et si elle préférait aller vivre avec Logan, lorsqu'elle découvrirait que ses parents étaient séparés ? Et comment allait-elle faire, elle, pour vivre comme si de rien n'était avec Logan dans la maison ?

Juridiquement, la maison leur appartenait toujours à tous les deux. Ni l'un ni l'autre n'avait voulu bouleverser davantage l'existence d'Hallie. Logan avait dit qu'il la léguerait à Dana. D'ailleurs, il n'avait jamais eu envie de vivre dans cette maison. Si Dana l'avait écouté, ils seraient allés vivre dans une grande propriété des environs de Boston, et pas dans cette maison de style colonial des quartiers sud de Chicago.

Pour d'obscures raisons, ils n'avaient jamais réussi à effectuer les démarches qui auraient mis la maison au nom de Dana. Elle ne le regrettait pas. Si Logan lui avait cédé la maison, elle se serait sentie redevable envers lui.

Jilly et Liz avaient du mal à la comprendre. D'après Liz, étant donné la richesse de Logan, Dana aurait dû lui soutirer jusqu'à son dernier sou. Jilly, elle, pensait que vivre dans cette maison sans qu'elle soit à son nom mettait Dana en position vulnérable, et que Logan pouvait la jeter dehors à tout moment.

En tant que juriste, Dana savait à quoi s'en tenir. Mais en tant que personne, elle connaissait Logan.

Après tout, les gens pouvaient bien penser ce qu'ils voulaient. Logan ne ferait jamais rien qui bouleverse la vie de sa fille.

Aussi, pourquoi remuer le passé ? Cela ne servait strictement à rien. Elle n'était plus une jeune fille amoureuse, mais une mère célibataire qui devait s'occuper de sa fille et de sa carrière. Et c'est bien ce qu'elle avait l'intention de faire.

Il n'était pas question de laisser la présence de son ex-mari perturber sa vie. Elle avait bien assez de soucis, sans aller se demander si elle était toujours amoureuse de Logan Wakefield.

Le lendemain, dès son réveil, Dana appela le bureau des infirmières. On lui apprit qu'Hallie dormait toujours. Après s'être habillée et douchée en hâte, Dana se rendit à l'hôpital dans l'espoir d'assister au réveil de sa fille.

Dans l'ascenseur de l'hôpital, elle passa en revue toutes les choses qu'elle devait faire, en priant pour que les formalités de sortie ne lui fassent pas perdre de temps. Mais la véritable raison pour laquelle elle avait quitté son domicile à 6 h 30, c'était sa hâte de voir si l'état d'Hallie avait changé pendant la nuit.

La fillette se souvenait-elle de sa mère ?

En arrivant devant la chambre, Dana passa la tête par la porte. Hallie dormait toujours, avec un air si paisible qu'on ne se serait jamais douté de rien.

Dana voulait entrer, être la première personne que sa

petite fille apercevrait en ouvrant les yeux. Mais comment sa présence serait-elle accueillie ? Elle hésita.

Et si Hallie prenait peur en la voyant ? Malgré son désir d'être auprès d'elle, Dana décida qu'il valait mieux attendre l'arrivée de Logan. Pourvu qu'il ne se soit pas envolé vers Dieu sait quelle mission...

Une main chaude se posa sur son épaule.

— Logan ! Tu m'as fait peur...

Il était si près qu'elle pouvait humer son parfum d'air frais, comme s'il avait passé un long moment dehors.

— Je suis contente que tu sois venu.

— Tiens ? C'est nouveau.

— Pas du tout, répondit Dana en rougissant. Simplement, je ne voulais pas entrer sans toi.

— C'est bien ce que je disais : voilà qui est nouveau, reprit-il en la regardant au fond des yeux.

— J'avais peur qu'Hallie se réveille et qu'elle ait une grosse frayeur, rien de plus. Ne va pas t'imaginer des choses, Logan Wakefield.

Logan était passé chez le coiffeur. Il arborait une coupe courte mais pas stricte, avec des cheveux plus longs sur le dessus et très à la mode, comme d'habitude. Il portait un jean, une veste en cuir noir à l'aspect si moelleux que Dana mourait d'envie de la toucher.

— Elle n'aura aucune frayeur, déclara-t-il. Tu es sa mère. Et si jamais elle ne s'en souvient pas et semble un peu hésitante, je suis sûr que cela ne durera pas.

— J'aimerais en être aussi sûre que toi. Rappelle-toi ce qui s'est passé hier. Je ne veux pas lui rendre les choses encore plus difficiles. Je veux qu'elle rentre à la maison, c'est tout.

Logan lui toucha gentiment le bras.

— Viens, entrons voir si elle se réveille.

Ils entrèrent sur la pointe des pieds et s'assirent sur les

mêmes sièges que la veille. Logan était beaucoup plus doué qu'elle pour l'attente. Dana se rappelait d'autres circonstances où ils avaient dû attendre ensemble, elle impatiente, lui complètement décontracté.

C'était la veille des résultats de la *Harvard Law Review*.

Trop nerveuse pour manger ou même dormir, elle avait appelé Logan en pleine nuit pour lui demander de venir chez elle. Si elle l'avait appelé, c'est parce qu'il était la seule personne à comprendre à quel point il était important pour elle de publier dans la *Review*.

Logan, lui, s'en moquait. Il connaissait pourtant son droit à fond, comme l'attestaient ses notes. A vrai dire, c'était un étudiant brillant, et il était regrettable qu'il ait abandonné le droit.

Dana, en revanche, avait dû travailler d'arrache-pied pour obtenir les notes lui permettant de faire partie de l'élite. Logan savait ce qu'il lui en avait coûté, et il l'avait aidée.

L'attente avait été horrible. Dana ne pouvait pas imaginer ce qu'elle deviendrait si elle échouait. Ecrire dans la *Review* était une composante capitale de son projet, et son projet était toute sa vie. Il se confondait avec elle. L'échec était exclu.

Pendant qu'ils attendaient ensemble la publication du classement, Logan avait déclaré :

— Si je suis pris et pas toi, je te donne ma place.

— Ne plaisante pas avec ça ! Tu sais combien c'est important pour moi. Comment peux-tu en parler à la légère ? C'est la chose qui compte le plus dans ma vie, et cela me vexe que tu puisses en parler comme si ça n'avait pas d'importance.

Il avait paru blessé, et elle avait regretté ses paroles. Il faisait ce qui était en son pouvoir pour lui remonter le moral. Il savait bien qu'il serait pris. Pas étonnant qu'il ne s'en fasse pas. Elle aurait dû être soulagée de savoir qu'il lui donnerait sa place, mais il n'en était rien. Cette réussite, elle voulait ne la devoir qu'à elle-même.

Finalement, elle avait été admise de justesse, mais admise tout de même. Logan s'était classé dans les premiers, comme prévu et, contrairement à ce qu'elle avait cru, il avait relevé le gant. Si elle écrivait dans la *Review*, il écrirait aussi, avait-il déclaré.

— Sinon, comment je ferai pour te voir ? avait-il ajouté.

Un coup de coude la ramena à la réalité. Logan lui montrait le lit : les paupières d'Hallie frémissaient.

— Coucou, ma puce. Papa et maman sont là.

Logan prit la main de la fillette, qui ouvrit les yeux.

Ses petits doigts serrèrent ceux de son père et elle eut un faible sourire en le voyant. Dana attendit, l'estomac noué par l'impatience et la peur. Si seulement Hallie pouvait avoir la même réaction en la voyant, elle...

Mais quand la fillette se tourna vers elle, ce fut avec un regard absent.

Un lourd silence retomba sur la chambre. Rien n'avait changé depuis la veille, songea Dana, abattue.

Mais n'était-ce pas compréhensible ? Hallie venait de passer par des moments éprouvants. Il y avait de quoi être ébranlée. Quel effet cela devait-il faire, de se réveiller en ayant tout oublié ?

Le Dr Fleming arriva peu après et envoya Dana à l'accueil, pour remplir les papiers de sortie.

— Je n'en ai pas pour longtemps, dit-elle avec un enthousiasme forcé avant de quitter la chambre.

Hallie ne devait à aucun prix se rendre compte de son désarroi.

Au moment où elle sortait, elle entendit Logan plaisanter avec sa fille :

— On dirait que nous n'allons pas avoir besoin de nous évader d'ici, finalement.

Elle faillit se retourner pour voir si Hallie avait souri. Elle l'espérait de tout son cœur.

Une petite fille devait sourire.

Lorsqu'elle revint, Hallie était installée dans un fauteuil roulant.

— Le règlement hospitalier l'exige, expliqua l'infirmière en les accompagnant jusqu'à l'ascenseur.

Pendant la descente, Dana chercha en vain quelque chose à dire, quelque chose qui paraisse naturel et ne trahisse pas la terrible angoisse qui s'était emparée d'elle.

« Comportez-vous normalement », avait dit le docteur. Comment faire ? Sa propre fille ne la reconnaissait plus. Quant à son ex-mari, il allait habiter sous son toit et feindre d'être toujours son époux.

A la porte de l'hôpital, Logan annonça qu'il allait rapprocher sa voiture, l'été indien ayant soudain viré au froid et à la pluie. Il ne restait plus à Dana qu'à rentrer seule avec la sienne, ou bien à revenir la chercher plus tard. Elle opta pour la seconde solution, car elle ne voulait pas perdre Hallie de vue une minute.

Hallie choisit de s'asseoir à l'arrière et refusa que sa mère vienne s'installer près d'elle. Dana dut rassembler tout son courage pour sourire malgré tout. Le trajet fut interminable. Logan conduisait lentement, comme s'il craignait que les secousses ne fassent mal à Hallie. Quand ils arrivèrent enfin, Logan entra dans le garage comme s'il n'avait jamais quitté la maison.

— Allez, viens, dit-il à Hallie en lui tendant la main pour l'aider à descendre.

Comme la fillette hésitait, Dana lui tendit aussi la main.

Hallie saisit d'abord celle de son père, puis celle de sa

mère, comme si elle ne pouvait pas toucher Dana sans la protection de Logan.

Une fois à l'intérieur, Dana épia le visage de l'enfant, dans l'espoir d'y déceler un signe prouvant qu'elle reconnaissait les lieux. Puis elle décida de l'emmener dans sa chambre, pensant qu'elle aurait plus de chances d'y retrouver des souvenirs.

Hallie regardait partout autour d'elle, comme si elle découvrait un monde étrange et nouveau. En entrant dans sa chambre, elle contempla la commode, sur la gauche, où était disposée sa collection de boîtes à musique. Puis son lit blanc à colonnes, qui occupait le centre de la pièce. Et enfin son étagère, à droite, avec sa collection de *La petite maison dans la prairie*, ses poupées portant les différents costumes traditionnels américains et les livrets accompagnant chacune d'elles.

Dana lui avait promis de l'emmener au musée pour son anniversaire, d'acheter une autre de ces poupées de collection ou encore une poupée à son effigie. Mais Hallie avait probablement aussi oublié cette promesse.

Pooka, son doudou préféré, gisait sur une chaise. Ce fut tout juste si Hallie lui accorda un regard.

Dana refoula son angoisse grandissante.

— Mets-toi à l'aise. Regarde, prends ton temps. Pendant ce temps, je vais préparer le déjeuner.

Contemplant les poupées, Hallie s'en rapprocha et tendit la main vers Kirsten, la poupée qui portait le costume traditionnel des pionnières américaines. Mais avant de la toucher, elle eut un mouvement de recul.

— Je peux les prendre ?

Dana hocha la tête et se retint de serrer sa fille contre elle. Elle risquait de l'effrayer en essayant de se rapprocher trop vite.

— Mais bien sûr, ma chérie. Tout ce qui est ici t'appartient. Cette pièce est la tienne, et tu peux y faire tout ce que tu veux.

Oubliant la poupée, Hallie se dirigea vers le lit, puis leva de grands yeux vers Dana.

— C'est ici que je dors ?

L'idée de dormir dans ce lit l'effrayait-elle ou lui faisait-elle plaisir ? C'était difficile à dire.

— Oui, c'est ici, ma chérie. Tu as choisi toi-même ce lit l'an dernier. Et ensuite, nous avons décoré ta chambre ensemble, selon tes désirs, avec tous les objets que tu aimes.

Dana alla lui montrer la maison de poupée près de la fenêtre.

— Nous avons fabriqué cette maison ensemble : nous nous sommes bien amusées !

C'est à ce moment-là qu'elle remarqua Logan, qui observait la pièce sur le pas de la porte.

Hallie contempla la maison de poupée sans laisser paraître la moindre émotion.

— Pourquoi est-ce qu'on a dû la fabriquer ? On n'avait pas les moyens d'en acheter une ?

Dana en resta sans voix. Mais Logan entra d'un pas alerte et ramassa une chaise de poupée.

— Je pense que ta maman et toi avez préféré la fabriquer, parce que c'est beaucoup plus amusant que d'aller en acheter une. Quand on fabrique les choses soi-même, on peut les faire exactement à son idée.

Il s'accroupit pour être à la hauteur d'Hallie.

— Tu as vu, la petite chambre est bleue, comme la tienne. Je parierais que maman et toi avez choisi cette couleur parce que c'est ta préférée.

Hallie jeta un coup d'œil à la maison, puis autour d'elle.

— Je ne savais pas que j'aimais tant le bleu. Mais maintenant, je m'en souviens.

70

Dana se sentait presque de trop.

— Pendant que vous faites connaissance avec la chambre, je vais aller préparer quelque chose à manger, vite fait. Je vais faire ton plat favori, Hallie : les macaronis au fromage.

Sur ces mots, elle mit le cap sur la porte, tant son besoin était grand de se retrouver seule pour reprendre le contrôle de ses émotions.

Mais Hallie se tourna vers elle avec un regard inexpressif.

— Il y avait des macaronis au fromage à l'hôpital et c'était dégoûtant. Il y avait aussi du truc rouge qui bougeait. C'était drôlement bon…

Ça alors ! Hallie avait toujours détesté la gelée Jello. Elle n'en avait jamais aimé la consistance, et voilà qu'elle aimait ça, à présent. Dana faillit ouvrir la bouche mais se ravisa à temps. Elle avait l'impression de parler avec une inconnue. Ce qui était peut-être le cas, d'ailleurs.

— Moi, je suis pour, déclara Logan. J'adore les macaronis au fromage.

Comme il la fixait, elle comprit pourquoi son regard brillait d'un éclat si particulier. A cause d'une bataille de macaronis au fromage, ils avaient été obligés de prendre un bain et avaient fini par faire l'amour pour la première fois ensemble. C'était la première fois tout court, pour Dana.

Mais comment pouvait-il penser à *ça* en un moment pareil ?

— Si mes souvenirs sont exacts, tu adores tous les plats que tu ne t'es pas donné la peine de cuisiner, répliqua-t-elle.

Sur ses mots, elle s'élança dans l'escalier.

Entre sa fille qui ne la connaissait plus et son ex-mari qui ne la connaissait que trop, difficile de garder son sang-froid !

« N'effraie pas Hallie, ne lui montre pas ta peine, ni ta peur. Ne t'autorise aucune faiblesse. Ne te laisse pas avoir *par* Logan.

Ne succombe pas à son charme. Et surtout, ne lui montre pas que tu éprouves toujours quelque chose pour lui. »

Quand elle se fut réfugiée dans sa cuisine, elle resta un moment appuyée contre un plan de travail, essayant de retrouver l'état d'esprit et la froideur qui lui avaient si bien rendu service depuis un an.

Elle devait garder les idées claires. La seule chose qui comptait, c'était qu'Hallie se rétablisse. S'il fallait pour cela supporter Logan, elle était prête à le faire, aussi longtemps que sa présence s'avérerait nécessaire.

Dana se redressa et repoussa les cheveux qui lui retombaient sur les yeux. Puis elle remplit une casserole d'eau. Elle y arriverait, elle en était certaine. Elle était quasiment capable de tout pour sa fille.

Lorsque Logan redescendit, de la vapeur s'échappait d'une casserole posée sur la cuisinière, et Dana était introuvable. Bizarre. Cela ne lui ressemblait pas de laisser une casserole sans surveillance sur le feu. Etait-elle montée se changer ?

C'était peu probable. Dana avait toujours été prudente avec ces choses-là. Trop prudente. Parfois, même, jusqu'à en devenir agaçante.

A l'aide d'une cuillère de bois qui se trouvait là, Logan remua les macaronis. Hallie avait exprimé le désir qu'il la laisse seule un petit moment, sans doute pour regarder tranquillement tous les objets que contenait sa chambre, peut-être pour voir si l'un d'entre eux ne lui rappelait pas quelque chose.

— Ce sera prêt dans un petit quart d'heure, annonça Dana derrière lui.

Elle s'était changée et portait un sweat blanc et un jean. Elle avait relevé une partie de ses cheveux en queue-de-cheval et laissé le reste libre. Ses cheveux semblaient beaucoup plus courts qu'autrefois.

Lorsqu'ils s'étaient rencontrés, ses longs cheveux auburn descendaient en un flot soyeux jusqu'à ses reins. Il l'aimait, avec les cheveux longs. C'était toujours du plus bel effet, quel que soit son style vestimentaire. L'une des choses auxquelles il aimait penser lorsqu'il était au loin pour une mission, c'était la façon dont ses cheveux caressaient son propre visage quand ils faisaient l'amour. Leur parfum provoquait immanquablement certaines réactions chez lui, même lorsqu'il se contentait d'y penser.

Ils avaient toujours formé une bonne équipe dans ce domaine. Très bonne, même. Ils…

— Quelque chose ne va pas ? s'inquiéta Dana en tortillant ses cheveux sur sa nuque.

Logan s'aperçut alors qu'il la regardait fixement. S'éloignant de la cuisinière, il alla s'asseoir sur un tabouret près de l'îlot central.

— Non, rien. Je me disais seulement que tes cheveux étaient plus courts qu'avant.

— Ça fait un moment.

Dana avait pris un air sévère, comme si elle n'avait aucune envie de perdre du temps à parler de tout et de rien, et surtout pas d'elle-même.

Chaque fois qu'elle parlait d'elle, Dana était gênée. Logan, lui, aimait la voir rougir et triturer les cheveux de sa nuque.

Il adorait cela, même, et savait bien pourquoi : ce geste signifiait qu'elle ne contrôlait plus la situation. Et cela n'arrivait jamais, sauf quand ils faisaient l'amour.

Dana vida l'eau des pâtes, qu'elle jeta dans une passoire.

— Hallie t'a-t-elle dit quelque chose pendant que tu étais là-haut ? demanda-t-elle en évitant son regard.

Ses mouvements dénotaient une certaine inquiétude. Elle

souffrait énormément. Logan savait ce qu'elle ressentirait s'il lui disait la vérité, à savoir qu'Hallie avait déclaré avoir peur.

— Elle a dit qu'elle aimait bien la maison de poupées, mais qu'elle regrettait de ne se souvenir de rien.

— Elle n'est pas la seule à le regretter ! lança Dana avec un rire amer.

— Oui. C'est dur pour nous tous.

Il l'observa pendant qu'elle passait les macaronis à l'eau froide. Son dos était raide, ses muscles tendus.

— Excuse-moi, je n'aurais pas dû dire ça, reprit-elle.

— Et pourquoi pas ? J'essaie de m'imaginer ce que je ressentirais à ta place.

— Ce que nous éprouvons toi et moi n'a aucune importance. Je n'ai pas à m'apitoyer sur mon sort.

Elle parlait avec résolution. Logan l'admirait, sans la comprendre toutefois. Elle avait pris une décision et ne changerait plus d'avis.

Lui, au contraire, était incapable de réguler ses émotions, comme il était incapable de ne plus s'enivrer de son parfum. Ce parfum qui faisait resurgir des souvenirs de baisers affamés, de désir fou entre deux étudiants qui avaient fini plus d'une fois par faire l'amour sur la banquette arrière de sa BMW.

Les souvenirs d'amours juvéniles et de passion déferlèrent soudain. A l'époque, il la désirait avec une telle force, une telle acuité, qu'il en avait mal. Et le plus beau, c'est qu'elle éprouvait la même chose pour lui. Ils n'étaient jamais rassasiés l'un de l'autre. Il en avait gardé le souvenir ancré en lui.

Dana se retourna et appuya sa hanche contre un plan de travail. Il avait envie de l'embrasser. Exactement comme ce jour où il avait eu la même envie, à la sortie du fameux cours avec le professeur Karpinsky.

Il leva une main pour toucher sa joue, puis se ravisa.

— Tu as raison. L'important, c'est de faire notre possible pour aider Hallie. Il faut que nous en parlions, pour nous mettre d'accord sur la conduite à adopter, étant donné les... hum... les circonstances.

— Tu peux préciser ?

— Eh bien..., dit-il en se rapprochant. Si Hallie nous croit toujours mariés, nous devons nous conduire en conséquence.

Dana jeta brutalement les macaronis dans la casserole, déchira le paquet de fromage et le vida sur les pâtes ainsi que les autres ingrédients. Puis, à l'aide de la cuillère, elle se mit à battre le tout de plus en plus vigoureusement. Elle ne s'arrêta que lorsque tout fut réduit à une mixture jaunâtre.

— Pas question, Logan Wakefield. Parce que si nous vivions exactement comme lorsque nous étions mariés, tu partirais en mission Dieu sait où dans cinq minutes. Allons, rends-toi utile et dresse la table.

Il avait touché un point sensible. Dana était une virtuose lorsqu'il s'agissait d'éviter les sujets qui fâchent. S'il l'obligeait à affronter une émotion contre son gré, elle contre-attaquait.

— Bien sûr, je vais mettre la table... Comme au bon vieux temps ! D'ailleurs, reconnais qu'il y avait d'excellents moments, au bon vieux temps.

Un bruit dans l'escalier les fit se retourner en même temps. Hallie était là, qui ouvrait de grands yeux pleins de questions.

— Coucou, ma puce. Viens aider ton papa. Je ne me rappelle jamais où ta mère range les choses. Parfois, je me demande même si elle ne fait pas exprès de changer les choses de place, juste pour m'éviter de sombrer dans la routine.

Hallie sourit à cette plaisanterie, puis consulta Dana du regard, comme pour lui demander la permission.

Le fait qu'elle semblait prête à participer était plutôt encourageant.

— D'accord, dit-elle. Prends les sets, là-bas, sur le comptoir, et mets-les sur la table.

Le repas se passa bien et, malgré ce qu'elle avait dit, Hallie sembla aimer les macaronis au fromage. Tout en mangeant, elle écouta, captivée, Logan qui lui décrivait les pays qu'il avait visités dans le cadre de ses missions.

Le reste de la journée s'écoula lentement. Dana essaya d'engager la conversation avec Hallie pendant que Logan passait quelques coups de fil professionnels. Elle aurait aimé être seule un moment avec sa fille, mais le dialogue était si guindé et si peu naturel qu'elle avait envie de pleurer. Elle se retint toutefois et proposa à la fillette de jouer aux dames, ce qu'elles firent jusqu'à ce que Logan soit de nouveau disponible et les régale d'autres récits de ses aventures. Finalement, lorsque Hallie déclara qu'elle était fatiguée et voulait se coucher de bonne heure, Dana éprouva un immense soulagement. Peut-être la tension descendrait-elle d'un cran, après une bonne nuit de sommeil. Quand Logan proposa d'aller faire les courses, ce fut comme si elle était soulagée d'un second poids.

Jilly appela. Elles discutèrent ensemble du moment le plus approprié pour que Chloé et Hallie se rencontrent, et décidèrent d'aviser le lendemain, en fonction des réactions d'Hallie.

Après ce coup de fil, Dana réfléchit aux dispositions à prendre concernant le couchage. Logan allait dormir chez elle et Hallie les croyait toujours mariés... Elle préférait ne pas songer à ce que cela impliquerait.

Après s'être préparé un chocolat chaud, elle se laissa choir sur le canapé et alluma la télévision, avec l'espoir de tomber sur un spectacle distrayant qui lui ferait oublier ses problèmes. Mais elle eut beau zapper, rien ne retint son attention.

Ses regards obliquèrent sur la bibliothèque que Logan lui avait fabriquée pour abriter sa collection d'éditions originales. Il en avait fait une autre pour son bureau, où elle rangeait ses revues, ouvrages de droit, ainsi que les statuts des différents Etats.

Partout où elle posait les yeux, des objets lui rappelaient Logan. Les photos dans leurs cadres dorés sur la table de bibliothèque, des photos de Logan, Hallie et elle qu'elle n'avait jamais pu se résoudre à ranger ailleurs. Le fauteuil en cuir chocolat et son repose-pieds, qu'il trouvait si moelleux et confortable. La boîte à musique qu'il lui avait offerte pour son anniversaire l'année où ils s'étaient connus. Tout lui rappelait Logan et l'amour qu'elle avait si longtemps attendu, la famille qu'elle avait tant désirée.

Autant de rêves puérils qui ne se réaliseraient jamais.

Au cours de l'année écoulée, elle avait réussi à voir cette vérité en face — ainsi que l'échec de leur mariage.

Pourquoi tout lui revenait-il subitement ? La présence de Logan chez elle n'était due qu'à une raison et une seule, la raison même pour laquelle ils s'étaient mariés.

Son enfant. Sa fille.

C'était plus clair que jamais.

5.

De retour des courses, Logan s'engagea dans l'allée. Décidément, la maison n'avait pas changé depuis un an, du moins extérieurement. La demeure de style colonial était la même, avec son liseré taupe qui soulignait toujours les huisseries des fenêtres et de la porte.

Le quartier de Beverly Hills, ainsi nommé en hommage à son homologue californien, avait été autrefois le refuge de l'élite de Chicago. Après une période de désaffection, il attirait de nouveau les jeunes actifs, séduits par les demeures anciennes et la proximité des quartiers d'affaires.

Logan, lui, aurait préféré acheter ou faire construire à la campagne, où leurs enfants auraient pu courir et jouer en toute liberté, et où la vie était plus sûre. Mais Dana avait insisté, arguant que ce quartier était à la fois très sûr et proche des endroits vivants qui faisaient tout le charme de Chicago.

Finalement, ils avaient conclu l'accord suivant : après un an d'essai, si cela ne marchait pas, ils déménageraient. Fort heureusement, Logan s'était lui aussi amouraché de cette ville.

Une fois dans le garage, il resta un moment assis dans sa voiture, des souvenirs pleins la tête. Son ex-femme avait toujours fait preuve de détermination. Il se souvenait d'un soir en particulier. Ils étaient en deuxième année et venaient de participer à une Ames Moot Court Competition, concours au cours duquel il s'agissait de plaider devant une cour fictive. Leur équipe de quatre avait plaidé en appel devant un jury de professeurs, d'avocats et de futurs juges. Dana bouillait littéralement d'impatience en attendant le résultat. Seules deux équipes seraient admises en demi-finale de la compétition, qui représentait pour beaucoup d'étudiants le point culminant de l'année scolaire.

La finale aurait lieu en troisième année devant un tribunal fictif au sein duquel siégerait un juge de la Cour suprême. Il s'agirait alors d'affaires devant être réellement jugées par la Cour suprême. Dana était littéralement hors d'elle-même dans l'attente des résultats. A l'époque, Logan ne savait pas que cela représentait beaucoup plus pour elle que l'argent offert en récompense, et qu'elle considérait cette compétition comme un tremplin vers le succès, vers son but le plus cher. Il ne pouvait pas le comprendre parce qu'à l'époque, rien n'avait jamais compté à ce point pour lui.

Pendant qu'ils attendaient dans le couloir, il avait naïvement déclaré que ce ne serait pas la fin du monde s'ils n'étaient pas admis en demi-finale.

— D'ailleurs, qui se souviendra de tout ça dans un siècle ?

Dana avait rejeté ses cheveux en arrière avec un long soupir.

— Evidemment, tu n'as jamais su ce que c'était de désirer une chose au point de faire n'importe quoi pour l'obtenir. Tu n'as sûrement jamais désiré une chose sans l'obtenir dans la minute qui suit.

Logan s'était alors rapproché d'elle, autant qu'il pouvait le faire en public sans que son excitation devienne visible.

— Ce n'est pas tout à fait le cas. Pour mes seize ans, j'avais demandé une Corvette. On m'a offert à la place une énorme, une horrible Mercedes cinq portes. Ce que j'avais envie de cette Corvette !

— C'est bien ce que je pensais. Et, bien sûr, tu es allé sur-le-champ travailler dans un fast-food pour pouvoir te payer l'objet de tes rêves.

— Non ! C'est ce qui te perd chaque fois : tu fais trop de suppositions. A moins que tu n'aies réellement une très mauvaise opinion de moi.

— Prouve-moi que j'ai tort, avait-elle lancé, le menton relevé, l'œil brillant.

Il avait éprouvé une violente envie de l'embrasser. Il en avait tout le temps envie, d'ailleurs. Mais cela n'aurait rien prouvé à Dana, sauf qu'il était comme tous les autres garçons, qui cherchaient seulement à ajouter un nom à leur tableau de chasse. Or, depuis un moment déjà, Logan ne voyait plus les choses de cet œil-là avec Dana.

— Bien, avait-il répondu. Ecoute un peu ça : quand j'étais au lycée, je travaillais tous les étés pendant un mois dans l'entreprise de mon père.

— Ça, c'est ce qui s'appelle travailler dur, Wakefield ! Epargne-moi tes violons. Excuse-moi, mais cela me soulève le cœur.

— Comment ? Tu crois que travailler pour mon père est une sinécure ? C'est un véritable supplice !

Oui, se souvint Logan. Dana et lui avaient passé beaucoup de temps ensemble, avec leur groupe de travail ou leur bande de copains. Mais la plupart du temps, il aurait voulu être seul avec elle. Il cherchait à renforcer les liens pour qu'elle s'ouvre à lui, suffisamment du moins pour qu'il puisse gagner son cœur. Mais Dana restait toujours hors d'atteinte.

C'était la première fois qu'il avait autant de mal avec une

fille. D'ordinaire, c'étaient elles qui venaient à lui et se conduisaient comme si elles avaient désespérément besoin de lui. Dana était la toute première à ne pas se laisser impressionner par son physique ou l'argent de ses parents.

Il était au moins sûr d'une chose : si elle l'appréciait, c'était pour lui-même, pour ce qu'il était et pour rien d'autre. Dana Marlowe était ainsi faite.

A l'époque, toujours prête à dévorer la vie, elle débordait d'idées et d'énergie. Sa compagnie, à elle seule, était très stimulante. Le reste était très stimulant aussi, d'ailleurs. Rude épreuve pour des hormones de vingt-deux ans.

Pour la première fois de sa vie, il désirait quelque chose qu'il ne pouvait obtenir. Il la désirait tellement qu'il aurait fait pratiquement n'importe quoi pour arriver à ses fins.

Mais Dana avait décidé qu'elle était là pour apprendre. Elle n'avait ni le temps ni l'envie de se lier. Etudier, publier dans la *Review*, être la première partout, telle était sa raison d'être à l'époque, et c'était toujours le cas, apparemment.

Logan descendit de sa voiture, déchargea les courses et rentra. Rien n'avait changé depuis dix ans. Dana ne s'était toujours pas livrée complètement à lui. Elle ne lui avait jamais révélé ce qui la poussait à vouloir réussir. Il ne possédait apparemment pas la clé.

Lorsqu'il entra dans la maison, les lumières étaient tamisées. Tout était silencieux. Il ouvrit une bière et rangea les courses avant de se rendre dans le salon. Dana s'était endormie sur le canapé. Il la contempla un moment, penché au-dessus d'elle.

Le feu se mourait dans la cheminée, baignant la pièce d'une clarté grisée à la lueur de laquelle le visage de Dana avait quelque chose d'angélique. Elle ne faisait pas ses trente-deux ans. Sans doute à cause des taches de rousseur qui ornaient son nez, et de cette fraîcheur qui lui donnait l'air juvénile.

Puis Logan s'installa dans un fauteuil en face d'elle, prit une revue et se plongea dans un article sur les puces électroniques.

— Il faut nous décider, déclara soudain Dana.

Logan sursauta et leva les yeux. Elle s'était assise, les cheveux en bataille comme après l'amour.

— Nous décider à quoi ?

Dana lissa ses cheveux et feignit de ne pas avoir saisi le sous-entendu.

— Pour commencer, savoir où tu vas dormir et ranger tes vêtements, si toutefois tu en as.

— J'en ai. Ils sont dans ma voiture.

— Il faut aussi établir des règles de base et décider comment nous allons nous y prendre avec Hallie.

— Bien, mon capitaine ! répondit Logan avec un salut militaire.

Puis il sourit, de ce sourire un peu de guingois qui lui faisait comprendre qu'elle prenait les choses trop au sérieux.

« Laisse glisser », disait toujours Logan. Pour lui, être malheureux ne changeait pas le cours des choses et ne servait qu'à vous mettre à cran.

— D'accord, dit Dana. Mais je veux être sûre que nous avons accordé nos violons. C'est déjà assez difficile pour Hallie, sans qu'elle doive subir les problèmes qui peuvent survenir entre toi et moi.

— Des problèmes ? s'étonna Logan. Je croyais que nous les avions tous résolus en divorçant. Quels problèmes pourrions-nous rencontrer maintenant, je te le demande ? Nous voulons tous les deux le bien d'Hallie, n'est-ce pas ?

— Exact.

Logan pouvait la défier, elle ne jouerait pas son jeu. Elle savait trop comment cela risquait de se terminer. De deux manières exclusivement : par une dispute, ou au lit. Elle n'avait envie d'essayer ni l'un ni l'autre.

— Parlons d'abord de ce que nous allons faire la nuit.

— Facile, dit Logan en se renversant dans son fauteuil.

Dana, malgré elle, lorgna ses jambes moulées dans son jean. Elle connaissait la solide musculature qui se cachait sous ce vêtement et elle n'aimait pas la façon qu'avait ce souvenir d'entraîner ses pensées vers des images sensuelles.

— Tu connais mes goûts, poursuivit Logan. Et je crois qu'en dix ans, je me suis fait une idée assez précise des tiens.

Il jouait de nouveau de ce sourire en coin qui la taquinait et l'appâtait.

— Gros malin ! Tu sais très bien ce que je veux dire.

— Oui, hélas.

Que voulait-il dire par là ? Après tout, elle s'en moquait.

— Hallie nous croit toujours mariés. Donc, j'imagine que nous devrions partager la même chambre. Je dors maintenant dans la chambre d'amis. Il y a un canapé où tu pourras dormir.

— Tu dors dans la chambre d'amis ?

— C'est plus intime. Et plus près de celle d'Hallie. Je tenais à m'en rapprocher parce que j'ai le sommeil très lourd.

Logan n'en croyait pas un mot, cela se lisait sur son visage.

— Bon, dit-il enfin. Ça devrait pouvoir marcher. Quoi d'autre ?

— J'ai parlé avec Jillian. Si Hallie se sent mieux demain matin, nous avons pensé que les petites pourraient se rencontrer. C'est dimanche, et s'il fait beau, nous pourrions aller pique-niquer, par exemple.

Le regard de Logan s'alluma.

— Oui, nous pourrions faire ça. Tu as raison : plus tôt les

petites joueront ensemble, mieux ce sera pour Hallie. Donc, je suis partant.

Nous ? Dana n'avait pas envisagé la participation de Logan. Il ne lui était pas venu à l'idée qu'il veuille se promener avec deux femmes et deux fillettes, qui plus est pour aller pique-niquer. Il est vrai qu'ils avaient déjà pique-niqué en famille, autrefois, mais c'était surtout lorsqu'ils se rendaient à leur chalet de Rainbow Lake, chalet qu'ils possédaient d'ailleurs toujours.

— D'accord, dit Logan. Marché conclu. Maintenant, je dois régler une petite affaire. Cela ne t'ennuie pas si je téléphone dans la cuisine ?

— Non, fais comme chez toi. Je monte me coucher. Je t'ai sorti des draps. Je pense que tu sauras te débrouiller pour le reste.

— Je me débrouillerai.

Que Logan puisse se débrouiller, elle n'en doutait pas une seconde. Mais elle ? Elle n'était plus sûre de rien, sauf que la vie avec Logan n'était jamais ennuyeuse.

— Salut, ma puce. Comment ça va ? Tu as bien dormi ?

La voix de Logan venait du couloir. Dana entendit aussi la voix d'Hallie, mais comme ils s'éloignaient, elle ne saisit pas ce qu'ils se disaient.

Elle s'étira paresseusement et tira sa couverture. Lorsque Logan était entré dans sa chambre, tard la veille, elle avait feint d'être endormie. Puis elle avait longuement écouté sa respiration, les sens assaillis par son eau de toilette dont le parfum, tel un puissant aphrodisiaque, l'avait laissée pantelante de désir.

Elle avait passé ainsi la moitié de la nuit, si excitée par sa présence qu'elle ne pouvait nier les désirs physiques qu'il avait réveillés en elle. Aux petites heures, elle s'était enfin endormie.

Elle s'étira une nouvelle fois, fatiguée, regrettant de ne pouvoir s'enfouir sous les couvertures et dormir encore. Puis elle se leva et attendit un instant que son sang circule et que son cerveau se remette à fonctionner.

Le docteur avait conseillé de faire des choses habituelles avec Hallie, et c'est ce qu'elle allait faire, si sa fille était d'accord.

Le soleil filtrait à travers les rideaux. La journée s'annonçait propice à un pique-nique. Hallie avait toujours adoré déjeuner sur l'herbe.

Même si Logan se joignait à elles, Jillian et Chloé seraient là. Donc, si les petites allaient jouer ensemble, elle ne resterait pas seule avec lui. Du moins s'il tenait toujours à les accompagner.

L'idée qu'Hallie et Chloé puissent jouer ensemble ravivait ses espoirs. Les deux fillettes étaient très liées et Hallie se souviendrait certainement de sa meilleure amie.

A partir de là, elle se souviendrait peut-être d'autres choses.

Vêtue d'un jean et d'un pull à col cheminée, Dana bondit dans l'escalier. Elle s'arrêta net à l'entrée de la cuisine. Logan était aux fourneaux. Pieds nus, en jean, avec une chemise blanche ouverte, les cheveux en bataille, il était plus sexy que jamais. Hallie se tenait tout près de lui.

La table était mise, trois jus d'orange étaient déjà servis. Dana se sentit soudain envahie par une bouffée de nostalgie, sans savoir pourquoi.

Logan n'avait jamais été du genre à préparer le moindre repas. A vrai dire, il était si rarement là le matin que cette scène ne pouvait lui rappeler aucun souvenir.

Peut-être était-ce parce qu'ils étaient réunis comme une

famille devait l'être. Soudain, l'estomac de Dana gargouilla si bruyamment que Logan et Hallie se retournèrent.

— Que faites-vous ? demanda Dana.

— Le petit déjeuner, évidemment ! claironna Hallie.

Dana sentit son cœur bondir dans sa poitrine. Entendre sa fille dire quelque chose sans l'ombre d'une crainte, ce n'était pas comme recevoir des baisers de sa part, mais c'était déjà un progrès.

Dana s'approcha pour regarder ce qui cuisait.

— Et peut-on savoir ce que vous nous préparez, tous les deux ?

— Des pancakes et du bacon, répondit Logan, l'air vexé. Ça ne se voit pas ?

Après avoir de nouveau examiné le contenu de la poêle, Dana adressa un clin d'œil à Hallie.

— Euh… si, si, bien sûr. C'est juste que je n'avais jamais vu de pancakes aussi… aussi particuliers. Je me disais que tu en profitais peut-être pour apprendre la géographie à Hallie.

Puis, penchant la tête pour étudier la chose qui cuisait dans la poêle :

— Oui, je crois reconnaître la forme du Texas.

Hallie mit la main sur sa bouche et éclata de rire.

Logan prit un air offensé.

— Vous avez bientôt fini de vous payer ma tête, vous deux ? Je vous signale que c'est la première fois que je fais ça.

Dana allait lui proposer de terminer les pancakes à sa place quand Logan se mit à aboyer ses ordres.

— Rendez-vous utiles toutes les deux ! Dana, sers-nous le café, et toi, ma grande, va chercher le lait dans le frigo. Le festin sera prêt dans une minute ou deux.

— D'accord, j'ai compris, dit Dana en levant les mains. Laisse-moi seulement le temps de m'habituer.

Voilà qui était aussi inattendu qu'intéressant. C'était bien la première fois que Logan préparait le café. Du moins à sa connaissance.

Plantée devant le réfrigérateur ouvert, Hallie cherchait le lait des yeux.

— Dans la porte, ma chérie, lui dit Dana.

Quand elles furent attablées, elle annonça :

— Comme il fait très beau, nous pourrions aller faire un pique-nique. Qu'en penses-tu ?

Hallie se tourna vers son père avec un regard implorant.

— J'ai pensé que nous pourrions inviter Chloé à venir aussi. Nous pourrions aller au parc près de la jardinerie. C'est ton endroit préféré pour les pique-niques.

Hallie ne répondit rien, mais la panique se lisait dans ses yeux. Quelques instant plus tard, Logan les rejoignit avec les pancakes et le bacon.

— Chloé est ta meilleure amie, reprit Dana. Elle et toi, vous êtes comme les doigts de la main.

Sa fille semblait toujours hésiter.

— Le sirop d'érable est toujours dans le frigo ? demanda Logan.

Hallie eut l'air étonné, puis, soudain, un immense soulagement se peignit sur son visage.

— Tu ne te rappelles pas où est le sirop d'érable, papa ?

Dana et Logan échangèrent un bref regard.

— Hé oui... Cela nous arrive parfois, à nous autres vieux croûtons. Mais ce n'est pas grave. A vrai dire, cela arrive à tout le monde de temps à autre. Et au passage, sache que si tu oublies quelque chose, les gens ne s'en rendent pas compte et s'en moquent complètement.

Dana comprit soudain : Hallie avait peur. Peur de rencontrer sa meilleure amie parce qu'elle ne se souvenait pas d'elle. Comment cela avait-il pu lui échapper ?

— D'ailleurs, maman et moi serons toujours là avec toi, ajouta Logan. Compris, demi-portion ?

Logan fit tomber quelques pancakes dans l'assiette de sa fille et fit de même avec Dana.

Hallie lui répondit d'un sourire mi-figue, mi-raisin et parut légèrement rassurée. Puis elle s'attaqua à l'Etat du Texas.

Après un petit déjeuner relativement détendu, Dana annonça que, puisqu'ils avaient fait la cuisine, elle se chargeait de débarrasser. Elle nettoyait joyeusement la table quand le téléphone sonna. Elle décrocha, pleine d'entrain.

— Bonjour, répondit Jillian, visiblement étonnée.

— Bonjour, Jillian. J'allais t'appeler.

— Eh bien, on dirait que ça va mieux. Je te trouve bien alerte.

— Alerte ? C'est bien la première fois qu'on m'accuse d'une chose pareille. Disons plutôt que je suis détendue et toute contente, parce que c'est une journée idéale pour réunir les filles. Chloé et toi seriez-vous libres pour déjeuner ?

— Zut... Désolée. Je ne sais plus. J'ai eu du monde hier soir et j'ai complètement oublié. Un instant, je vais voir.

Pendant qu'elle patientait, Dana regarda par la fenêtre de la cuisine, en se demandant où Logan et Hallie avaient bien pu passer.

— C'est bien ce qu'il me semblait, reprit Jillian. Je ne peux pas, aujourd'hui, j'ai du boulot. Si je n'avais eu que des coupes, j'aurais pu avoir fini vers midi, mais j'ai une coloration et une permanente. J'ouvre toujours le week-end pour mes clientes qui n'ont pas le temps en semaine, tu sais bien.

Dana ne cacha pas sa déception. Plus tôt Hallie reprendrait ses activités habituelles, plus tôt elle recouvrerait la mémoire.

— Dommage... Et Chloé ? Elle pourrait venir ?

— J'avais prévu de l'emmener avec moi au salon, mais si tu veux l'emmener, je suis sûre qu'elle sera ravie.

— A ton avis, comment va-t-elle réagir si Hallie ne se souvient de rien ? Cela risque-t-il de la contrarier ?

— Pas du tout. Je lui en ai déjà parlé. Ce n'est pas grave. Les enfants s'adaptent bien plus facilement que nous.

— Oui, tu as sûrement raison. J'aimerais bien avoir la même faculté.

— Moi aussi. Harriett est de plus en plus insupportable.

— Il s'est passé quelque chose ?

Après un long silence, Jillian répondit enfin.

— Rien qui doive t'inquiéter. Tu as déjà suffisamment de soucis comme ça.

— Non, attends : tu es en train de me dire que j'ai le droit de te confier mes soucis, mais que cela doit rester à sens unique ?

— Non, bien sûr. Mais ce n'est pas la même chose. D'ailleurs, j'ai moi aussi d'autres soucis.

— Comme cet homme qui vient tout le temps se faire couper les cheveux chez toi et t'invite chaque fois à prendre un café ?

— Même si je voulais, je ne pourrais pas, soupira Jillian. Tu le sais bien.

— Non. Tu pourrais, mais tu ne veux pas. Et c'est en partie à cause de ta virago de belle-mère.

— Je ne dis pas le contraire, mais il n'y a pas que cela… et d'ailleurs, le moment est mal choisi pour parler de mes problèmes. Un de ces jours, je te raconterai ça autour d'un verre.

— Promis ?

— Promis.

— Bien. A quelle heure pars-tu travailler ? Nous pouvons

passer prendre Chloé au salon, à moins qu'elle préfère venir chez nous maintenant.

Elle convinrent que Dana passerait chercher Chloé dans le salon de coiffure à 11 h 30. Dana raccrocha en souhaitant de tout son cœur que Jillian lui confie ce qui n'allait pas. Cette dernière avait été son principal réconfort après le départ de Logan, et elle tenait à jouer le même rôle auprès de son amie, si toutefois Jillian le voulait bien.

— Je...

Dana se retourna. Hallie était juste derrière elle. C'était la première fois qu'Hallie lui adressait spontanément la parole depuis leur retour à la maison.

— Oui, ma chérie. Qu'y a-t-il ?

— Papa m'a dit de te dire qu'il allait se doucher et qu'il redescendrait après.

Sur ces mots, la fillette disparut dans l'escalier, sans doute pour attendre dans sa chambre.

Dana inspira profondément, dans l'espoir de combler le vide qui s'était fait dans sa poitrine.

— Tu veux qu'on se pende à l'échelle ? proposa Chloé en dansant autour d'Hallie.

Cette dernière, assise au sommet du toboggan, s'apprêtait à descendre.

— Oui, mais je croyais que ça s'appelait des barres.

A vrai dire, cela lui était égal. Elle préférait faire n'importe quoi plutôt que de rester près de ses parents, qui l'épiaient et attendaient qu'elle se rappelle des choses. Elle ferait peut-être bien de leur dire qu'elle se rappelait quelque chose, pour qu'ils arrêtent de la regarder comme une bête curieuse.

— Avant, ça s'appelait des barres, répondit Chloé. Mais il paraît que le vrai nom c'est « échelle »... Tu me crois pas ?

— Ben si, pourquoi je te croirais pas ?

Hallie se laissa glisser en bas du toboggan et atterrit sur le derrière. Elle se leva et secoua ses vêtements. Elle allait suivre Chloé quand elle se ravisa. Ses parents seraient sûrement furieux, si elle s'éloignait sans rien dire. Elle dut faire de grands gestes pour attirer leur attention, car ils étaient en train de bavarder, assis sur une couverture.

— Je peux aller à l'échelle ?

— Oui, bien sûr, répondit son père avec un grand sourire.

Sa mère, elle, avait l'air inquiet.

— Je ferai attention, ajouta Hallie.

Ça rassurerait peut-être sa mère. Tiens, elle souriait… Hallie était bien contente de l'avoir fait sourire. Alors, elle sourit à son tour avant de s'élancer pour rejoindre Chloé.

— Pourquoi tu croyais que je te croyais pas ? redemanda-t-elle à son amie.

— Oh, pour rien. Je disais ça pour rire.

Chloé se mit à courir vers les balançoires situées près de l'échelle.

— Je te parie que je me balance la première ! Allez viens, essaie aussi !

Hallie choisit la balançoire voisine de celle de son amie, qui se renversa en se mettant à pousser comme une folle avec ses pieds.

— Ils croient que tu vas tout te rappeler s'ils t'emmènent dans tous les endroits où tu allais avant, lança Chloé.

— Je sais, gémit Hallie en imitant les mouvements de son amie. J'aimerais bien me souvenir, pour que tout le monde arrête de me surveiller.

— Moi, je m'en fiche que tu te souviennes pas. Ça nous empêche pas de nous amuser !

Hallie sourit de toutes ses dents. C'était bon de savoir que

Chloé s'en fichait qu'elle se rappelle ou non des choses, parce que comme ça, elle n'était pas obligée de faire semblant.

— Ta mère, elle doit juste être fâchée parce que tu te souviens de ton père et pas d'elle, c'est tout.

Voilà qui contrariait Hallie. Elle ne voulait pas qu'on soit fâché contre elle. Juste qu'on arrête de la surveiller constamment.

— J'y peux rien, moi. D'ailleurs, y a pas de quoi être fâché, parce que je me rappelle pas tant de choses que ça sur mon père. Quand j'étais à l'hôpital et que j'arrivais pas à me réveiller, je l'ai entendu chanter, et quand je me suis réveillée, je savais que c'était mon père et qu'il était super gentil. Après, il s'est passé des trucs bizarres, mais il a continué à être gentil, même quand je savais plus où j'en étais.

En plein milieu de ce discours, Chloé lâcha sa balançoire et atterrit par terre. Hallie aurait bien aimé avoir des cheveux comme les siens, tout bouclés, blond-roux. Elle n'aimait pas ses cheveux. Ils étaient tout raides.

— Merde alors, trop cool ! s'écria Chloé en se plantant devant elle.

— Tu as dis un gros mot ! Je me rappelle peut-être pas des trucs, mais je sais qu'il faut pas dire des gros mots.

Ignorant ce commentaire, Chloé tira un bon coup sur l'entrejambe de son jean délavé, puis sur son pull, qui était remonté lorsqu'elle avait sauté. Hallie cessa de se balancer aussi. Si elle avait eu un vieux jean comme Chloé, elle aurait pu tomber par terre sans que ce soit grave.

— T'as oublié un truc : dire des gros mots entre nous, c'est pas grave. Toi aussi, tu en dis, mais seulement quand on est toutes les deux. On n'en dit pas à l'école et tout ça… Tu vas le dire à tes parents, que tu te souviens pas non plus de ton père ?

— Ça, sûrement pas. Je serais peut-être obligée de retourner à l'hôpital. Peut-être même qu'ils me garderaient là-bas.

— Ouais, c'est pas obligé que tu leur dises. Ils n'ont pas besoin de savoir tout. Moi, j'ai jamais parlé à personne du type qui était là quand tu es tombée. Sinon, ils auraient piqué une crise et dit qu'on n'aurait jamais dû être là toutes seules, et que c'était notre faute, parce qu'on aurait dû être en classe.

Hallie en resta bouche bée.

— On a séché l'école ? Trop cool !

Ça voulait dire qu'elle n'était pas une de ces filles qui faisaient tout bien comme il faut. Au fond d'elle-même, elle savait qu'il y avait des enfants qui étaient sages, mais quelque chose lui disait que ça ne devait pas être très drôle. Elle préférait de beaucoup ressembler à Chloé, qui faisait tout ce qu'elle voulait.

— Mais non, on n'a pas séché. On est allées aux toilettes juste avant la récré et ensuite on est sorties dans la cour. Mais on va le dire à personne, sinon on serait punies pour un bout de temps.

— Ben dis donc… De toute façon, je m'en fiche parce que je m'en souviens pas !

Les deux fillettes éclatèrent de rire.

— Tope là ! s'écria Chloé.

Et elles rirent de plus belle.

— Oh, oh, je crois qu'on devrait changer de sujet parce que voilà mon père.

Dana regarda Logan se diriger vers les filles pour leur dire qu'il était l'heure de rentrer. Il marchait d'un pas décidé et même son maintien trahissait sa confiance en lui. Chacun de ses mouvements disait sa décision et sa force. Il savait exactement qui il était et quelle était sa place en ce monde.

Les fillettes s'étaient précipitées sur le tourniquet. Quand il les eut rejointes, Logan s'assit près d'Hallie et donna une bonne impulsion, les faisant tourner et rire aux éclats.

Comme c'était étrange de voir un homme formé aux techniques de la CIA, un homme qui passait le plus clair de son temps incognito dans des pays lointains, qui parlait quatre langues et savait probablement commettre un meurtre parfait, s'amuser autant avec deux petites filles...

Son affinité naturelle avec les enfants était étonnante. Dana devait bien reconnaître que, bien qu'absent la plupart du temps, Logan, lorsqu'il revenait à la maison, passait beaucoup de temps avec Hallie. Il l'emmenait à la piscine, au cinéma, il l'aidait à apprendre l'alphabet et à compter de dix en dix. On ne pouvait rêver meilleur père.

Logan avait désiré avoir un ou deux autres enfants. Il l'avait dit dès le début de leur mariage. Avant même le début de leur liaison, il lui avait fait part de ses projets de rejoindre la CIA et de ne pas reprendre le cabinet juridique de son père, mais il se demandait si cela serait compatible avec la vie conjugale et familiale. Enfant unique, il avait toujours regretté de ne pas avoir un frère ou une sœur, pas seulement pour jouer, mais pour ne pas porter seul la responsabilité de devoir satisfaire ses parents.

Elle lui avait rétorqué qu'il ne savait pas de quoi il parlait. Son expérience à elle plaidait sans conteste en faveur de l'enfant unique. Elle avait grandi dans l'ombre de sa sœur, luttant constamment pour attirer l'attention de ses parents. Sa rancœur contre sa sœur n'avait cessé de grandir. Elle l'avait presque haïe, parfois.

Jusqu'au jour où elle avait compris que le problème ne venait pas de Liz, mais de ses parents.

Elle n'en avait jamais parlé à Logan. La seule fois où elle avait essayé, il avait ri et déclaré que sa sœur était une enfant gâtée. Dana avait alors été convaincue qu'il ne comprendrait jamais, parce qu'il n'avait aucun élément de comparaison. Il n'avait jamais dû se sentir nul une seule fois dans sa vie.

A vrai dire, il ressemblait tellement à Liz que c'en était effrayant. Logan était aimé, charmant, terriblement séduisant, extrêmement intelligent et, pour couronner le tout, richissime.

Il n'aurait sûrement pas aimé être comparé à Liz.

— Hé, vous deux, rappliquez illico ! cria Logan aux fillettes, qui s'étaient cachées. Je compte jusqu'à dix, et si je ne vois pas vos sales frimousses dans dix secondes, nous partons acheter des glaces sans vous.

Il n'avait pas plus tôt fini qu'elles accoururent. Tout le monde rejoignit la couverture où attendait Dana.

— Mesdames, déclara Logan, nous levons le camp. Ces demoiselles ont décrété qu'un détour par le marchand de glace s'imposait.

— Ouais ! hurlèrent les filles avant de partir boire à la fontaine.

Logan aida Dana à se relever puis, tout en lui caressant la main, l'attira près de lui.

— Tu te sens capable de tenir deux parfaits à la cacahuète ?

Son souffle chaud, en atteignant sa joue, déclencha une décharge électrique dans son corps.

Elle sourit. Elle n'avait pas mangé de glaces comme celles-ci, depuis...

Oh, non, surtout pas ! Pourquoi fallait-il qu'elle se rappelle sans cesse ces souvenirs ? Et pourquoi fallait-il que ces souvenirs se rapportent exclusivement à ces bons moments qui, même mis bout à bout, ne représentaient que quelques semaines dans leurs dix années de relation ?

— Il y a longtemps que je ne les aime plus, rétorqua-t-elle

en rejetant ses cheveux en arrière. D'ailleurs, je préfère me passer de toutes ces calories.

Logan se prit le menton et pencha la tête pour l'examiner comme il avait toujours aimé le faire.

— Je crois que tu n'as pas vraiment de souci à te faire, côté calories. Et si mes souvenirs sont exacts, tu n'as jamais détesté les petites gâteries de temps en temps.

Dana se sentit rougir. Logan ne faisait plus allusion aux glaces. Elle n'arrivait plus à détacher les yeux de sa bouche.

— Je parie qu'après une bouchée, tu ne sauras pas résister à la tenta…

— Non ! Sûrement pas, Logan. J'ai appris à contrôler mes pulsions.

Elle saisit sa veste, l'enfila avec des gestes brusques et ramassa le coupe-vent d'Hallie avant de conclure en regardant Logan bien en face :

— Je sais maintenant ce qui ne me convient pas. Dans tous les domaines.

Les filles arrivèrent en courant.

— Il faut vraiment partir ? demanda Chloé.

— J'aimerais bien rester encore, mais j'ai promis à ta maman de te ramener pour 4 h 30. Si nous ne partons pas tout de suite, nous allons être en retard.

Chloé fit la moue. Elle ressemblait beaucoup à sa mère, ainsi. Comme Hallie semblait se débattre avec le zip de sa veste, Dana se baissa pour l'aider.

Mais, ignorant ce geste, la fillette se tourna vers Logan.

— Papa, tu peux m'aider ? Je crois que ma fermeture est coincée.

Dana sentit ses joues s'enflammer comme si elle avait reçu une gifle.

6

— Je vais chez Jillian un moment, annonça Dana tandis que Logan ramenait les fillettes chez elle.

— Nous, on va jouer dans ma chambre en attendant que la maman de Chloé lui dise de rentrer, répondit Hallie, déjà dans l'escalier.

— Pas de problème, dit Logan.

Il se félicitait qu'Hallie se soit montrée aussi spontanée avec Chloé. Qu'elle se souvienne d'elle ou pas, c'était un signe encourageant. Restait à espérer que cette amitié entre les fillettes contribuerait à détendre un peu Dana.

Il avait vu son regard s'assombrir quand Hallie avait refusé qu'elle l'aide à fermer son manteau. Dana s'était aussi tôt mise à ranger les affaires et à les charger dans la voiture. Chez le glacier, il l'avait trouvée tellement silencieuse qu'il avait faillir la serrer dans ses bras.

Bien entendu, il n'en avait rien fait. Ils avaient rejoint la voiture, où les filles avaient dévoré leurs glaces.

Seul dans la cuisine, il prépara du café tout en regardant dehors. Dans l'allée, Dana faisait signe à la mère de Chloé, qui serrait sa veste contre elle à cause d'une bourrasque d'air frais. Elle avait une abondante chevelure rousse et elle était grande, à peu près de la taille de Dana.

Il avait toujours aimé que Dana soit grande : cela permettait à sa bouche d'être plus proche de la sienne, ce qui facilitait le baiser. Cette pensée en entraîna bientôt d'autres… Peau douce, corps en sueur, baisers frénétiques et amants essoufflés… Le souffle court, Logan sentit son pouls battre dans ses tempes et le désir naître en lui.

Ne pouvait-il donc pas penser à elle sans se mettre dans cet état ? Il actionna la cafetière électrique, puis s'assit au comptoir de la cuisine en attendant le retour de Dana.

Si seulement il avait su quoi dire pour l'aider… Il savait ce que c'était de voir le sol se dérober sous ses pieds. Quand le juge avait accordé à Dana la garde exclusive d'Hallie, il avait été effondré. L'avocat de Dana l'avait dépeint comme un mercenaire sans cœur. Comment aurait-il réfuté ses arguments, alors que la plus grande partie de ses activités pour la CIA était top secret ?

Cela dit, c'était à peu près la même chose dans son nouveau travail.

En tout cas, il ne jouerait plus les pères absents. Si ce travail ne payait pas, à Chicago, il se lancerait dans une autre branche. Et si Dana n'acceptait pas qu'il voie Hallie plus souvent, il ferait appel devant les tribunaux pour obtenir la garde partagée.

Il savait ce qui se passait quand on faisait confiance au hasard. Il ne laisserait plus ce genre de choses arriver.

Soudain, la porte s'ouvrit dans son dos.

— Jillian voudrait que Chloé rentre maintenant, annonça Dana.

Puis elle s'installa sur un tabouret en face de lui et posa sa tête dans une main, le dos voûté.

— Elles sont là-haut. Tu veux que j'aille chercher Chloé ?

Dana avait le même regard que faisaient ses clients à lui, quand ils n'avaient plus d'espoir.

C'était bien la première fois qu'il lisait la défaite dans ses yeux. Il aurait voulu la prendre dans ses bras, lui dire que tout allait s'arranger. Mais il n'en fit rien, parce qu'elle lui répondit :

— C'est ça, va la chercher. Je suis dans mon bureau.

Le dîner fut rapide et morne. Dana eut beau essayer d'engager la conversation en parlant de tout et de rien, elle n'obtint d'Hallie que quelques hochements de tête et quelques réponses par monosyllabes.

Lorsque Hallie demanda que Logan aille la border et lui lise une histoire, Dana faillit s'effondrer. Mais elle fit bonne figure, lui souhaita bonne nuit et alla se servir un verre de vin qu'elle emporta avec elle dans son bureau, où elle voulait lire des dossiers.

Elle aurait fait n'importe quoi pour oublier. S'apitoyer sur son sort était une perte de temps au-dessus de ses moyens.

Comme elle se dirigeait vers son bureau, on frappa à la porte. Reconnaissant sa sœur par le judas, elle lui ouvrit. Liz fit une entrée théâtrale, retira son manteau en imitation fourrure d'un geste ample et le jeta sur un fauteuil.

— Je ne peux pas rester longtemps, ma chérie. J'ai un rendez-vous.

Dana la suivit dans le salon.

— Tu n'en aurais pas pour moi ? demanda Liz en montrant le verre de vin.

— Si. Tiens, prends celui-ci, je vais m'en chercher un autre.

— Alors, la petite va bien ?

— Aussi bien qu'on peut aller lorsqu'on est amnésique, répliqua Dana en disparaissant dans la cuisine.

Lorsqu'elle revint, Liz reprit la conversation où elle l'avait laissée.

— C'est terrible, ce qui arrive à Hallie. Mais elle n'est pas infirme, au moins ? Je veux dire, en dehors de son amnésie, elle n'a rien ?

Dana faillit lui rire au nez. Liz était vraiment incroyable...

— Oui, en dehors de ça, elle va très bien. Le médecin pense que cette amnésie est probablement temporaire. Nous espérons qu'il a raison.

— Nous ? s'étonna Liz.

— Oui, « nous », répondit Logan à l'entrée de la pièce.

— Tiens, Logan ! Ravie de te voir.

Liz hésita une seconde, puis lui tendit la main.

Mais Logan ne fit pas un pas vers elle.

— Je mentirais si je disais que c'est réciproque, chère belle-sœur.

Sans broncher, elle retira sa main.

— Au cas où tu l'aurais oublié, je te signale que nous ne sommes plus parents.

— Ça suffit, vous deux, intervint Dana. Nous avons suffisamment de soucis sans que vous vous jetiez des amabilités à la figure.

Elle s'empara des allumettes et alluma le feu qu'elle avait préparé quelques jours auparavant. Dire que seulement trois jours s'étaient écoulés depuis l'accident... Ces jours lui avaient paru une éternité.

Puis elle s'assit sur le canapé et invita sa sœur à en faire autant.

— Désolée, je ne peux pas rester. J'espérais voir ma nièce préférée avant qu'elle n'aille au lit.

— Elle dort déjà, déclara Logan en consultant sa montre. Tu aurais dû passer plus tôt.

Ignorant Logan, Liz continua à s'adresser à sa sœur.

— Oh, et je voulais aussi te dire que les parents ne rentreront pas avant quelques semaines... Je leur ai dit que tout allait bien, d'après toi, et qu'il était inutile qu'ils hâtent leur retour.

Dana n'en croyait pas ses oreilles.

— Mais tout ne va pas bien du tout ! Je n'ai jamais dit cela. J'ai dit que d'après les docteurs, son état allait s'arranger et que cette amnésie n'était que temporaire.

Liz porta la main à sa gorge, comme si elle venait de se rendre compte qu'elle avait commis une sottise.

— Eh bien... euh... ce n'est tout de même pas comme si elle était en danger de mort. Tu ne peux tout de même pas leur demander de rentrer de Hawaï ventre à terre alors que ça ne sert à rien. Ce que je veux dire, c'est qu'ils ont économisé pendant des années pour se payer ce voyage et que... de toute manière, Hallie ne les reconnaîtrait pas, non ?

— Non, cela ne changerait rien.

Mais Dana aurait été heureuse qu'ils se montrent un peu plus inquiets.

Liz consulta sa montre et déposa son verre de vin sur la table.

— Il faut que je me sauve, ma grande. Tu m'appelles pour me dire quand je peux venir ? Je vais m'absenter quelques jours parce que Jerrod ne me laisse pas tranquille. Je crois que cette injonction que tu as prononcée contre lui n'a servi à rien. Mais j'aimerais tellement voir Hallie avant de partir. Tu m'appelles, sans faute ?

C'était plus un ordre qu'une question.

— Oui, bien sûr, répondit Dana.

Quelques seconde plus tard, Liz sortait.

— Ravi de ta visite ! lança Logan quand la porte claqua derrière elle.

Ce sarcasme n'échappa pas à Dana, qui partageait son sentiment. Il vint s'asseoir près d'elle en levant les yeux au ciel.

— Je t'interdis de faire des commentaires, l'avertit Dana.

— Quels commentaires ? Et qu'est-ce que ça changerait ?

— Liz ne pense pas à mal.

— Ben voyons ! Qu'est-ce que c'est que cette histoire d'injonction avec Jerrod ?

— Rien du tout. Il est énervé à cause de leur divorce, et d'après Liz, il a essayé de pénétrer chez elle par effraction une nuit. Elle est venue habiter ici quelques jours parce qu'elle avait peur. Mais elle s'inquiète toujours pour rien et... enfin, tu connais Jerrod.

— Oui. Un petit être sans défense.

— Liz a tendance à exagérer. Cette injonction, c'était surtout pour la tranquilliser.

— Et tes parents ? Qu'est-ce que c'est que cette histoire ?

Dana défendit ses parents, même si elle regrettait qu'ils n'aient pas fait l'effort de venir.

— Rien non plus. De toute manière, je leur avais dit de ne surtout pas écourter leurs vacances.

— Mais oui, c'est ça !

— Dis donc, on ne peut pas dire que tes parents à toi se soient précipités sur le téléphone pour prendre des nouvelles d'Hallie !

— Ils seront là demain en fin de journée.

Dana s'étrangla avec son vin.

— Ici ?

Elle ne les avait pas vus depuis le divorce. Chaque fois qu'ils étaient venus prendre Hallie, ils avaient chargé leur secrétaire particulière de contacter Dana à cet effet, ce dont elle leur était reconnaissante.

— Oui. Au restaurant Les Quatre Saisons.

— Evidemment. Ecoute, je vais me verser un autre verre et, si cela ne t'ennuie pas, j'aimerais que nous clarifiions un peu tout ça pour que je puisse aller me coucher tranquillement. Cela fait plusieurs nuits que je ne dors pas.

— Bonne idée. Je vais en prendre aussi. Laisse-moi faire le service.

Elle le suivit jusqu'à la cuisine. Il se mouvait avec une grâce parfaite. Ses muscles roulaient presque en cadence. On voyait tout de suite qu'il soignait toujours sa forme.

Plus précisément, elle connaissait ce qui se cachait sous ses vêtements comme elle connaissait son droit : à fond. Ses larges épaules, son buste qui s'affinait à la taille et aux hanches, ses jambes musclées, robustes... Pour les nécessités de son travail, Logan s'était sculpté un corps parfait, sans une once de graisse. Il avait appris à supporter des efforts physiques exténuants, la douleur et même la torture. Aussi incroyable que cela puisse paraître, cette machine de combat était aussi experte dans l'art de faire l'amour. Dana le savait, elle, et cela la rendait toute flageolante.

Apparemment, les choses n'avaient guère changé depuis leur séparation. Sa présence physique la troublait toujours autant. Elle avait toujours autant de plaisir à le regarder et autant de mal à lutter contre des pensées... bien déplacées, en vérité.

Elle avait certes mieux à faire que de penser au corps de Logan et à son désir — certainement une conséquence de son année d'abstinence. Oui, c'était cela : son désir n'avait rien à voir avec un reste de sentiment. Rien à voir du tout.

Mollement appuyée contre le comptoir, elle attendit que Logan aille chercher la bouteille et serve le vin.

— Tu crois vraiment qu'Hallie est prête pour retourner à l'école demain ? demanda-t-elle.

Comme elle prenait le verre qu'il lui tendait, les doigts de Logan frôlèrent les siens, déclenchant une poussée de picotements dans son bras.

Il s'installa près d'elle, si près que la chaleur de son corps irradiait jusqu'à elle. Dana tâcha néanmoins de se concentrer sur la dégustation de son vin.

— Difficile de savoir, répondit Logan. Le médecin a dit qu'il valait mieux qu'elle reprenne ses activités habituelles, et Hallie elle-même a demandé si elle pouvait aller à l'école.

— Oui, mais… je ne sais pas. Je suis tellement inquiète pour elle…

Chaque minute, chaque heure qui passait sans qu'elle recouvre la mémoire semblait pire que la précédente. Si Hallie ne retrouvait jamais la mémoire, Dana se demandait comment elle tiendrait.

— Je sais, moi aussi je suis inquiet. Mais il faut bien qu'elle retourne à l'école un jour, et le plus tôt sera le mieux. Hé… tu es sûre que ça va ?

Dana sentit les larmes lui brûler les yeux. Non, elle ne pouvait tout de même pas pleurer… C'était exclu. Et pourtant, elle avait beau faire, ce sentiment d'angoisse et d'impuissance ne la lâchait pas, et la même question lui brûlait les lèvres.

— Et si elle ne se souvient jamais de moi, Logan ? Si je demeure à tout jamais une étrangère à ses yeux ?

— Allons, dit Logan en l'enveloppant de ses bras. Elle finira par se souvenir de toi. Le seul fait d'être ici me rappelle un tas de choses, à moi. Cela doit forcément être la même chose pour elle.

Dana posa sa tête contre la poitrine de Logan, jouissant de l'immense réconfort qu'elle avait toujours éprouvé dans ses bras. Il la serrait fort, comme s'il pouvait lui transmettre sa force.

Leurs têtes se touchaient et il se mit à lui caresser les cheveux en murmurant des paroles rassurantes, des paroles qui l'apaisaient tout en formant une masse confuse, car elle était toute au plaisir d'être de nouveau contre lui. Son corps était chaud et fort. C'était sans conteste l'homme le plus affectueux et le plus compatissant qu'elle ait jamais connu, et d'un seul coup, elle ne se rappelait plus pourquoi elle avait voulu qu'il parte.

Logan respirait de plus en plus vite, tout comme elle. Sa tristesse fit place à un vibrant désir, un désir si profond, si puissant que lorsqu'il caressa sa joue, elle leva automatiquement le menton et entrouvrit les lèvres.

Leurs regards se rencontrèrent. Il lui effleura les lèvres. Comme une affamée, Dana l'attira plus près, goûtant la douceur de ses lèvres, sa langue, et toutes les sensations qui parcouraient son corps.

Il l'attira contre lui et elle sentit sa main chaude se glisser sous son chemisier.

Puis leurs mains s'affolèrent. Dana se sentait électrique, et son désir était soudain si grand qu'il rendait tout raisonnement impossible.

Elle avait envie de lui, et n'avait d'ailleurs pas cessé un instant d'avoir envie de lui.

Mais où cela l'avait-il menée ? Cette question se fraya un chemin dans son cerveau. Non, il ne fallait pas faire une telle chose. Cela ne changerait rien, et elle le regretterait ensuite.

— Non, dit-elle mollement en le repoussant.

Puis, le poussant plus vigoureusement, elle ajouta :

— Logan, je t'en prie…

Il recula aussitôt, les mains en l'air.

Dana était si essoufflée qu'elle pouvait à peine parler.

— Ce… ce n'est pas… une bonne idée.

Il s'écarta et, sans dire un mot, caressa le marbre du comptoir, les yeux baissés.

— Cela ne servirait à rien, ajouta-t-elle.

Logan rouvrit les yeux et le désir qu'elle y vit était presque palpable. Elle connaissait bien ce regard de braise, ce regard sensuel. Il avait toujours eu le pouvoir de la faire fondre.

— Mais ça ne peut pas faire de mal, plaida Logan.

Dana se redressa, rejeta ses cheveux en arrière et lissa son chemisier. Il fallait être raisonnable. Or, faire l'amour n'était pas raisonnable. C'était peut-être agréable, et elle l'aurait fait volontiers si cela n'avait rien représenté d'autre pour elle.

Mais elle connaissait suffisamment l'effet que Logan avait sur elle.

— Cela ne ferait que compliquer la situation. Nous devons faire un pacte.

— Tu veux dire, croix de bois, croix de fer, on jure qu'on ne le fera plus, quoi qu'il arrive ?

— Jurer suffira.

Logan sourit, et elle éprouva la même chose que la première fois qu'elle l'avait vu sourire, comme si elle flottait soudain sur un petit nuage.

— Bon, reprit-elle. Tu crois vraiment qu'Hallie est prête pour retourner à l'école ?

— C'est ce qu'elle a dit.

Il continuait de la transpercer du regard, de ce regard qui signifiait qu'il lisait dans ses pensées. Elle avait envie de lui, et il le savait.

— Je pense… Enfin, si nous pouvons compter sur Chloé pour rester toujours avec elle, si les enseignants gardent Hallie à l'œil et si…

— Stop ! Si tu continues à aligner des « si » comme ça, Hallie ne quittera jamais cette maison. Nous devons la laisser faire l'essai.

Nous ? Pourquoi ce nous semblait-il si étrange et si agréable à la fois ?

— Bon, voyons un peu… Je déposerai les filles à l'école avant d'aller au bureau. Oui, ça devrait marcher. Et je demanderai à Jilly si elle peut les prendre le soir. Elle quitte parfois sa boutique plus tôt.

— Ce ne sera pas nécessaire, dit Logan avec humeur.

— Pourquoi ?

— Ce ne sera pas nécessaire, parce que je suis là. Il faut bien que quelqu'un reste ici. Donc, j'irai chercher les filles à la sortie de l'école. En fait, je peux même les conduire le matin, si tu n'as pas le temps de le faire avant d'aller au bureau.

Dana en resta bouche bée. Puis, s'apercevant de sa réaction, elle s'éclaircit la voix.

— Je n'ai pas dit que je n'aurais pas le temps. J'essaie de voir comment nous pouvons nous organiser. Je suis sur un dossier important et je dois être au bureau…

— Pas de problème. Occupe-toi de ton boulot et ne t'inquiète pas pour les filles. Je m'en charge.

Logan retourna une chaise et s'y assit à califourchon, les bras croisés sur le dossier.

— Je peux m'organiser tout seul.

Hélas, il lui en voulait toujours de se consacrer autant à son travail. S'emparant d'une chaise, Dana s'assit en face de lui.

— Très bien. Mais c'est moi qui déposerai les filles le matin.

Si tu veux les prendre le soir, je n'y vois pas d'inconvénient. J'en parlerai à Jillian.

— Oui, j'y tiens. Je suis là. Je ne bouge pas.

— Tu ne vas pas travailler ?

— Non. S'il arrive quelque chose à Hallie à l'école ou si, pour une raison quelconque, elle a envie de rentrer à la maison, il faut qu'il y ait quelqu'un ici. Je veux qu'elle sache qu'elle peut compter sur moi, quoi qu'il arrive.

— C'est inutile. Elle peut me joindre au bureau à tout moment. Elle le sait. Sa maîtresse et la directrice le savent aussi.

— Parfait. Mais si je suis ici, elle n'aura pas besoin d'attendre longtemps qu'on vienne la chercher, car je serai tout près.

Dana se leva d'un bond en se retenant de serrer les poings.

— Parfait, dit-elle en quittant la pièce. Parfait !

7.

— Jillian ? Tu es là ? C'est moi, Dana. Chloé ?

Poussant la porte entrouverte, Dana pénétra dans le vestibule.

Chloé apparut, faisant une glissade en chaussettes dans le couloir.

— Je suis presque prête. Mais il faut que je retrouve mes chaussures. M'man m'aide à les chercher.

Dana soupira avec un sourire. Les chiens ne faisaient pas des chats. Chloé était à l'image de sa mère. Toutes deux étaient désespérément brouillonnes et s'en moquaient royalement.

— Je les ai ! s'écria Jillian en apparaissant à son tour. Comment, il est déjà cette heure-là ?

— Eh oui, répondit Dana. Il ne nous reste plus qu'un quart d'heure si nous ne voulons pas que les filles soient en retard.

— Tiens, ma chérie, tu les mettras dans la voiture, dit Jillian en confiant sa paire de baskets à Chloé. Et maintenant, il faut que j'aille m'habiller pour aller travailler.

— Tu veux que je te dépose ?

— Non, ça va aller, dès que la petite sera partie.

— D'accord. Moi aussi, il faut que je me dépêche. Rappelle-toi : Logan prend les filles à la sortie de l'école. Et je veux dire deux mots à la maîtresse d'Hallie avant d'aller travailler, pour m'assurer qu'elle a bien compris la situation.

Elle n'était toujours pas rassurée à l'idée qu'Hallie passe la journée à l'école, pour ainsi dire seule.

— Oui, approuva Jillian, cela vaut probablement mieux. Et toi, Chloé, tu vas aider toi aussi, n'est-ce pas ? Tu restes scotchée à Hallie, compris ?

Chloé répondit par un hochement de tête. Puis, aidée de sa mère, elle enfila une manche de sa veste et se débrouilla seule pour s'habiller en suivant Dana.

— Bien, les filles, dit Dana une fois dans la voiture. Attachez vos ceintures et en route !

Après avoir déposé les fillettes à l'école, s'être entretenue avec la directrice de l'établissement et l'enseignante d'Hallie — qui promirent toutes deux qu'elles la contacteraient au moindre incident, ou si Hallie manifestait le désir de rentrer chez elle —, Dana se rendit au bureau.

Il était 9 heures, et déjà la foule grouillait dans le hall de marbre, s'agglutinant devant les trois ascenseurs. Les agents de sécurité étaient en place devant les lourdes portes vitrées de l'entrée, et plusieurs personnes se pressaient à l'accueil.

Dana prit place dans le plus petit des groupes attendant le prochain ascenseur. Elle dut se battre pour obtenir une place près de la porte et descendit au dixième étage. Une fois dans son bureau, elle retira son imper et passa devant sa secrétaire, Cheryl, dont le parfum de lilas formait comme un rempart autour d'elle.

— Votre fille va bien, madame Marlowe ?

— Très bien. Aussi bien que possible, répondit Dana en fonçant vers son bureau.

Elle n'avait pas le temps de bavarder. Elle n'était pas venue travailler vendredi et, contrairement à son habitude, ne s'était pas avancée pendant le week-end. Cheryl la rejoignit dans son bureau.

Dana avisa les messages entassés près de son téléphone et repoussa les cheveux qui lui tombaient sur la figure. Elle n'arrivait pas à oublier le visage d'Hallie lorsqu'elle l'avait déposée à l'école.

Malgré son apparence stoïque et courageuse, Dana avait bien vu la détresse qui se peignait au fond de ses yeux. Hallie avait terriblement peur, et cela, Dana y pensait sans cesse.

— Vous avez une tonne de messages, dit Cheryl. Et David a demandé que vous l'appeliez dès votre arrivée. Il a dit que c'était important.

— Oui, je vais m'en occuper, soupira Dana.

Des montagnes de dossiers s'empilaient sur son bureau. Elle avait soudain l'impression de ne jamais pouvoir venir à bout de tout ce travail.

— Je m'en occupe dès que possible.

Après avoir congédié Cheryl, elle resta un moment plantée là, incapable d'organiser ses pensées. Agir par ordre de priorité, voilà ce qu'il fallait faire. Pourquoi ne pas appeler Logan et partager avec lui son inquiétude ?

Non. Ne lui avait-il pas conseillé de prendre quelques jours de congé, au lieu de retourner travailler, le temps de voir comment les choses se passaient pour Hallie ? Elle aurait dû l'écouter. Mais qu'est-ce que cela aurait changé ? Que l'école l'appelle à la maison ou au bureau, au cas où quelque chose se produirait, cela revenait au même, du moment qu'elle pouvait se libérer.

Pourtant, elle regrettait de ne pas être restée plus longtemps à l'école. Cela dit, même si Hallie avait peur de se rendre dans cet endroit désormais inconnu pour elle, Dana aurait juré, à la façon dont la fillette s'était redressée et avait pincé la bouche, qu'elle avait décidé de s'en sortir toute seule. Ce qui prouvait que sa personnalité n'avait pas changé, malgré sa perte de mémoire.

Pour la deuxième fois depuis son arrivée, elle regarda autour d'elle. Une photo dans un cadre en noyer occupait l'angle droit de son bureau. Le reste était recouvert de dossiers et documents en tout genre que Cheryl avait déposés là durant son absence.

Dana éplucha ses messages en soupirant. L'affaire Lombard était de toute première importance. Aucune autre ne devait passer avant celle-là. Sinon, adieu sa brillante carrière.

Réflexion, concentration. David. L'affaire Lombard.

Se remettre le dossier en tête, voilà ce qu'il lui fallait. Elle appela sa secrétaire.

— Cheryl, apportez-moi le dossier Lombard, s'il vous plaît.

— Il est déjà sur votre bureau.

— Ah, merci.

Pendant qu'elle explorait sa montagne de dossiers, le téléphone sonna. Dana sursauta en se reprochant aussitôt d'être mentalement ailleurs.

— Allô ?

— Tu as une minute ?

— David ? J'allais t'appeler. Que se passe-t-il ?

— Tu peux venir dans mon bureau ?

— Oui. Donne-moi cinq petites minutes.

— Accordé. Comment va ta fille ?

— Nous en parlerons quand je passerai te voir.

Après avoir enfin trouvé le dossier Lombard, elle l'emporta avec elle et se rendit dans le bureau de David. Au moment où elle arrivait, un colosse en sortit. Il la salua en souriant comme s'il la connaissait, mais son visage ne lui dit rien.

Si elle avait déjà croisé un grand Black chauve comme lui, taillé comme une armoire à glace, avec un diamant à l'oreille gauche et vêtu d'un costume aussi luxueux, elle s'en serait sûrement souvenue.

David l'attendait face à sa fenêtre, qui donnait sur le lac Michigan et les quais. Dana aimait les néons et l'ambiance festive des quais branchés. C'était un des premiers endroit où elle avait emmené Logan lorsqu'il était venu à Chicago faire la connaissance de ses parents.

Cela semblait remonter à une éternité.

— On dirait qu'il pleut, dit-elle.

David se retourna. Ses cheveux coupés ras s'ornaient de mèches grisonnantes sur les tempes. Il se tenait droit comme un i. Il n'aurait pas détonné en costume de général cinq étoiles — ou derrière le bureau du ministre de la justice des Etats-Unis.

Le jour où il accéderait à ces hautes fonctions, son fauteuil de procureur de l'Illinois serait libre. Dana espérait avoir son appui pour se faire élire à ce poste.

Le travail qu'elle avait accompli depuis qu'elle était procureur principal adjoint était un atout de poids pour se faire élire, même si elle était une femme, et plus jeune que tous ses prédécesseurs à ce poste. Son diplôme de Harvard, son stage auprès d'un juge de la Cour Suprême, sa collaboration avec le service des Stupéfiants et le Bureau des Enquêtes Spéciales lui ouvraient la voie royale. Sans parler de son travail en tant que bénévole et de sa participation à de nombreuses commissions.

Si elle coinçait Leonetti, l'affaire était dans le sac.

— Au fait, qui est cet homme qui sortait d'ici ?

— Le nouvel avocat. Il s'appelle Gideon Armstrong. Assieds-toi, je t'en prie. Veux-tu un café ?

— Non, merci, ça ira.

Même si l'arôme qui lui chatouillait les narines la tentait, elle craignait que ce breuvage ne la rende encore plus nerveuse.

— J'ignorais que nous cherchions un nouvel avocat.

— Il sera seulement procureur adjoint. C'est un besoin tout récent. De plus en plus de travail. Et comme nous pouvions nous le permettre financièrement… Cheryl m'a appris ce qui était arrivé à ta fille. Y a-t-il quelque chose que je puisse faire pour toi ?

David prit place dans un fauteuil près d'elle, et non pas derrière son bureau comme il le faisait d'habitude. Il semblait sincèrement préoccupé.

— Non, mais je te remercie. On ne peut pas faire grand-chose. Il faut prendre les choses au jour le jour.

— Le cas échéant, n'hésite pas, d'accord ? Si je peux faire quelque chose, je le ferai. Tu n'as qu'à me le dire.

Dana se sentait mal à l'aise dans son fauteuil. David ne montrait pas autant de sollicitude, d'ordinaire. Leurs relations avaient toujours été strictement professionnelles. Ils se respectaient mutuellement pour leurs compétences, mais cela n'était jamais allé plus loin.

— Et l'affaire Lombard ? demanda-t-elle. Du neuf ?

— La date de l'audience a été arrêtée.

Ce n'était pas ce qu'elle espérait. Pas si tôt. Ils avaient besoin de plus de temps pour amener Lombard a accepter de plaider coupable et de révéler des informations permettant de coincer Leonetti, en échange d'une réduction de peine. Ils allaient devoir se contenter d'un homicide involontaire, car la balle de Lombard avait manqué sa cible et tué une passante innocente en ricochant sur le pilier d'un réverbère. Leonetti prétendait que le coup était parti par accident. Autrement dit, rien ne permettait de prouver la préméditation. Si des policiers ne s'étaient pas trouvés sur les lieux au moment du crime, rien n'aurait permis d'étayer le dossier. Mais l'existence de ces témoins oculaires suffirait à convaincre Lombard qu'il risquait une longue peine d'emprisonnement. Elle lui ferait comprendre qu'avec sa réputation de balance, on ne tarderait pas à lui faire la peau en prison, mais qu'elle pouvait lui éviter ce triste sort. Il n'avait qu'à dénoncer Leonetti.

— Qui sera le juge ?

— Tu vas être contente...

David sourit et ménagea une pause pour accentuer l'effet théâtral.

— ... c'est Wellesy.

— Vraiment ?

Le juge Wellesy était un ami ; c'était son ancien mentor. Elle avait fait un stage chez lui et il avait toujours su la conseiller lorsqu'elle en avait besoin.

— Je savais que cela te ferait plaisir.

— Plaisir ? Pas du tout. Quelqu'un pourrait y voir un conflit d'intérêt ou un vice de procédure. Cela pourrait nous nuire dans ce procès.

— Non, dit David, catégorique. C'est la meilleure chose qui pouvait nous arriver.

Il était évident qu'il ne partageaient pas le même point de vue sur la question. Cependant, David avait un comportement étrange.

— Ce sera quand ?

— Dans deux mois.

— Deux mois ? Cela ne nous laisse guère de temps pour nous préparer.

— Non, mais nous y arriverons. Je compte sur toi.

L'air songeur, David se pencha en avant en se caressant le menton.

— Il faut absolument obtenir cette condamnation. Il faut faire tomber Leonetti.

— Ce sera plus difficile si Lombard est libéré. Et si Leonetti décide de protéger ses intérêts, je ne donne pas cher de la peau de Lombard.

David se leva et se mit à faire les cent pas.

— Lombard est la clé pour avoir Leonetti. Nous devons faire quelque chose.

Mais à part trouver une bonne raison pour garder Lombard en prison, Dana ne voyait pas comment faire.

Elle n'avait jamais vu David aussi préoccupé.

— Hum... tu es très proche de Wellesy, je crois ?

— Je l'étais.

Elle n'aimait pas du tout la tournure que prenait la conversation.

— Je n'ai pratiquement pas eu de contact avec lui depuis un bout de temps. Où veux-tu en venir ?

Après une brève hésitation, David lui prit et lui tapota la main.

— Je crois que si tu pouvais dire deux mots à ton vieil ami, nos affaires pourraient s'arranger. Trouvez ensemble un moyen d'annuler la mise en liberté sous caution.

Dana resta sans voix. Il lui demandait de faire une entorse à son intégrité pour gagner un procès ?

— Officieusement, bien sûr, ajouta David. Je suis sûr que s'il savait combien c'est important pour toi, pour ton avenir...

Dana essayait d'y voir clair malgré son immense déception. David voulait qu'elle aille parler au juge Wellesy ? Qu'elle fasse tout ce qu'elle pourrait pour que la balance penche de leur côté ? Jusqu'où lui demandait-il d'aller, au juste ? Il était évident qu'il ne désirait pas se montrer plus explicite.

— Je ne peux pas aller lui parler. D'ailleurs, si je le faisais, Wellesy se retirerait de lui-même de l'affaire.

David fourra une main dans sa poche, au fond de laquelle sa petite monnaie cliquetait à chaque pas.

— Je ne crois pas. Pas si tu sais t'y prendre. C'est important, Dana. Beaucoup plus que tu ne le crois. C'est l'occasion pour toi de prendre une assurance sur l'avenir.

Une assurance sur l'avenir ? Que voulait-il dire exactement ? Qu'il ne lui apporterait pas son soutien pour prendre sa succession, si elle n'allait pas parler à Wellesy ? Insinuait-il qu'elle pourrait dire adieu à sa carrière si soigneusement planifiée, si elle ne faisait pas ce qu'il lui demandait ?

Elle convoitait ce poste plus que tout au monde. Elle en avait rêvé et avait tout planifié depuis toujours. Avec l'appui de David, elle était quasiment sûre de l'obtenir. Jamais elle n'avait songé qu'il lui faudrait composer avec ses principes pour obtenir cet appui.

Il lui demandait de se vendre, en somme. Et si elle refusait, elle pouvait dire adieu à ses projets d'avenir.

Logan gara sa Lexus sur le parking de l'école, remarquant au passage un étrange personnage qui rôdait à proximité. Il était engoncé dans un long pardessus et portait un drôle de bonnet qui lui cachait le visage.

Tous les sens en alerte, Logan coupa aussitôt le moteur et sauta hors de son véhicule, avec la ferme intention de prendre ce type à part et de lui dire deux mots. Mais au même moment, la sonnerie de l'école retentit et un troupeau d'enfants s'échappa de la grande porte du bâtiment.

Une fraction de seconde plus tard, quand Logan le chercha du regard, l'étrange personnage avait disparu. Il se précipita à la grille de l'école, cherchant des yeux une petite fille portant un pull rouge, des collants et des bottes noires. Mais le flot d'enfants s'épuisa sans qu'il ait aperçu Hallie ni Chloé. Il regarda en vain de tous côtés, affolé.

Puis il se précipita à l'intérieur. Là, la chevelure éclatante de Chloé attira son regard. Hallie l'accompagnait. Elle se précipita dans ses bras et il l'accueillit le cœur battant, tout en surveillant les alentours.

— Qu'y a-t-il, ma puce ?

— Je veux rentrer à la maison, dit la fillette en ouvrant de grands yeux.

Il interrogea du regard Chloé, qui haussa les épaules pour toute réponse.

— Tout s'est bien passé, aujourd'hui ? Je devrais peut-être aller parler avec votre maîtresse, avant de partir.

— Mais papa, je suis pas un bébé ! Je vais avoir l'air de quoi, si tu vas parler à ma maîtresse ? Tous les autres vont croire que je suis un bébé !

— D'accord, d'accord. Si tu le dis... Tu as pris toutes tes affaires ? Tu as des devoirs ?

— Tout est là-dedans, répondit Hallie en brandissant son cartable.

Logan fit monter les fillettes dans la voiture avec le sentiment que quelque chose ne tournait pas rond. Contrairement à son habitude, Hallie ne dit pas un mot durant le trajet. Aussi prit-il Chloé à part en arrivant.

— Ecoute, Chloé, je ne voudrais pas que tu parles de ça à Hallie, mais j'aimerais que tu me dises pourquoi elle avait l'air si inquiète à la sortie de l'école. Il s'est passé quelque chose, aujourd'hui ?

Chloé ouvrit de grands yeux ronds et se mordit la lèvre en haussant les épaules.

Ah, les gosses ! Logan n'était peut-être pas être expert en la matière, mais il savait reconnaître un enfant qui cache quelque chose.

— Chloé, c'est important. C'est très important si nous voulons aider Hallie à retrouver la mémoire. S'il s'est passé quelque chose, tu dois me le dire.

Chloé fronça les sourcils, puis regarda dans la direction où Hallie était partie. Apparemment, elle était en proie à un dilemme.

— Chloé, je t'en prie. Je te promets que je n'en parlerai à personne, mais j'ai besoin de savoir.

— Promis ? demanda la fillette en se tordant les pieds. Parce que si tu le dis à Hallie, elle sera plus mon amie.

— Promis.

— Bon, d'accord. Je crois qu'elle a eu peur à cause du monsieur.

— Le monsieur ? Aujourd'hui ?

— Non, pas aujourd'hui. Je lui ai parlé du monsieur qui était dans la cour de récré quand elle est tombée. Je crois que j'aurais pas dû lui en parler, parce que j'ai l'impression que ça lui a fait peur.

Le sang de Logan ne fit qu'un tour.

— Est-ce que quelqu'un a fait quelque chose le jour où elle est tombée ?

— Non, non. Il s'est rien passé. Seulement, il était là et… Il nous a vues et on devait aller aux toilettes, mais on est sorties dans la cour, à la place… Je crois qu'il a dit quelque chose à Hallie. Mais ensuite, elle est tombée et il est parti. On pouvait le dire à personne, parce qu'on aurait eu des ennuis, sérieux, parce qu'on avait séché.

— A quoi ressemblait ce monsieur, Chloé ?

— Ben, il avait un long manteau et un chapeau comme ceux qu'on met en hiver.

Logan, qui s'était accroupi pour se mettre à la hauteur de la fillette, se releva.

— Merci de m'avoir dit tout ça, Chloé. Je te suis vraiment reconnaissant.

— Mais tu vas pas nous dénoncer, hein ? T'as promis !

Logan sourit malgré lui en songeant à ces fillettes de sept ans qui séchaient les cours.

— Pas un mot, promis.

Mais cela ne changeait rien au fait qu'un inconnu avait pénétré dans l'école et parlé avec Hallie.

— Allez, viens, on va un petit peu chez toi, supplia Hallie en enfilant son sweat-shirt. Ta mère doit être rentrée, maintenant.

— D'accord, dit Chloé. Mais faut que je remette mes chaussures, sinon elle va me passer un savon.

En attendant que son amie remette ses chaussures, Hallie s'assit sur la chaise de sa coiffeuse.

— Tu trouves que je ressemble à mon père ou à ma mère ?

— Je trouve que tu ressembles à toi, et moi à moi, répondit Chloé en faisant une grimace dans le miroir.

— Tu trouves que ma mère est jolie ?

— Ouais. Et la mienne, tu la trouves jolie aussi ?

— Ouais.

— Alors, on a de la chance. Parce que je sais pas si t'as vu la mère de Brandon à l'école, mais elle est horrible. Et en plus, elle est…

Chloé écarta les bras et éclata de rire. Puis elle entreprit de lacer ses chaussures.

— Moi, j'aimerais pas avoir une mère comme ça, conclut-elle.

Après un dernier essai, elle renonça à nouer ses lacets. Hallie se baissa pour l'aider.

— Peut-être que la mère de Brandon est pas si horrible que ça, et peut-être qu'elle est comme ça parce qu'il lui est arrivé quelque chose de grave.

— Peut-être bien. Mais elle a pas l'air d'être gentille quand elle crie après Brandon.

— J'aimerais bien que ma mère rie tout le temps, comme la tienne.

— Elle rit. Je l'ai vue avec ton père, l'autre jour : elle souriait. Et elle arrête pas de rire avec ma mère. Tu te rappelles pas ?

— Je te parle pas de rire comme ça. Je te parle de rire avec moi. Comme ça, j'aurais plus l'impression qu'elle est fâchée contre moi parce que je me rappelle pas des choses. Parfois, je fais même semblant de me souvenir des trucs qu'ils disent, même si c'est pas vrai.

— Peut-être qu'en fait tu t'en souviens, mais que tu le sais pas. En tout cas, je sais que tu te souviens de moi, même si tu le crois pas.

— Et qu'est-ce qui te fait croire ça ?

Hallie sourit. Elle souhaitait de toute ses forces se rappeler certaines choses, surtout Chloé, parce que c'était sa meilleure amie.

— Parce qu'on dirait que tu te souviens de moi. Y a d'autres trucs que tu te rappelles pas, c'est tout. Tu te souvenais vraiment qu'on avait fait semblant d'être sœurs, à l'école, et que la vieille Mme Kronstad nous avait crues ? Ou t'as seulement fait semblant de t'en souvenir ?

— Je fais pas semblant avec toi. Mais parfois, j'ai l'impression de savoir des choses, et je me demande pas si je les savais avant ou pas. Mais ça t'est égal que je me rappelle ou pas, hein ?

Chloé hocha la tête.

— Moi je crois qu'on devrait être sœurs, poursuivit Hallie. Hé, tu t'es jamais demandée à quoi ressemblerait ta sœur, si t'en avais une pour de vrai ?

Chloé se jeta sur le lit en riant.

— J'aurai jamais de sœur ! Ni de frère, d'ailleurs. Parce que ma mère, elle est plus mariée. D'ailleurs, elle est trop vieille.

Il paraît que quand on est vieux, on peut plus faire des bébés. Et ma mère, elle est super vieille : elle a trente ans !

Hallie retourna au miroir, releva ses cheveux et se tordit le cou pour se voir de profil.

— Moi, j'aimerais bien avoir un petit frère ou une petite sœur. Comme ça mes parents s'occuperaient de lui changer ses couches, et ils se feraient du souci pour lui au lieu de s'en faire pour moi.

— Tu devrais leur dire que tu veux un frère ou une sœur. Ils seraient occupés à fabriquer un bébé et ils te ficheraient la paix !

Les deux fillettes rirent de plus belle. Hallie se rappelait comment on faisait les bébés. Sans doute ses parents avaient-ils dû faire comme ça pour l'avoir, elle. Soudain, elle cessa de rire.

— Je crois pas, tu sais. Ils ont pas l'air de s'aimer assez pour faire des bébés. Peut-être bien qu'ils m'ont adoptée, ou un truc comme ça.

— Je crois pas. Bon, on y va ? Ma mère nous fera du pop-corn et on regardera le film dont je t'ai parlé, celui qui raconte l'histoire des jumelles qui ont été séparées à la naissance.

Dana déboucha dans l'allée juste à temps pour voir les fillettes se glisser chez Jillian. Elle pénétra dans le garage en se disant qu'elle allait demander à Hallie de rentrer immédiatement, pour pouvoir bavarder avec elle tout en préparant le dîner. Ce serait peut-être une bonne chose de la faire participer à l'élaboration du repas, comme elle le faisait avant. Le docteur avait dit que des détails insignifiants pouvaient déclencher le retour de la mémoire.

A l'école aussi, un déclic avait pu se faire. Pressée de revoir sa fille, Dana descendait de voiture quand Logan ouvrit la porte qui donnait dans la cuisine et lui fit signe d'entrer.

— Il faut que nous parlions avant le retour d'Hallie.

— Qu'y a-t-il ? Elle va bien ?

— Très bien, répondit-il en lui faisant signe de passer devant lui.

Il lui prit son manteau et elle s'assit sur un tabouret de cuisine. Il prit place à côté d'elle. Hallie allait forcément bien, sans quoi Logan l'aurait appelée au bureau. Pourtant, quelque chose n'allait pas.

— Que sais-tu de ce qui s'est passé le jour où Hallie a eu son accident ?

— Je te l'ai déjà dit. Pourquoi ?

— Tout à l'heure, en arrivant à l'école, j'ai remarqué un type qui rôdait juste à côté.

Choquée, Dana ouvrit la bouche pour parler. Mais Logan l'en empêcha.

— La cloche a sonné à ce moment-là et les gosses ont commencé à sortir. Quand j'ai voulu voir ce type de nouveau, il avait disparu. Comme Hallie avait l'air un peu tendue en sortant, je lui ai demandé si quelque chose l'avait contrariée et elle a prétendu que non. Mais j'avais comme l'impression qu'il y avait quelque chose. Alors, j'ai pris Chloé à part et je l'ai interrogée...

Comme Dana lui faisait signe de poursuivre, il lui raconta comment les filles avait séché une partie de la classe le jour de l'accident et la présence, dans la cour de récréation, de cet individu qui avait parlé à Hallie. Un homme qui ressemblait étrangement à celui qu'il avait vu le jour même.

— Je n'en ai pas touché un mot à Hallie, parce que Chloé m'a dit que lorsqu'elle lui en avait parlé, Hallie avait pris peur.

Dana sentit la colère l'envahir.

— Es-tu en train de me dire qu'un individu louche traîne autour de l'école ? Qu'il peut représenter un danger pour les enfants ? Personne à l'école ne m'en a jamais parlé !

Logan posa une main sur son bras pour la calmer.

— J'ignore si cet homme a importuné qui que ce soit, mais il semble qu'il ait été là le jour où Hallie a fait cette chute, et il était encore là aujourd'hui.

— As-tu vu son visage ? C'était peut-être un parent venu chercher son enfant. C'est l'hypothèse la plus plausible.

— Non, je n'ai pas vu son visage. Mais il n'avait pas l'air d'un parent, et je trouve tout cela très suspect.

— Tu trouves toujours tout suspect.

— Non, je ne trouve pas *tout* suspect. Je suis formé à reconnaître les situations qui sortent de l'ordinaire, c'est tout.

— En as-tu parlé à quelqu'un ? A la directrice ? L'as-tu signalé à la police ?

Logan la gratifia d'un regard empreint d'une infinie patience et se mit à tourner en rond.

— Je ne pouvais pas faire grand-chose avec deux fillettes dans la voiture, mais j'ai appelé l'école dès notre arrivée ici. La directrice était partie, mais la secrétaire m'a dit qu'elle me rappellerait dans la soirée. Puis je me suis dit que j'allais t'en parler avant d'alerter les autorités.

— A moi ? Pourquoi ?

— Au cas où tu aurais une explication. Ou encore une information à communiquer à la police.

— Quoi, par exemple ?

— Par exemple, penses-tu que quelqu'un puisse avoir des raisons de suivre Hallie ? Connais-tu quelqu'un qui pourrait avoir envie de se venger de toi ?

C'était une idée horrible, encore qu'elle lui eût déjà traversé l'esprit. Dans son activité, mieux valait être prudent.

Elle avait toujours été sur liste rouge et ne donnait jamais son adresse personnelle à quiconque. C'était même la raison pour laquelle elle se servait de son nom de jeune fille dans l'exercice de sa profession, et une des raisons pour lesquelles elle avait fait équiper sa maison d'une alarme. Et pourtant, cette question de Logan la contraria.

— J'ignore si quelqu'un a envie de se venger de moi. Si cet individu importunait Hallie — ce que nous ignorons totalement — pourquoi serait-ce à cause de mon travail ? Pourquoi ne s'en prendrait-il pas plutôt à moi, dans ce cas ? Je pense qu'il faudrait avoir des éléments concrets, avant de nous emballer et de chercher des mobiles.

Logan se passa une main dans les cheveux sans cesser d'aller et venir.

— Oui, je sais. J'essayais simplement de réfléchir pour gagner du temps en attendant d'alerter la police.

— D'accord, alors je vais te donner matière à réflexion. Et ton travail, à toi ? Si nous cherchons des mobiles, ne négligeons pas cette hypothèse. N'oublions pas non plus ton *ancien* travail.

En tant qu'ancien de la CIA, Logan était encore plus susceptible qu'elle de s'être fait des ennemis. C'est pourquoi il avait toujours gardé le secret sur cette partie de sa vie, même auprès de sa famille. Néanmoins, même son nouveau travail pouvait lui attirer ce genre d'ennemis.

— C'est vrai, mais j'avais une couverture, à la CIA. Une sacrée couverture, d'ailleurs. En dehors de mon service, personne ne savait qui j'étais ni ce que je faisais vraiment. Je ne crois pas que quelqu'un ait pu découvrir le pot aux roses. En ce qui concerne SISI, nos activités sont trop récentes pour que nous ayons pu nous faire des ennemis. Mais toi, en revanche, tu opères au grand jour.

— C'est vrai. Mais c'est justement pourquoi il semble peu

probable qu'un individu contre lequel j'aurais plaidé s'en prenne à moi. Il serait le premier soupçonné si quelque chose arrivait à ma famille ou à moi-même… D'ailleurs, peut-être que nous nous emportons, tous les deux… C'est bien Chloé qui t'a raconté tout ça ?

— Oui. Cela change-t-il quelque chose ?

— Plutôt, oui. Chloé est réputée pour avoir de légères tendances affabulatrices. Nous devrions peut-être commencer par découvrir ce qui s'est réellement passé. Ne m'as-tu pas dit que l'école devait rappeler ? Je me sentirais ridicule d'avoir alerté la police si cet homme s'avérait être un parent venu chercher son enfant. Je vais chercher Hallie pour le dîner. Nous reparlerons de tout cela plus tard.

Logan l'arrêta avant qu'elle n'atteigne la porte.

— Des enfants disparaissent tous les jours, Dana. Crois-tu que le fait que tu travailles avec le procureur de l'Illinois te protège contre cela ?

— Non, répondit Dana en se dégageant. Mais je crois que tu as trop joué aux gendarmes et aux voleurs.

— Et l'affaire sur laquelle tu travailles en ce moment ? Ou encore une affaire ancienne… quelqu'un qui pourrait avoir des comptes à régler ?

Les nerfs à vifs, Dana se sentit soudain submergée par l'exaspération.

— S'il te plaît, arrête avec ça, Logan. C'est mon travail et je suis capable de me débrouiller toute seule !

Sur ces mots, elle sortit.

En effet, songea Logan, elle était capable de se débrouiller seule. Comme elle s'était débrouillée avec ce malade lorsqu'elle faisait du bénévolat. Il s'en souvenait comme si c'était hier.

La première année de leur mariage, peu après la naissance d'Hallie, Dana avait travaillé bénévolement pour l'ACLU, l'association de défense des droits civiques. Il s'agissait d'assurer la défense d'un homme arrêté pour agression sur un officier de police. Plus tard, ils avaient appris que l'homme en question souffrait de schizophrénie paranoïde et d'un certain nombre d'autres problèmes, et qu'il avait des antécédents violents.

Cet homme n'avait cessé de harceler et de menacer tous les avocats qui avaient essayé de lui venir en aide. Puis il avait jeté son dévolu sur Dana. Il n'avait confiance qu'en elle, disait-il. Elle prétendait que c'était une raison de plus pour qu'elle continue à le voir, seul à seul.

Logan avait accepté beaucoup de choses au nom du travail de Dana. Il savait combien elle se dévouait à son métier, combien elle aimait aider les autres, et il l'aimait comme jamais il n'avait aimé personne.

Elle avait travaillé d'arrache-pied pour en arriver là. Aussi, comment lui refuser les satisfactions qu'elle retirait de ce travail ? Sans compter qu'elle était vraiment douée pour cela. Si quelqu'un avait le barreau dans le sang, c'était bien elle.

Mais tout son talent n'avait servi à rien dans cette affaire. Logan savait que ce type était dangereux, et il n'était pas question qu'il la laisse seule avec lui.

— Je me fiche qu'il soit paranoïaque et qu'il ne veuille plus te faire confiance si tu amènes quelqu'un avec toi, avait-il déclaré. Je ne te laisserai pas mettre ta vie en danger pour une affaire.

Sa réponse, il ne l'avait jamais oubliée.

— Tu ne me *laisseras* pas ? avait-elle répliquée, outrée. Mais je ne te demande pas ton avis, Logan. Je n'ai pas besoin de ton aide pour faire mon métier ! Je n'ai pas besoin de toi tout court !

Il en était resté sonné. Et pour la première fois, il avait douté de leur avenir commun. Pour la première fois, il avait compris qu'elle n'avait réellement pas besoin de lui, dans quelque domaine que ce fût.

Certes, il n'aurait pas voulu d'une femme dépendante, accrochée à lui, et il admirait Dana pour son indépendance et sa détermination. C'est en partie à cause de ces qualités qu'il était tombé amoureux d'elle. Mais au fond de lui, il sentait comme un vide. Aimer quelqu'un qui n'a aucunement besoin de vous n'était pas normal, il le savait bien.

Quand le client était devenu fou, cassant tout dans le bureau de Dana et la retenant en otage trois heures durant, Logan avait bien failli devenir fou lui-même. Mais Dana avait obstinément refusé d'admettre qu'elle avait couru un quelconque danger.

— Je me débrouillais très bien, avait-elle affirmé fièrement.

Certes, il avait vu clair à travers ces mots de défi. Il n'avait pas essayé de discuter. Elle voulait croire à tout prix qu'elle avait eu raison.

Logan, lui, savait à quoi s'en tenir. Mais le fait que la situation avec ce client ait tourné au cauchemar ne lui était d'aucune consolation. Il voulait la protéger et ne pouvait pas le faire. Il l'aimait, mais en fin de compte, elle semblait lui en vouloir de ce qui s'était passé, comme si c'était sa faute si ce type avait disjoncté.

Par-dessus tout, il n'avait jamais oublié ce qu'il avait ressenti lorsqu'elle lui avait déclaré : « Je n'ai pas besoin de toi tout court. »

Il décrocha une nouvelle fois le téléphone pour rappeler l'école. Cette fois, qu'elle ne compte pas sur lui pour ne pas écouter son instinct !

8.

— Allons, dépêchons-nous de finir, dit Logan à Hallie après le dîner. J'ai envie de faire une partie de cartes. Mais seulement une fois que nous aurons terminé de débarrasser, ajouta-t-il avec un clin d'œil à l'intention de Dana.

Ils se mirent à débarrasser. Dana se sentait mieux depuis que l'école avait rappelé et dissipé ses craintes. D'après la directrice, l'individu qu'avait aperçu Logan n'était autre que le vieux M. Snyder, qui habitait de l'autre côté de la rue et venait souvent voir son petit-fils. Il avait malheureusement tendance à le confondre avec d'autres enfants. Elle l'avait aussi assurée que l'école disposait d'un agent de surveillance présent aux heures où les enfants étaient là.

Logan et elle avaient été soulagés d'apprendre ces nouvelles. Ce point noir dissipé, le repas s'était déroulé dans une atmosphère détendue. Dana ne désirait qu'une chose : que tout ce passe le plus simplement possible, qu'Hallie se rétablisse et reprenne une vie normale.

Elle ne voulait pas s'habituer à la présence de Logan. Toute l'atmosphère sereine et décontractée du monde ne changeait à rien à ce qui les séparait.

Cependant, malgré ses bonnes résolutions, elle se surprit

à oublier leurs différends avec une facilité déconcertante. Jillian était venue se renseigner sur les devoirs, que Chloé avait oubliés, et Dana avait bien vu que son amie était tombée sous le charme de Logan, comme elle l'avait fait elle-même lors de leur première rencontre. Pour l'heure, Logan taquinait Hallie à propos de ses devoirs, lui racontait des choses qu'ils avaient faites tous les trois et la régalait des récits de leurs vacances au chalet, ou de leur séjour à Disneyworld.

Chaque fois qu'il lui parlait de choses qu'elle avait faites lorsqu'elle était petite, le visage d'Hallie s'éclairait et elle éclatait de rire.

Dana elle-même eut toutes les peines du monde à ne pas se laisser prendre lorsqu'il décrivit leur mariage à la fillette comme s'il s'agissait d'une période merveilleuse. Pour la première fois, elle comprit à quel point chacun d'eux avait vécu ce mariage différemment.

A moins que Logan n'en brosse volontairement un tableau flatteur à l'intention d'Hallie. C'était la seule explication possible. Il ne pouvait pas vraiment penser ce qu'il venait de dire de leur mariage, lui qui avait été quasiment tout le temps absent.

D'ailleurs, il pouvait parfaitement parler de leur mariage en termes positifs, sans que cela soit vrai pour autant.

Logan n'avait jamais eu l'intention de se marier, surtout avec une femme qui l'arracherait à sa vie à Boston. Ses parents avaient de grands projets pour lui — avant qu'il ne la rencontre.

Si elle ne s'était pas retrouvée enceinte et n'avait pas décidé de garder le bébé, Logan ne se serait pas senti obligé de l'épouser. Elle ne pouvait pas en vouloir aux Wakefield de penser ce qu'ils pensaient.

Aujourd'hui même, après seulement quelques jours de vie commune, Logan avait recommencé à critiquer son travail, ses choix et sa capacité de jugement. Voilà pourquoi elle avait un jour décidé de ne plus lui parler des dossiers qu'elle traitait : parce qu'il ne manquait jamais de lui dire comment elle devait s'y prendre. Autrement dit, à sa manière à lui.

Leur mariage aurait-il duré si les circonstances avaient été autres ?

Lorsque Hallie eut terminé ses devoirs et fut couchée, Dana partit dans son bureau pour mettre un peu de distance entre Logan et elle.

Une heure s'écoula durant laquelle elle passa en revue les moments de la journée passés avec Logan et Hallie, et rumina ce que David lui avait demandé de faire. Chaque fois qu'elle ouvrait un dossier, elle finissait le nez en l'air. Elle ne fit absolument rien.

— On dirait que tu ne travailles pas vraiment.

Dana sursauta en entendant Logan dans son dos. Il se tenait à l'entrée de la pièce, et la lumière du bureau soulignait les reliefs de son visage. C'était un homme indéniablement viril et robuste. Le genre d'homme à faire fondre les femmes.

Mais pas elle. Il avait plutôt le don de l'irriter.

— Je réfléchis. Certains travaux requièrent l'usage du cerveau, figure-toi.

Cette boutade lui était venue sans y penser.

Sur ce terrain-là, ils arrivaient toujours à s'entendre.

— Moi aussi, je réfléchis. Et je me dis que tout cela me rappelle bigrement le bon vieux temps, répliqua Logan en la rejoignant.

Dana, qui tapotait sur son bureau à l'aide de son stylo en suivant la cadence de son pouls, accéléra le mouvement. Combien de fois Logan ne l'avait-il pas rejointe alors qu'elle était allée travailler dans son bureau, après le coucher d'Hallie ? Elle avait toujours à faire, mais dès qu'ils commençaient à parler, se lançaient dans des joutes oratoires et dans des plaisanteries, elle oubliait le travail et, en un clin d'œil, ils se retrouvaient allongés sur le canapé, ou par terre, devant la cheminée.

Le simple souvenir de ces soirées lui échauffait déjà le sang. Logan s'était encore rapproché.

— C'est le passé, dit-elle en se replongeant dans ses papiers. Et le passé, c'est le passé.

Une main se posa doucement sur son cou. Des doigts agiles soulevèrent ses cheveux. Elle ne savait que trop ce qui allait se passer ensuite.

De ses mains magiques, Logan allait caresser ses épaules, son cou et, par des pressions des doigts, palper, détecter tous les points de tension. Puis il allait lui détendre les muscles, au point qu'elle serait prête à accepter pratiquement n'importe quoi.

— Ce n'est pas une fatalité, dit-il d'une voix langoureuse. Nous pouvons faire revivre ce passé.

— Non, Logan. Cela ne changera rien.

Elle avait beau raidir son dos, elle sentait malgré tout ses tensions se relâcher peu à peu.

Le souffle chaud de Logan effleura son cou.

— Peut-être pas, mais cela nous fera du bien. Cela nous détendra tous les deux.

Se détendre ? Dana n'avait pas besoin de se détendre. Elle avait besoin, au contraire, de rester sur ses gardes et de ne pas se laisser gagner par de stupides émotions. Elle savait trop ce qui allait se passer si elle franchissait ce pas.

Ils feraient merveilleusement bien l'amour, elle se mettrait à souhaiter que les choses soient différentes, elle recommencerait à espérer, et franchement, il ne fallait pas. *Il ne fallait plus.*

— Un bain chaud me fera le même effet, déclara-t-elle en se dégageant de ses mains chaudes.

Puis, se levant :

— Je crois que je vais aller en prendre un tout de suite. Je n'arrive plus à me concentrer sur mon travail.

Elle se dirigea d'un pas décidé vers la porte et se retourna juste avant de sortir.

— Mais pour toi, Logan, je crois qu'une douche froide serait plus indiquée.

Elle aurait juré l'avoir entendu pouffer de rire pendant qu'elle montait l'escalier.

Elle n'arrêtait pas de se retourner dans son lit, essayant désespérément d'arrêter toutes les pensées qui sollicitaient son esprit.

Après avoir dit à Logan de brancher le dispositif de sécurité, elle était allée se coucher la première et n'avait pas tarder à s'endormir. La tension intellectuelle des jours passés avait enfin eu raison d'elle. Mais un rêve délicieux l'avait réveillée. Dans ce rêve, Logan continuait son massage, mais ce massage devenait un exercice de séduction, un jeu érotique qui la conduisait presque jusqu'à l'orgasme et dont le point culminant était un accouplement passionné sur son bureau.

En s'éveillant, un peu groggy, elle aurait juré que tout cela était réel. Elle éprouvait un tel désir qu'elle aurait pu rejoindre Logan et faire de ce rêve une réalité.

Mais elle était seule. Seule avec son désir.

Elle ouvrit un œil. Un rayon de lune qui filtrait à travers les rideaux lui montra Logan allongé sur le canapé. Il dormait sur le dos et son drap ne couvrait que le milieu de son corps. L'une de ses jambes, longue, musculeuse, émergeait du drap, et l'autre dépassait du canapé. Son pied reposait par terre et son corps athlétique semblait entièrement bronzé.

Dana sentit son sang s'échauffer et se le reprocha aussitôt. Logan et elle, c'était fini, révolu.

Elle était seulement victime de cette promiscuité forcée.

L'avoir sous les yeux à tout moment de la journée et ne pas penser à lui, c'était tout bonnement impossible.

Il devait bien y avoir une autre solution pour s'en tirer. Ils pourraient peut-être inventer une explication à l'intention d'Hallie. Par exemple, lui dire que son père avait attrapé un rhume et préférait ne pas dormir dans la même chambre que sa mère, de peur de la contaminer. Où était le mal ? Ou encore qu'il était allergique à une substance présente dans la chambre.

Dana avait beau se targuer d'une honnêteté sans faille, un pieux mensonge semblait acceptable, dans ce cas précis. Et même nécessaire. Elle n'avait pas eu une seule nuit de sommeil correcte depuis que Logan dormait dans sa chambre, et ne pouvait continuer à arriver le matin au bureau avec une mine de déterrée.

Ou bien elle allait finir par craquer.

Pour l'heure, un verre de lait lui ferait du bien. Ensuite, elle pourrait toujours aller dormir sur le canapé du salon. Sa décision prise, elle descendit de son lit du côté opposé à Logan et descendit sans un bruit dans la cuisine. La pièce était plongée dans le noir, en dehors d'une veilleuse qui donnait à l'ensemble un air vaguement fantomatique.

Il y faisait glacial. Elle frissonna dans son T-shirt. Bien que la maison eût été rénovée plus d'une fois, elle était toujours pleine de courants d'air quand les vents annonciateurs de l'hiver soufflaient sur Chicago.

Regrettant de ne pas avoir pris son peignoir, elle se servit un verre de lait. Ses pensées revinrent inexorablement à Logan et aux fringales de cookies et de lait qui les prenaient lorsqu'ils bachotaient, le soir avant les examens. Ou plutôt lorsqu'elle bachotait, sous la direction de Logan.

Machinalement, elle alla chercher le bocal de cookies et allait le déposer sur l'îlot central quand un craquement à l'extérieur, près de la fenêtre de la cuisine, la fit sursauter.

Elle se retourna à temps pour voir une grande ombre noire passer derrière le store et poussa un cri de surprise. Le bocal lui échappa des mains et vint se briser sur le sol.

Dana s'immobilisa. Il y avait quelqu'un dehors ! Vite, appeler la police ! En se précipitant vers le téléphone, elle heurta un homme.

Tremblante et sur le point de pousser un hurlement, elle reconnut l'effluve d'une eau de toilette Ralph Lauren et comprit instinctivement qu'il s'agissait de Logan. Elle le prit par le bras et l'attira plus près.

— Il y a quelqu'un dehors.

Comme il lui faisait signe de se taire, elle poursuivit plus bas.

— J'ai entendu un bruit et j'ai vu quelqu'un par la fenêtre.

— Ne bouge pas : tu vas te couper. Je reviens tout de suite.

Il disparut. Dana regarda à ses pieds. A la lueur de la veilleuse, elle vit les éclats de verre du bocal éparpillés autour d'elle. Logan avait raison : si elle bougeait, elle était sûre de se couper.

Pourtant, il fallait bien qu'elle appelle la police. Et si l'inconnu était toujours dehors ? Logan pouvait être blessé. Sa panique redoubla.

Sa décision prise, elle commençait à enjamber les éclats de verre quand Logan la rappela à l'ordre.

— Ne bouge pas de là. Je vais chercher un balai, dit-il en allumant la lumière de la cuisine.

Dana obéit et attendit, les jambes tremblantes, qu'il ait terminé de balayer autour d'elle. Elle avait très froid et tremblait comme une feuille.

Logan, lui, ne semblait pas inquiet. Il n'avait probablement rien vu, dehors. Peut-être était-elle trop stressée, surmenée, et son imagination lui jouait-elle des tours.

Malgré cette explication, elle tremblait toujours autant.

— Qui était-ce ? demanda-t-elle enfin d'une voix qu'elle ne reconnut pas elle-même.

Logan s'arrêta de balayer. Puis il se rapprocha et la fixa d'un regard si perçant qu'elle se sentit l'âme mise à nu.

— Personne, dit-il enfin. J'ai seulement vu un type qui promenait son chien de l'autre côté de la rue. Peut-être que tu as vu son ombre.

— Et le bruit, qu'est-ce que c'était ?

— Probablement un chat errant. Je n'ai rien vu de suspect. En revanche, j'ai remarqué que tu avais fait du jardinage sur le côté, près de la fenêtre. J'ignorais que tu avais la main verte.

— Je ne l'ai pas… mais j'ai pensé que cela donnerait…

Elle n'acheva pas, car sa voix se brisait.

— Tu es sûre que ça va ?

Dana répondit d'un hochement de tête. Elle sentait soudain que l'émotion allait avoir raison d'elle. Si elle parlait, tout le stress accumulé au cours de la semaine allait refaire surface, et elle allait craquer.

Comme s'il avait deviné ses pensées, Logan posa son balai et la prit dans ses bras.

Il semblait si fort, si solide, si sécurisant. Dana ne demandait pas mieux que de se laisser aller, de sentir sa force la gagner peu à peu. Elle ne demandait pas mieux que de céder au manque qui s'était creusé en elle.

Si seulement elle avait pu prendre ce réconfort pour ce

qu'il était, sans y voir autre chose, elle aurait pu savourer cette étreinte…

Mais elle ne se connaissait que trop. Et elle le connaissait, lui aussi. Céder au désir qu'elle éprouvait ne changerait rien. Il avait de l'affection pour elle, certes, mais il ne l'aimait pas — pas comme elle aurait voulu qu'il l'aime.

Non, céder au désir ne ferait que lui donner envie d'une chose qu'elle n'obtiendrait jamais.

— Allons, ce n'est pas grave, murmura Logan en la berçant dans ses bras. Ce n'est rien.

— Ça va, renifla Dana.

Mais il ne la relâcha pas. Elle resta un moment immobile. Elle désirait sentir ses bras autour d'elle, rien qu'un moment.

Enfouissant son visage dans le cou musculeux de Logan, sa chaleur contre sa joue, elle ferma les yeux, savourant l'instant.

Logan n'était pas absolument sûr de ce qu'il avait vu dehors, car il faisait trop noir. Il retournerait voir plus tard, peut-être en se levant, pour en avoir le cœur net. Tout ce qu'il avait pu constater, c'est que Dana avait fait un peu de jardinage près de la fenêtre.

Son cœur se serra en l'entendant renifler.

— Allons, il n'est pas interdit d'avoir peur.

Mais tout en disant cela, il savait qu'elle ne s'autoriserait jamais ce luxe. Dana n'avait jamais eu peur, du moins elle ne l'avait jamais montré.

Elle releva la tête et, en voulant repousser des cheveux, lui effleura la joue. Ses yeux étaient brillants de larmes et, pour la première fois depuis qu'il la connaissait, il la découvrit vulnérable. Aussitôt, son instinct protecteur reprit le dessus.

D'autres instincts venaient aussi de s'éveiller en lui. Machinalement, il la serra plus fort. Elle passa les bras autour de son cou et il sentit nettement qu'elle ne portait rien sous son T-shirt.

Dana avait la peau douce, et rien n'eût été plus facile que d'obéir à ses pulsions. Mais ce n'était pas ce dont elle avait besoin pour le moment. Alors il la serra contre lui, tête contre tête, en savourant le fait qu'elle ne l'ait pas repoussé.

Soudain, il entendit des pas à l'étage.

— Ecoute, on dirait Hallie.

Un autre bruit suivit, comme des pleurs.

— Viens, c'est notre fille.

Ils gravirent l'escalier main dans la main. Logan frappa doucement à la porte de la fillette avant d'ouvrir.

— Et alors ? Que se passe-t-il ? Un vilain rêve ?

Assise dans son lit, Hallie se frottait les yeux. Elle était tout ébouriffée et la clarté de la lune révélait des traînées de larmes sur ses joues. Logan et Dana se lâchèrent la main et s'assirent de part et d'autre de l'enfant.

— Un rêve vraiment vilain, répondit la fillette. Ça m'a fait peur... Tu peux rester avec moi, papa ?

Du coin de l'œil, il vit Dana se raidir de son côté. Elle avait été plus proche d'Hallie que lui, et voilà que la fillette se comportait comme si sa mère n'existait pas.

— Bien sûr, ma chérie. Papa et maman vont rester tous les deux avec toi.

Tout en remontant les couvertures de la fillette, il vit Dana le remercier en silence.

Il aurait aimer la prendre dans ses bras, elle aussi, et lui dire que tout allait s'arranger. Car quels que soient désormais leurs rapports, ils étaient les parents d'Hallie et feraient toujours ce qu'il faudrait pour elle, quoi qu'il advienne.

Sur cette certitude, il posa sa tête sur l'oreiller près de celle de la fillette et fit un signe à Dana, qui lui répondit de même. Puis leurs mains se rejoignirent par-dessus le corps de la fillette.

Hallie aimait beaucoup l'odeur de son papa. Il sentait les épices et le propre. Elle se blottit contre lui. Elle n'aimait pas faire de mauvais rêves, mais ne savait pas comment les chasser.

Tout ce qu'elle savait, c'est qu'elle se sentait mieux quand son papa et sa maman étaient là, parce qu'ils étaient grands et que les parents devaient protéger leurs enfants. Ce vilain rêve était bien loin déjà, mais elle était contente que son papa et sa maman restent avec elle.

Ses parents étaient gentils, même si elle ne se rappelait pas grand-chose les concernant. Ils l'aimaient. Elle le savait parce qu'ils le lui avaient dit.

Elle aurait pu tomber sur des parents comme l'horrible mère de Brandon, qui criait toujours. Elle n'arrivait pas à comprendre ça. Jamais sa mère à elle n'aurait crié comme ça. Parfois, elle avait presque l'impression de se rappeler des choses… Là, par exemple, en respirant l'odeur des cheveux de sa maman… Ils sentaient la pêche, et elle se rappelait ce que sentaient les pêches.

Hallie se serra plus fort contre son papa. Elle se sentait bien. Elle attrapa aussi une mèche de cheveux de sa maman, se mit à les caresser et bâilla. Peut-être que si elle se rendormait maintenant, elle ne ferait plus de mauvais rêve.

9.

En sentant Hallie tirer sur ses cheveux comme elle l'avait toujours fait, Dana retint son souffle. Cela signifiait-il ce qu'elle espérait ?

Hallie avait contracté cette manie tout bébé. Chaque fois qu'elle était trop énervée pour s'endormir, Dana la berçait dans le rocking-chair qui lui venait de sa grand-mère. Alors, Hallie blottissait sa petite tête parfumée contre sa poitrine, se mettait à sucer son pouce et s'emparait d'une mèche de cheveux qu'elle triturait de ses petits doigts potelés.

Dana sentit les larmes lui monter aux yeux et une grosse boule se former dans sa gorge.

Même si ce geste était inconscient, c'était un commencement. Et pour l'heure, Dana avait désespérément besoin d'une lueur d'espoir. Ce petit geste familier renouvelait ses forces et l'emplissait de nostalgie.

Pour la première fois depuis qu'Hallie avait fait cette chute, Dana dormit d'un sommeil paisible.

La nuit lui sembla trop courte. Lorsqu'elle s'éveilla, en se rendant compte de l'endroit où elle était, elle se retourna dans l'espoir de voir Hallie et Logan. Mais le lit était vide. Ils étaient déjà descendus dans la cuisine. Dana s'étira. Elle éprouvait toujours une immense satisfaction en songeant à la tournure qu'avaient prise les événements. Sauf pour ce qui s'était produit entre Logan et elle durant la nuit. Que lui était-il donc passé par la tête ? Elle avait failli retomber dans ses vieilles habitudes, juste parce qu'il se montrait gentil.

Une conversation sérieuse avec lui s'imposait. Eprouver du désir pour lui, c'était très bien, mais cela devait s'arrêter là. Ils étaient adultes, et les adultes savaient réprimer leurs besoins. On ne pouvait tout de même pas suivre ses moindres désirs.

Le moment était venu pour elle de mettre en pratique les sermons qu'elle adressait aux gosses, dans les écoles où elle venait faire des exposés sur la justice. Pour qu'ils se sentent concernés, elle leur posait toujours cette question : « A quoi ressemblerait le monde si les gens faisaient tout ce qu'ils veulent, quand ils veulent ? » Oui, à quoi ressemblerait le monde ?

Dana s'étira paresseusement et consulta sa montre. Ciel ! Il ne lui restait plus que vingt minutes pour se doucher, préparer Hallie et déjeuner.

Quelques minutes plus tard, les cheveux encore mouillés, elle se précipita au rez-de-chaussée. Une bonne odeur de café émanait de la cuisine. D'où Logan pouvait-il donc tenir ce nouveau talent ? Du temps de leur mariage, il était incapable de faire bouillir de l'eau et, a fortiori, de préparer du café.

Ce n'était pas vraiment sa faute. Il avait toujours vécu entouré de domestiques, chez ses parents.

— On pourra le faire, après l'école ? demanda Hallie, la bouche pleine.

Elle était attablée au comptoir et balançait ses jambes sous son tabouret. Logan était en train de remplir deux tasses de café près de l'évier.

— On verra, dit-il en tendant une tasse à Dana.

Il portait un pantalon de survêtement bleu et un maillot blanc. Il avait donc gardé l'habitude de faire de l'exercice au lever.

— Bonjour, dit-il, souriant. Tu as bien dormi ?

Dana prit sa tasse en essayant d'oublier cette mèche brune qui retombait sur le front de Logan.

— Oui, merci. J'ai enfin dormi.

Puis elle ajouta à voix basse :

— Tu es allé voir dehors ?

— Dès mon réveil. Pour moi, tout va bien, mais tu devrais aller voir toi-même avant de partir. Pour vérifier que rien n'a bougé.

— J'irai.

— Papa dit qu'on ira peut-être sur les quais après l'école, lança Hallie en se tortillant sur son tabouret.

Elle avait toujours pris son petit déjeuner sur la table près de la baie vitrée, pour regarder les oiseaux qui venaient se ravitailler dans la mangeoire placée au fond du jardin. Ce changement dans ses habitudes gâchait soudain le plaisir qu'avait eu Dana au cours de la nuit, en la voyant renouer avec une de ses manies.

— Tu ne m'as pas dit que tes parents devaient arriver aujourd'hui ? demanda-t-elle à Logan.

Il lui montra un bouton de son chemisier qu'elle n'avait pas attaché et répondit en jetant un coup d'œil en direction d'Hallie.

— Oui, mais je les ai rappelés pour leur dire d'attendre que les choses se tassent un petit peu. Je les tiens au courant.

— Dans ce cas, d'accord pour les quais, dit Dana. Mais bien entendu, seulement après les devoirs.

Hallie, qui s'apprêtait à mordre dans une tartine, suspendit son geste et consulta son père du regard.

— Maman a raison, ma puce. C'est bien ainsi que je l'entendais, même si j'ai oublié de le préciser.

Hallie mordit dans sa tartine en fronçant le nez, visiblement déçue. Et Dana eut la nette impression, même si Logan l'avait appuyée, d'être encore passée pour la rabat-joie de service. Elle enfila son blazer, avala une gorgée de café et secoua ses cheveux pour les faire sécher un peu avant de partir.

— Ce que veut dire ton papa, c'est qu'il a oublié de le préciser parce que pour lui, les devoirs n'ont jamais eu d'importance. Il était tellement doué qu'il ne s'en souciait absolument pas.

— Oh, mais c'est ta maman qui m'a appris un tas de choses ! C'était un excellent professeur.

Avec un sourire suggestif, Logan lui tendit une assiette avec un toast.

— Du pain avec du miel. Avec les pancakes géographiques, c'est à peu près tout ce que je sais faire pour le petit déjeuner.

Dana prit l'assiette et s'installa à côté d'Hallie.

Un excellent professeur ? C'est toujours lui qui l'aidait, elle ! A quoi pouvait-il donc faire allusion ?

— Allons, ma puce. Maman s'en va dans cinq minutes. Va préparer tes affaires là-haut.

— D'accord. Mais on ira sur les quais après les devoirs ?

— Promis. Et tu sais quoi ? Ce sera encore mieux, parce que maman sera rentrée et pourra venir avec nous.

— Ouais ! s'écria Hallie.

Puis elle sauta au bas de son tabouret et monta dans sa chambre.

Cette manifestation de joie remonta le moral de Dana.

— J'ai été ton professeur ? demanda-t-elle. Peut-on savoir dans quel domaine ?

— Tu m'as appris à vivre en société, répondit Logan après un instant de silence.

Dana faillit s'étrangler avec sa tartine.

— Tu veux parler, je pense, de l'autre société, celle que tu as découverte le jour où tu es sorti du cercle…

Elle n'acheva pas. Inutile d'aborder ce sujet. C'était sans importance, maintenant.

— Exactement, répondit Logan. J'étais plutôt égocentrique, quand je t'ai connue.

Il ne plaisantait pas. Dana se sentit soudain fière de lui avoir effectivement appris quelque chose. C'était la première fois qu'il disait une chose pareille.

— Parce que tu ne l'es plus ? le taquina-t-elle.

La tentation était trop forte. D'ailleurs, mieux valait plaisanter sur leur passé commun que d'aborder des sujets sérieux. Logan n'avait sans doute dit cela qu'en passant.

— Hallie, tu es prête ? Il faut y aller.

Comme elle rapportait son assiette dans l'évier, elle crut surprendre un air désappointé sur le visage de Logan. Mais peut-être n'était-ce qu'une impression.

Ce qu'elle avait éprouvé pour lui au cours de la nuit l'empêchait de raisonner. Quelque chose s'était produit entre eux qu'elle n'arrivait pas à définir et, plus tôt elle se soustrairait à sa présence, mieux cela vaudrait.

— Bien, annonça Logan à Hallie, qui venait de redescendre. Je t'explique : je viens te chercher à l'école, tu fais des devoirs et, dès que maman rentre, nous allons sur les quais… Et peut-être même que nous pourrons dîner d'un hot dog pendant que nous y serons.

Hallie, les yeux brillants, s'élança vers Logan pour l'embrasser avant de partir.

Jillian avait demandé qu'on la dépose au salon car sa voiture se trouvait chez le garagiste. Après avoir déposé les filles,

Dana attendit en compagnie de son amie qu'elles pénètrent dans l'école. Pendant qu'elle attendait, elle se rendit compte qu'elle avait l'impression d'avoir été séparée de son amie depuis l'arrivée de Logan. Cela ne datait que de deux jours, mais c'était comme si les choses étaient en train de changer. Avant, elles se voyaient deux fois par jour. A présent, elles ne bavardaient ensemble qu'au moment de partir pour l'école.

— Tu as l'air en pleine forme, ce matin, remarqua Jillian quand les fillettes furent entrées dans l'école.

— J'ai repris espoir. Hallie semble mieux m'accepter et il semble même qu'elle se souvienne de certaines habitudes. Ce ne sont pas vraiment des souvenirs, mais elle reprend des habitudes qu'elle avait auparavant. Je pense que c'est bon signe.

— Qu'en dit le docteur ?

— Je dois le rappeler aujourd'hui.

Mais avait-elle vraiment envie de l'appeler ? Il risquait de lui annoncer que le changement d'attitude d'Hallie ne signifiait rien du tout, alors qu'elle avait besoin de se raccrocher à l'idée contraire.

— Je serais curieuse de savoir ce qu'il va dire, insista Jillian. Tu sais, quand les filles sont venues jouer à la maison, j'ai eu l'impression qu'Hallie était redevenue la même. Si je n'avais pas su qu'elle avait des problèmes de mémoire, j'aurais dit que tout était normal.

— Les enfants sont comme ça, soupira Dana. Ils font connaissance, et au bout de quelques minutes on croirait qu'ils se sont toujours connus.

— Sans doute. Mais tu sais, nous aussi nous sommes comme ça.

Dana se tourna vers son amie. Elle semblait comprendre d'instinct ce qu'elle ressentait.

— C'est vrai. Inutile de te dire que ça me rend dingue

d'avoir Logan tout le temps à la maison. Je n'arrive plus à me concentrer sur autre chose.

— Ce n'est pas étonnant. C'est vraiment un beau mec ! Il n'aurait pas un frère, par hasard ?

Dana éclata de rire. Jillian avait l'art de faire des plaisanteries au moment opportun.

— S'il en avait un, ça m'étonnerait que tu le supportes — à moins qu'il n'accepte de divorcer de ses parents.

— Très peu pour moi, je n'ai pas besoin de ça ! Ma mêle-tout de belle-mère me suffit !

Jillian reprit son sérieux et l'interrogea :

— La tienne est vraiment si atroce que ça ? Tu sais, elle a peut-être ses raisons. Tu devrais peut-être lui en parler.

Lui en parler ! Dana avait essayé, et le résultat avait été un désastre. Même si sa grossesse n'était pas entrée en ligne de compte, cela n'aurait sans doute rien changé. Dana n'était pas issue du milieu qu'il fallait. Pour Andrea Wakefield, elle n'était qu'une miséreuse habitant une caravane.

— Non, dit-elle. Parler avec elle, c'est parler à un mur. J'ai fini par comprendre qu'elle ne m'écouterait jamais, alors à quoi bon perdre mon temps ? De toute façon, ça n'a plus d'importance. Mes ex-beaux-parents voient rarement Hallie, et lorsqu'ils veulent la voir, je n'ai pas affaire à eux car Logan s'occupe de tout... Mais tu sais déjà tout ça, je te l'ai raconté.

— Oui, moi aussi je t'ai déjà tout déballé.

Jilly semblait nostalgique. Elle avait adoré son mari et l'adorait toujours. Ses plaisanteries n'étaient qu'une manière de se défendre contre l'injustice de la vie. Son mari avait été fauché à la fleur de l'âge par un tireur fou qui prenait pour cible des voitures sur l'autoroute de Santa Monica. Une de ces histoires horribles qu'on apprend à la rubrique des faits divers en se disant que ça n'arrive qu'aux autres.

Jilly avait fait de son mieux pour supporter sa mort. Elle avait même emménagé à Chicago pour que Chloé soit plus proche de sa grand-mère paternelle. De son côté, Jilly n'avait plus aucune famille.

Dana se gara devant le salon de coiffure que cette dernière avait acheté avec l'assurance-vie de son mari.

— Nous formons une fameuse paire, toi et moi ! gémit Jilly.

Elle descendit de voiture et resta là un moment, la portière ouverte, avant d'ajouter :

— Bon, je ne sais pas ce que tu en penses, mais il est temps d'aller travailler et de penser un peu à des choses sérieuses... Si tu venais ce soir, quand les filles seront couchées ? On pourrait se boire un verre de vin ?

C'était une proposition providentielle. Une autre soirée avec Logan risquait d'avoir raison de Dana.

— Marché conclu !

Après avoir déposé Jillian, Dana arriva à son bureau toute ragaillardie. Rien n'avait changé, pourtant. Alors pourquoi son moral était-il au beau fixe ? Et pourquoi se posait-elle autant de questions ? Il y avait bien longtemps qu'elle ne s'était pas sentie aussi bien.

Elle sortit de l'ascenseur d'un pas aussi alerte que son moral.

— Bonjour, Cheryl ! lança-t-elle en prenant son courrier des mains de son assistante.

D'abord, elle allait travailler sur l'affaire Davis, s'occuper des deux interrogatoires prévus, puis consacrer le reste de la journée à l'affaire Lombard. Après le travail, elle achèterait une bouteille de vin sur le chemin du retour, irait faire un tour sur les quais avec Logan et Hallie et, une fois la petite couchée, passerait une heure ou deux chez Jillian. La journée s'annonçait réglée comme du papier à musique.

Dana aimait cela et travaillait mieux quand tout était ordonné et planifié. Prendre des décisions, se fixer des objectifs, voilà comment elle était arrivée là où elle était. Déposant sa mallette, elle prit connaissance de son courrier et répondit aux coups de fil urgents avant de s'attaquer au reste.

Son travail était le même depuis le jour où elle avait poussé la porte du bureau du procureur, quatre ans auparavant.

En dehors du coup bas que lui avait asséné David l'autre jour, son travail était la part de sa vie dont elle était sûre, et elle ferait tout ce qui était en son pouvoir pour qu'elle le reste.

Elle trouverait un moyen de s'arranger avec ce que David lui avait demandé. Mais ce qui la turlupinait le plus, c'était la raison pour laquelle il l'avait fait. Elle avait le plus grand respect pour lui et, plus elle y pensait, plus elle se disait qu'elle avait dû mal comprendre. Il ne pouvait pas en être autrement.

Son regard s'attarda sur les plaques qui ornaient le mur. Certaines lui avait été décernées en vertu de réussites liées à son travail, d'autres pour services rendus à la communauté, dans le cadre d'interventions bénévoles ou encore au titre de membre du bureau de placement des enfants. Tous ces trophées célébraient sa compétence et son expertise.

Elle pouvait être fière. Et elle l'était. Mais tous les éloges du monde n'étaient rien à côté de ce qu'elle avait éprouvé la veille, quand Hallie avait pris une mèche de ses cheveux.

Hallie était l'unique personne au monde qui l'ait toujours aimée pour la simple et bonne raison qu'elle était sa maman. Hallie se moquait bien que sa mère réussisse, qu'elle soit intelligente. Elle l'aimait seulement parce que…

Soudain, Dana s'aperçut qu'elle avait oublié un détail. Si Hallie ne se souvenait pas d'elle, comment pouvait-elle l'aimer ? Elle préférait ne même pas y penser.

Ce soir, sur les quais, peut-être Hallie se rappellerait-elle la dernière fois qu'ils y étaient allés…

— Tu as une minute ? demanda David en faisant irruption dans son bureau.

Soit il était arrivé sans s'annoncer, soit, trop absorbée par ses pensées, elle ne l'avait pas entendu arriver.

— Oui, que se passe-t-il ?

Dana poussa de côté sa pile de dossiers et se cala dans son fauteuil. Le simple fait de le regarder la mettait mal à l'aise. Elle lui fit signe de s'asseoir, mais il resta debout.

— Rien, dit-il. Je me demandais seulement si tu avais eu l'occasion de parler avec Wellesy.

— Non. Pas encore.

Croisant les bras, il la transperça de son regard gris, froid et dur comme l'acier.

— Et quand penses-tu le faire ?

Tout espoir d'avoir mal compris s'envola. Elle avait accordé à David le bénéfice du doute, pensant qu'elle avait mal interprété ou mal compris leur conversation à cause du stress. Envers et contre tout, elle avait voulu croire qu'elle s'était trompée.

Mais il n'en était rien, et elle allait devoir se débrouiller.

— Je ne pense pas que je le ferai. Je n'ai pas l'intention d'aller parler à Wellesy. Et je suis très gênée que tu me l'aies demandé.

David avait viré au rouge violacé. Il resta planté là, serrant les dents. Soudain, avec un air particulièrement désespéré, il quitta la pièce.

Dana se sentait mal. En refusant de faire ce qu'il lui avait demandé, elle avait sans doute compromis définitivement sa carrière.

Qu'allait-elle donc pouvoir faire ?

— Les devoirs d'abord, rappela Logan. Pas de télé, pas de poupée, rien du tout. Si tu as besoin d'aide pour tes devoirs, je suis là.

Une fois Hallie dans sa chambre, il se rendit dans le salon pour appeler Remy. Il ne se sentait jamais aussi bien que lorsqu'il savait que les affaires marchaient. Ils formaient une équipe solide dont la plupart des membres étaient d'anciens collègues et amis. Dante Marconi et Brody Sinclair avaient grandi ensemble dans un quartier du sud de Philadelphie. Logan avait fait leur connaissance en allant passer les vacances chez sa grand-mère, un été, et ils s'étaient tout de suite liés d'amitié. Comme les mousquetaires, c'était un pour tous et tous pour un. Même si leurs routes s'étaient séparées un moment, ils étaient restés amis.

Sur le plan professionnel, tous étaient experts dans un domaine. Comme Remy se plaisait à le dire, ils formaient une « sacrée équipe de pros ».

— Remy ?

— Salut ! Comment ça va ? Et la petite ?

— Pas trop mal. Je viens aux nouvelles. J'ai quelque chose à faire ?

— Pas pour l'instant. On a mis des gars sur l'affaire de fraude internationale, y compris Dante, et Brody s'occupe de l'escroquerie à l'assurance. Gideon est sur le contrat des fédéraux, et toi et moi, on est sur la touche. C'est archicalme, ici. Mais j'ai deux ou trois trucs pour la semaine prochaine, si tu veux. Tu es partant ?

— Si c'est du local, je marche.

— Entendu. Au fait, tu as un message de ton agent immobilier. Il aurait quelque chose pour toi. Ça signifie que tu vas vraiment te fixer, j'imagine ?

— Oui. Il faut que je me fixe un moment. Il t'a dit où ça se trouvait ?

— Non, mais il a dit que c'était une affaire et qu'il fallait se dépêcher. Une femme qui vend tout, y compris les meubles, parce qu'elle a perdu son mari. Il faut que tu le rappelles.

Au moins quelque chose qui avançait, songea Logan.

— Gideon a déjà trouvé une occasion de travailler avec Dana ?

C'était fort peu probable. Intègre comme elle l'était, Dana ne devait pas être au courant de la corruption qui régnait au sein du bureau du procureur de l'Illinois.

— Non, répondit Remy. Mais il vaut mieux qu'il évite. On ne sait jamais : elle pourrait découvrir le pot aux roses, et même nous saper le contrat.

— Alors, qu'a-t-on appris ?

— Rien. Gideon doit me tenir au courant ce soir.

Logan raccrocha avec un étrange sentiment de malaise. Le coup de fil de l'agent immobilier était une bonne nouvelle, et il aurait dû sauter de joie. N'était-ce pas ce qu'il souhaitait pour pouvoir passer plus de temps avec sa fille ?

Alors pourquoi ce manque d'entrain ?

Son regard s'arrêta sur une photo de Dana et Hallie placée sur le piano quart de queue. C'était un vieux piano que Dana avait acheté et restauré, alors qu'il lui avait conseillé d'en acheter un neuf.

Dana avait un côté conservateur et s'enorgueillissait de certaines choses, comme économiser de l'argent, même lorsque ce n'était pas nécessaire. Elle aimait les défis et, pour elle, vernir ce vieux piano jusqu'à ce qu'il brille comme une Rolls neuve était une satisfaction sans pareille.

Logan soupira. Partout où il posait les yeux, il voyait la touche personnelle de Dana, et pas beaucoup de sa touche à lui. Comment en aurait-il été autrement ? Il était souvent absent et, lorsqu'il rentrait enfin chez lui, il préférait consacrer du temps à Hallie.

Voilà, comprit-il soudain, pourquoi il ne sautait pas de joie à l'idée d'avoir sa propre maison. Sa maison, c'était ici et, franchement, il avait envie d'y rester.

Etait-ce une folie de croire qu'ils pourraient encore tenter leur chance ? Ils allaient si bien ensemble dans tant de domaines... Malgré tous leurs différends, ils avaient toujours su se réconcilier au lit. Logan sourit. Un jour, en plaisantant, Dana avait dit qu'ils devraient vivre dans leur chambre, car de cette façon, ils ne se disputeraient plus jamais.

C'est ainsi que leur mariage s'était brisé : dispute après dispute. A propos du travail de l'un ou de l'autre, des parents de l'un ou de l'autre, de son besoin à elle d'être indépendante et de son propre besoin de sentir qu'elle avait besoin de lui.

Hélas, rien n'avait changé. Oui, c'était bel et bien une folie que de croire en une seconde chance. Logan sortit la carte de l'agent immobilier et l'appela.

— Papa, j'ai fini ! Tu peux venir voir ? appela Hallie depuis l'étage.

— J'arrive dans deux secondes, ma puce.

Après son coup de fil, avec un dernier regard nostalgique autour de lui, il monta.

En chemin, il s'arrêta devant la porte la chambre principale. Pourquoi Dana n'y dormait-elle plus ? Curieux, il entrouvrit la porte et y jeta un œil.

Malgré les volets fermés, la lumière s'infiltrait par des interstices et se projetait à l'intérieur en rayons, créant un effet étrange. Une fois accoutumé à la pénombre, Logan put constater que la pièce était exactement comme il l'avait laissée. Bizarre... S'il avait été joueur, il aurait parié gros que Dana avait fait le ménage.

Il entra. Leur photo de mariage trônait toujours sur la

commode. Il s'approcha, la prit et caressa le cadre argenté. La dernière fois qu'ils avaient eu une vraie conversation ensemble, c'était dans cette chambre, après avoir fait l'amour.

Son cœur se serra. Elle lui manquait terriblement. Ses reparties, son rire lui manquaient ; son sérieux, sa conscience sociale lui manquaient, et tant d'autres petites choses encore. Sa façon de dormir blottie contre lui, sa façon de tenir sa tasse de café à deux mains, sa façon de peler les oranges. Même leurs horribles disputes lui manquaient.

A vrai dire, tout ce qui était elle, tout ce qui était eux lui manquait. Ils regrettait leurs nuits ensemble, lorsqu'il la serrait contre lui, lorsqu'ils faisaient l'amour, parce que c'était l'unique moment où elle acceptait d'abaisser sa garde. Le seul moment où il se sentait relié à elle, où il avait l'impression de lui être utile, nécessaire.

Peut-être aurait-il dû se montrer plus ouvert, plus communicatif. Peut-être...

A quoi bon ? Tous les « peut-être » et les « si » du monde ne changeraient rien au fait qu'elle n'avait jamais eu envie de l'épouser, ni probablement d'épouser qui que ce soit.

Néanmoins, le fait qu'elle n'utilise plus cette chambre ne laissait pas de l'intriguer. Deux fois plus grande que la chambre d'amis, celle-ci était équipée d'un lit plus confortable et même d'une salle de bains attenante, ce qui était rare dans ces maisons anciennes. Dana prétendait avoir changé de chambre pour être plus près d'Hallie, mais il ne l'avait pas trouvée très convaincante.

Il y avait vraiment de quoi se poser des questions... Il ressortit et referma la porte derrière lui, plus intrigué que jamais. Peut-être Dana et lui avaient-ils encore quelques points à régler.

— Regarde, j'ai tout terminé ! annonça Hallie lorsqu'il entra dans sa chambre.

Logan sourit. Que représentaient les devoirs, quand on avait sept ans ?

— Super. Montre-moi ça.

Pendant qu'il regardait, Hallie se mit à piailler en bondissant dans la pièce.

— On peut y aller, maintenant ? Je peux appeler Chloé pour lui dire ? S'il te plaît, dis, s'il te plaît ?

— Tu peux appeler Chloé, mais nous attendrons le retour de ta mère pour partir.

Hallie s'arrêta de sauter, la mine déçue.

— Et si elle est en retard ?

— Pourquoi serait-elle en retard ?

Hallie ouvrit de grands yeux innocents et haussa les épaules.

— Ben, j'sais pas. Je sais seulement qu'elle peut être en retard, parce ça lui est déjà arrivé.

De plus en plus bizarre. Le lendemain, Logan appellerait le médecin. Hallie semblait avoir des souvenirs, et en même temps, elle ne retrouvait pas la mémoire. Etait-ce bon signe ?

Il avait absolument besoin de savoir combien de temps il devrait rester.

Une porte claqua au rez-de-chaussée.

— Il y a quelqu'un ?

— Je veux un hamburger avec des frites, annonça Hallie.

Dana et Logan échangèrent un regard. Hallie prenait toujours des *chicken nuggets* au fast-food. Jamais elle n'avait commandé un hamburger. Dana eut un geste d'impuissance et Logan partit passer commande pendant qu'Hallie choisissait une table libre.

La soirée s'était bien passée mais Dana, qui se souvenait

du pique-nique et de la façon dont il s'était terminé, restait méfiante. D'ailleurs, elle devait aussi prendre garde de ne pas trop s'habituer à cette vie à trois. Celle-ci prendrait fin dès qu'Hallie irait mieux et que Logan se verrait confier une nouvelle mission. Il lui fallait garder cela présent à l'esprit.

Chloé n'avait pu les accompagner car elle devait aller voir sa grand-mère. Dana et Logan se mettaient donc en quatre pour faire en sorte qu'Hallie s'amuse.

Après une visite au magasin Disney et un tour sur la grande roue, ils avaient décidé qu'il était temps de dîner et s'étaient rendus dans un fast-food.

— On est venus souvent ici ? demanda Hallie.

— Quelques fois.

La dernière fois, c'était pour ses cinq ans. Dana s'en souvenait parfaitement. Logan était en mission et devait rentrer à temps. Dana avait prévu de fêter à la fois l'anniversaire de sa fille et le retour de Logan. Mais les parents de ce dernier avaient appelé. Ils étaient à Chicago et voulaient fêter l'anniversaire de la petite.

Hallie avait demandé qu'on l'emmène au fast-food, mais Andrea Wakefield avait tenu à dîner au Fairmont. Comment pouvait-elle croire qu'une fillette de cinq ans avait la moindre envie de fêter son anniversaire dans un restaurant guindé ? Voilà qui dépassait complètement Dana. Mais puisque Logan était de retour et que les Wakefield avaient fait le déplacement spécialement pour l'occasion, elle n'avait pas eu le cœur de le leur refuser. Pour une fois qu'ils faisaient un effort... Elle avait d'ailleurs promis à Hallie une deuxième fête d'anniversaire, plus à son goût.

Au restaurant, avec les Wakefield, Dana avait cherché en vain, sur le menu, un plat convenant à une fillette de cinq ans. Puis le serveur était arrivé et Andrea s'était tourné vers son mari, Logan Wakefield senior, en disant :

— Chéri, tu ne commandes pas pour les filles ? J'ai l'impression que Dana a du mal à déchiffrer le menu.

Rouge de colère, Dana avait dû reprendre son calme avant de répliquer :

— Je cherchais quelque chose qui soit susceptible de plaire à Hallie. Quelque chose d'autre que la vichyssoise ou le steak tartare.

Andrea avait blêmi et, après un instant, avait concédé d'un air pincé :

— Je comprends.

Surprise de cet accord, Dana s'était retenue de poursuivre et avait décidé de faire preuve de compréhension envers cette femme. Après tout, les Wakefield n'avaient eu qu'un enfant, et cela remontait à un certain temps. D'ailleurs, même lorsque Logan était petit, ils employaient une nounou pour s'occuper de lui. Comment auraient-il eu connaissance des goûts et des aversions d'un enfant de cinq ans ?

— Je comprends, avait poursuivi Andrea, que la petite puisse avoir le goût gâté à force de manger des surgelés en regardant la télévision.

Puis, s'adressant à Hallie :

— Ton grand-père va commander pour toi, ma chérie.

Hallie avait ouvert de grands yeux et imploré sa mère du regard. Au moment où Dana allait ouvrir la bouche, Logan était arrivé. Elle lui avait laissé un message, pour le cas où il réussirait l'exploit de rentrer à temps.

— Salut ! En voilà une surprise !

Il avait embrassé Dana et Hallie, tendu la main à son père et serré sa mère contre son cœur.

— Hallie, je n'aurais jamais cru que tu aimais ce genre d'endroit !

Hallie avait froncé le nez et fixé son assiette. Elle faisait apparemment des efforts pour bien se tenir, comme on le lui avait appris. Si ses grands-parents n'avaient pas été là, elle aurait probablement protesté haut et fort.

Logan avait alors interrogé Dana du regard.

— Tes parents nous ont fait la surprise de venir pour l'anniversaire d'Hallie et ont eu la gentillesse de nous inviter au restaurant. Et voilà.

Dana avait conclu sur un ton glacial, mais ne voulait pas créer d'incident entre Logan et ses parents. Une famille, c'était important, même quand elle fonctionnait bizarrement.

— Excellente idée, avait dit Logan en prenant le menu.

— Oui. Ton père allait commander pour les filles, étant donné qu'elles n'arrivent pas à se décider. Mais maintenant que tu es là, mon chéri, à toi l'honneur.

Les filles… Encore un truc d'Andrea pour rabaisser Dana sans vraiment prêter le flanc à la critique. Dana ne releva pas. Rien ne pouvait agacer davantage Andrea que d'être ignorée.

Logan, qui ne s'était pas encore assis, avait parcouru le menu en fronçant les sourcils.

— Vous savez, c'est très bien, ici, mais je crois qu'Hallie préférerait un autre genre de menu. Si nous nous éclipsions pour aller faire un tour au fast-food ?

Hallie avait ri de si bon cœur que les trois quarts des clients s'étaient retournés. Dana elle-même avait dû se retenir d'éclater de rire. Les Wakefield avaient fini par dire qu'ils préféraient rester, car ils avaient prévu de rencontrer un de leurs associés dans ce même hôtel.

Dana aurait dû s'en douter. Pour quelle autre raison seraient-ils venus à Chicago à l'improviste, sans savoir si Logan serait là ?

— Cela ne vous ennuie pas si nous partons ? avait demandé ce dernier. Nous pouvons organiser quelque chose ensemble demain. Qu'en pensez-vous ?

Finalement, ils avaient passé une délicieuse soirée, tous les trois, au fast-food. Plus tard dans la nuit, Dana et Logan avaient fêté cela à leur manière habituelle, au lit...

Dana eut un pincement au cœur en voyant Logan arriver avec leurs commandes.

— Je me souviens de cet endroit, annonça Hallie en prenant son hamburger.

Dana tourna la tête si vite vers elle qu'elle en eut mal dans le cou.

— Moi aussi, répliqua calmement Logan.

Seul son regard trahissait sa joie.

— C'était pour ton anniversaire, et tes grand-parents Wakefield étaient venus te voir. Tu te souviens aussi de cela ?

Hallie réfléchit longuement en mâchonnant une frite puis secoua la tête.

— Non, je m'en souviens parce que je l'ai vu dans une pub à la télé.

La joie de Dana retomba aussitôt.

— Je me rappelais pas que j'avais des grands-parents. Ils sont aussi bizarres que la grand-mère de Chloé ?

Dana avertit Logan du regard : qu'il ne compte pas sur elle pour répondre !

— Ils t'aiment beaucoup, répliqua Logan. Comme tes grands-parents Marlowe.

Dana avait décidé depuis longtemps qu'elle ne forcerait pas ses parents à jouer leur rôle de grands-parents malgré eux. S'il le voulaient, qu'ils en fassent l'effort. Et jusqu'à présent, en sept ans, ils ne s'étaient pas vraiment donné de peine.

— Chloé, elle a seulement une grand-mère. Et elle dit que sa grand-mère est très triste parce que son père, à Chloé, il est mort. Elle m'a montré la photo de mariage de ses parents. Je pourrai voir la vôtre aussi ? Je pourrai la montrer à Chloé ?

Dana avala sa bouchée de hamburger. Comment allait-elle se sortir de cette impasse ?

— Nous avons une photo de mariage, mais elle ne ressemble peut-être pas à celle des parents de Chloé, parce que nous n'avons pas fait un grand mariage.

Hallie parut profondément déçue.

— La maman de Chloé, elle avait une robe blanche avec un long, long train derrière.

— Tu veux sûrement parler d'une « traîne ». Certaines robes de mariées ont une traîne.

— Et la tienne, elle était longue comme celle de la maman de Chloé ? La sienne, elle était super longue !

Disparaître sous la table étant totalement exclu, Dana réfléchit. Les questions d'Hallie étaient innocentes, mais à moins de mentir, elle ne pouvait faire passer son mariage pour ce qu'il n'avait pas été.

Logan intervint.

— Ta mère n'avait pas de robe blanche avec une longue traîne parce que nous nous sommes enfuis.

— Ça veut dire quoi, « s'enfouir » ?

Logan fixa la fillette d'un air sérieux. Qu'allait-il répondre ? Qu'ils avaient dû se marier en cachette parce qu'elle était enceinte et que Logan était ennuyé ? Que Mme Wakefield aurait préféré mourir, plutôt qu'inviter ses amis de la haute société au mariage de son fils avec une moins-que-rien ?

— Ça veut dire que nous étions tellement amoureux que nous ne pouvions pas attendre le temps de faire tous les préparatifs pour un mariage, avec tous les tralalas. Nous voulions nous marier tout de suite. Alors, nous sommes allés en cachette jusqu'à une petite chapelle dans les bois, et nous nous sommes mariés… C'était très romantique.

Hallie afficha un grand sourire et regarda ses parents tour à tour.

— C'est encore mieux, dit-elle. Vivement que je puisse le raconter à Chloé !

Logan se tourna vers Dana et lui souffla :

— C'était vraiment beaucoup mieux.

10.

Dans la voiture, de retour du restaurant, Dana resta perplexe. Comment deux personnes pouvaient-elles avoir des points de vue aussi diamétralement opposés concernant le même événement ? En se retournant furtivement pour vérifier qu'Hallie s'était endormie, elle se surprit à contempler le profil de Logan.

Jamais elle n'avait vu d'homme au visage plus agréable. Ce n'était pas tant sa beauté que l'effet qu'il faisait sur elle.

Parfois, elle en avait littéralement le souffle coupé. Personne ne lui avait jamais fait un tel effet, ni avant, ni après Logan.

Dès l'instant où elle l'avait rencontré, elle avait eu envie de lui. L'amour était venu ensuite, peu de temps après.

— J'ai dit à Jilly que je passerais chez elle quand Hallie serait couchée. Cela ne t'ennuie pas ?

Logan lui jeta un regard, puis se concentra de nouveau sur la route, l'air intrigué.

— Si cela m'ennuie ? Pourquoi cela m'ennuierait-il ?

— Eh bien, je ne voudrait pas que tu croies…

Dana n'acheva pas, de peur qu'Hallie ne dorme pas profondément et l'entende.

— Peu importe, dit-elle en lui signifiant par un geste qu'ils en reparleraient plus tard.

161

Le moment d'en parler arriva plus vite que prévu, Hallie étant allée se coucher immédiatement, Dana se dirigeait vers la porte, munie de la bouteille de vin achetée en rentrant du bureau, quand Logan l'intercepta.

— Qu'allais-tu me dire dans la voiture ? Tu ne voulais pas que je pense quoi ?

— Rien, je t'assure.

Mais Logan n'en croyait visiblement pas un mot.

— D'accord, dit-elle. Je ne voudrais pas que tu croies que je profite de ta présence. En me servant de toi comme d'un baby-sitter quand je sors.

— Je croyais que tu allais seulement chez ta voisine ?

— Effectivement, mais…

— Par conséquent, je ne vois pas en quoi tu profites de la situation. Je suis le père d'Hallie. La charge de veiller sur elle me revient autant qu'à toi.

Il n'avait pas tort, et c'était bien agréable de le lui entendre dire. Aussi, pourquoi avait-elle l'impression de lui imposer une contrainte ? C'était absurde.

— Bien, dit-elle. Je serai de retour dans environ une heure.

— Amuse-toi bien.

Il ponctua ces mots d'un clin d'œil et Dana sentit son cœur faire un bond dans sa poitrine, exactement comme lors de leur première rencontre. Elle avait commencé la journée d'un bon pied, mais cela n'était rien à côté de ce qu'elle avait ressenti lorsque Logan avait évoqué leur mariage. Elle traversa la pelouse en planant légèrement, comme si elle avait déjà vidé la bouteille de vin.

Cela ne tarda pas à être un fait. Quand la deuxième bouteille, apportée par Jilly, toucha à sa fin, cette dernière leva son verre en réclamant que soit porté un autre toast.

— Un toast en quel honneur ? demanda Dana.

Elles avaient déjà bu à la santé des petites filles douces et malicieuses, à la disparition des belles-mères qui fourrent leur nez dans vos affaires, au sort qui leur avait donné des métiers qu'elles adoraient, et aussi pour se lamenter sur ce même sort. Que restait-il ?

— Aux hommes, parce qu'on ne peut vivre ni avec, ni sans !

— Santé ! trinqua Dana.

Elle en savait quelque chose !

Durant leur mariage, Logan et elles avaient passé leur temps à faire l'amour ou à se quereller. Leur vie ne ressemblait pas vraiment à celle des familles heureuses des séries télévisées.

Comment deux êtres aussi incompatibles pouvaient-ils être aussi complémentaires dans un domaine ? Le seul fait d'y penser suffisait à attiser un élan de désir en elle.

— Au sexe !

— Santé ! approuva Jillian avec un sourire carnassier.

Puis elle resta un moment songeuse avant d'ajouter :

— Tu crois que tu trouveras un jour un remplaçant à Logan ?

Dana n'y avait jamais réfléchi sérieusement. Inconsciemment, elle s'était toujours dit qu'elle finirait par rencontrer quelqu'un... Mais remplacer Logan ? Impossible.

— Ce n'est pas dans mes projets immédiats. D'ailleurs, il faudrait déjà que je trouve quelqu'un à la hauteur. Pourquoi ?

Assise par terre, adossée au canapé, Jillian réfléchit profondément.

— Parce que, tu sais, je sens quelque chose qui me dit que vous devriez vous remettre ensemble.

Jillian s'exprimait avec lenteur. Elle avait légèrement

abusé de la boisson. Puis elle prit un air nostalgique, Dana en aurait juré.

— Tu sais, poursuivit Jillian, je ne vous avais jamais vus ensemble avant, mais maintenant que je vous ai vus, j'ai comme l'impression qu'il y a quelque chose qui passe entre vous… comme de l'électricité, ou bien… une sorte de magnétisme, quelque chose comme ça… Tu vois ce que je veux dire ?

Dana ne trouva pas les mots pour la contredire.

— Je t'assure, Dana, je le sens, je le sens vraiment… Jack et moi, c'était pareil. C'est peut-être pour ça que je le sens pour vous deux. Mais vous ne vous en rendez pas compte. Ni lui, ni toi.

Le vin rendait Jillian étrangement clairvoyante. Un certain magnétisme, un certain désir, certes. C'était l'effet qu'avait Logan sur elle. Etait-ce plus que du désir ? Affirmatif. Il la troublait jusqu'au plus profond d'elle-même.

Mais concernant ce dernier point, la réciproque n'était malheureusement pas vraie.

— Jack est mort et je ne ressentirai plus jamais ça — pas avec lui. Mais toi, toi et Logan, vous avez encore toute la vie…

Soudain, les yeux de Jillian s'emplirent de larmes.

— Allons, dit Dana en la prenant dans ses bras.

Elle la laissa pleurer sur son épaule. Gagnée par la compassion, elle eut brusquement toutes les peines du monde à ne pas fondre en larmes à son tour.

Logan et elle avaient-ils vraiment la vie devant eux ?

A son retour, Logan l'examina d'un œil méfiant.

— Peut-on savoir ce que vous avez fêté ? Un peu pompette, on dirait…

Elle marchait effectivement d'un pas mal assuré. Mais

c'était parce qu'elle cherchait à se frayer un passage dans le couloir, pour aller poser la bouteille entamée dans la cuisine et jeter la bouteille vide.

Jillian avait insisté pour qu'elle emporte le reste de vin, de crainte que sa belle-mère ne débarque à l'improviste.

— Pas du tout, je ne suis pas pompette. C'est Jillian qui a presque tout bu. En ce qui me concerne, j'ai été un vrai modèle de tempérance et de sobriété.

Elle éclata de rire sous l'œil sévère de Logan. Visiblement, il n'appréciait pas du tout. Il alla se chercher un verre et y vida le reste de vin.

— Cela ne t'ennuie pas si je le termine ?

— Je t'en prie. Mais cela ne servira à rien. Non, à rien du tout…, dit-elle en lui enfonçant son doigt dans la poitrine.

Elle avait l'impression de faire un bout d'essai pour une série télévisée.

Visiblement intrigué, Logan eut un mouvement de recul.

— A rien, pourquoi ?

— Oh, je sais ce que tu as derrière la tête. Je reconnais ton air… Je sais bien ce que tu penses : je suis détendue, je ne suis pas sur mes gardes… Je te connais, tu sais. Je te connais bien.

— Si tu me connais aussi bien, alors tu sais déjà que je vais te faire du café.

Elle l'observa pendant qu'il remplissait la cafetière d'eau.

— Tu te rappelles la fois où Karpinsky… la fois où il est entré à l'étude et où il a failli nous prendre en train de… et où on a dû cacher le préser…

Elle riait si fort qu'elle dut s'interrompre.

— … dans la cafetière, et il s'est servi…

Logan éclata de rire à son tour.

— … une tasse de café, achevèrent-ils ensemble.

Dana riait si fort qu'elle en avait mal aux côtes, et songea que si elle ne se hâtait pas d'aller aux toilettes, un incident allait arriver.

Dans la salle de bains, elle prit le temps de se rafraîchir le visage et de se ressaisir dans la mesure du possible. Puis elle alla rejoindre Logan, qui ranimait le feu dans le salon.

— C'est vraiment agréable.

— Le café sera prêt dans un instant.

— Super... Merci.

En le voyant accroupi devant la cheminée, Dana fut prise d'une grande bouffée de nostalgie. Elle ne pouvait le nier, c'était merveilleux de l'avoir à la maison, d'avoir quelqu'un à qui parler, quelqu'un avec qui elle avait un passé en commun, qui tenait à Hallie autant qu'elle et qu'elle aimait...

Stop ! Mieux valait ne pas s'aventurer dans cette direction. Elle était fatiguée, donc vulnérable. L'excès de boisson expliquait sans doute ce moment d'égarement.

L'échec de leur mariage avait été un désastre pour elle. Son tout premier échec dans la vie avait concerné ce qui comptait le plus. Il lui avait fallu du temps pour retrouver ses marques.

Dana s'assit sur le pouf devant le feu. Quand Logan en eut terminé avec le feu, il alla chercher le café dans la cuisine et revint avec un plateau garni de deux tasses.

— Délicieux..., dit-elle en prenant sa tasse à deux mains.

Le feu jetait une lumière ambrée sur toute la pièce, y compris sur le beau visage buriné de Logan. Le café était fort et Dana sentit son corps se réchauffer.

— Tu te rappelles la première fois qu'on a pris un café ensemble ? demanda Logan.

Comment l'aurait-elle oublié ? A l'époque, elle n'arrivait pas à croire qu'il puisse seulement s'intéresser à elle.

— C'était il y a longtemps.

— Oui, et tu étais drôlement aigrie, à l'époque.

— Pardon ?

— Ce n'est peut-être pas l'expression adéquate, mais tu étais vraiment coincée.

— Tu veux dire que je n'étais pas en extase devant toi, et que je pensais plus à mon avenir qu'à prendre du bon temps ? Si c'est ce que tu appelles être coincée, je suis entièrement d'accord avec toi.

— Oui, c'est à peu près ça. Mais j'étais prêt à relever le défi.

— Tu étais prêt à beaucoup de choses, et tout se présentait bien pour toi. J'étais peut-être coincée, mais toi, tu n'arrivais pas à admettre que je ne me jette pas à tes pieds.

— C'est vrai. Je me disais que quelque chose ne tournait pas rond chez toi !

Ils rirent de concert et Logan vint s'asseoir près d'elle par terre.

— A propos de défi, dit Dana, tu te rappelles les cours de Karpinsky ? C'était vraiment un sadique.

— Peut-être, mais ce sont ses cours dont je me souviens le mieux. Je crois que c'est avec lui que j'ai appris comment être un bon juriste.

— Rob Feldon, lui, n'a pas dû comprendre la leçon, dit-elle.

Karpinsky avait persécuté sans merci cet étudiant pendant une semaine. Rob avait quitté la faculté un mois seulement après la rentrée. Plus tard, on avait appris qu'il avait dû être hospitalisé une année durant pour dépression nerveuse.

Dana n'avait jamais pardonné à Karpinsky et ne comprenait pas que Logan n'éprouve pas la même chose.

— La leçon lui a servi, dit Logan. Comme moi, Feldon

a compris que le métier d'avocat n'était pas pour lui. C'était l'enseignement le plus important.

— Mais toi, tu es allé jusqu'au bout. Tu as suivi tout le cursus et tu as des connaissances qui peuvent te servir dans beaucoup de domaines.

Logan changea de sujet.

— Tu te rappelles Angelina Soltis et Paul Morgenstern ? Je me demande ce qu'ils sont devenus…

— J'ai appris que Paul était devenu un avocat de haut vol dans le spectacle, à Hollywood. Angelina, je n'ai plus jamais eu de ses nouvelles.

— Tu te rappelles lorsque nous sommes allés tous ensemble chez mes parents, à Boca Raton ? Paul, Angelina, toi et moi. Il y avait aussi Remy et sa copine de l'époque, dont j'ai oublié le nom.

— Samantha James.

Comment Dana aurait-elle oublié ce nom ? Samantha avait jeté son dévolu sur Logan et, durant ce week-end, s'était mise en quatre pour attirer son attention. Mais Logan l'avait quasiment ignorée, et il avait passé tout son temps avec Dana.

Au cours de ce week-end, Dana avait compris qu'elle était désespérément amoureuse de lui.

Ils se remémorèrent encore d'autres vieux souvenirs devant le feu qui crépitait. Le feu, allié à cette conversation rassurante et au délicieux café, ramollit Dana corps et âme. Malgré la pression, ils avaient passé de bons moments à la faculté de droit, et noué là-bas des amitiés durables.

Cette époque avait été la plus heureuse de sa vie.

Même si les vapeurs de l'alcool s'étaient dissipées, Dana se sentait à moitié grisée par cette conversation amicale avec Logan. Il leur était arrivé plus d'une fois de deviser ainsi au coin du feu, mais au cours des deux dernières années, elle avait volontairement oublié ces bons moments pour ne se rappeler que les problèmes qui s'étaient multipliés entre eux, jusqu'à atteindre le point de non-retour.

Que se serait-il passé si elle n'était pas tombée enceinte et si la famille de Logan ne s'était pas opposée à leur mariage ? Et aussi, bien sûr, s'il n'y avait pas eu incompatibilité d'humeur entre Logan et elle ?

N'existait-il pas l'ombre d'une chance de recommencer quelque chose ? Pour la première fois depuis longtemps, elle se sentait bien, en sécurité, et seul ce qui se passait à l'intérieur de cette maison lui semblait vraiment important.

Logan se retourna, l'œil sombre et velouté.

— Cela me rappelle une soirée autour d'un feu de camp, près du chalet, où nous jouions à celui qui nommerait le plus de constellations. Tu t'en souviens ?

Ce n'étaient pas les noms des constellations qui lui avaient laissé le plus doux souvenir, mais la fièvre des baisers, la brûlure du désir, l'explosion de la passion. Et aussi la façon dont Logan la serrait toujours contre lui, après l'amour, et la manière dont elle s'endormait dans ses bras.

Comment avait-elle pu oublier tous les bons moments qu'ils avaient partagés ? A vrai dire, elle n'avait rien oublié. Les souvenirs étaient intacts ; elle les avait juste enfermés à double tour, pour mieux se protéger.

Et voilà qu'en face de Logan, près du feu qui crépitait, le monde semblait s'évanouir autour d'eux. Dana en éprouvait comme un vertige. C'était le magnétisme, comme disait Jillian.

Ou plutôt du désir à l'état brut car, en ce moment précis, Dana n'entrevoyait rien de plus délectable que de faire l'amour avec Logan sur-le-champ, tout près du feu.

— Tu t'en souviens, souffla Logan. Je le sais.

— Oui, murmura-t-elle.

Au même moment, les lèvres de Logan se posèrent sur les

siennes. Incapable de résister, elle l'enlaça, s'abandonnant à ses baisers si cruellement familiers que tout son corps en tremblait de désir.

Elle n'avait rien oublié, et Logan lui faisait toujours le même effet. Comme elle l'attirait plus près, il approfondit le baiser, urgent et affamé.

Ce n'était pas la réponse à ses problèmes, Dana le savait. C'était juste la réponse au désir qui les brûlait, au plaisir qui s'emparait d'eux lorsqu'ils étaient réunis, lorsqu'ils faisaient l'amour.

Mais pour ce soir, elle voulait bien s'en contenter.

De ses mains brûlantes, Logan déboutonna son corsage. Elle lui retira sa chemise. Lentement, il dégrafa son soutien-gorge, puis effleura son cou et la pointe de son sein. Dana s'abandonnait à ces sensations délicieuses quand un grand bruit leur parvint de la cuisine, comme une poubelle qui se renverse.

Logan se leva en un clin d'œil.

— Ne bouge pas. Reste ici.

Il disparut, toujours vif, prompt à se jeter dans l'action. Dana n'aurait pas dû s'en étonner, étant donné le métier qui était le sien. Mais peut-être était-ce dû au fait qu'il ne lui en parlait jamais.

Logan était formé à réagir en cas de danger. Mais sans doute ne s'agissait-il que d'un chat ou d'un chien errant fouillant les poubelles. Ce quartier était un des plus sûrs de la ville.

Dana se rhabilla pour aller voir ce qu'il faisait.

Au moment où elle allumait la lumière de la cuisine, Logan revint.

— Qu'est-ce que tu fais là ? Je t'avais dit de ne pas bouger.

— J'ai parfaitement entendu. Mais j'ai décidé de venir voir par moi-même de quoi il retournait.

Logan ne répliqua pas, mais son air excédé en disait long. Pourquoi cette réaction ? Il ne devait pas s'agir d'une chose grave puisqu'il se tenait là, tranquillement, au milieu de la cuisine.

— D'ailleurs, reprit Dana, j'aimerais savoir depuis quand tu te précipites dehors en pleine nuit... à moitié nu.

Logan se mit tourner en rond dans la cuisine, de plus en plus nerveux.

— Aurais-tu l'obligeance de me dire ce qui te met dans cet état ?

Il s'arrêta et haussa les épaules, puis réfléchit un instant avant de répondre :

— Il y avait quelqu'un dehors.

— Tu veux dire... quelqu'un qui promenait son chien ?

— Non, mais quelqu'un est venu jusqu'à la fenêtre et, d'après moi, a essayé de pénétrer ici.

— Ici ? Comment le sais-tu si tu n'as vu personne ?

— Le treillage sous la fenêtre d'Hallie est cassé en trois endroits. Je pense que quelqu'un a essayé d'y grimper. On dirait qu'on a essayé de découper la moustiquaire de la fenêtre.

Dana recula, stupéfaite, puis se dirigea vers l'escalier.

— J'appelle, mais ne réveille pas Hallie. Je ne veux pas l'effrayer.

Dana ne le voulait pas non plus, mais tenait à s'assurer que sa fille n'avait rien. Elle attendit que Logan appelle la police avant de monter. Sur le palier, elle l'entendit expliquer au téléphone qu'il avait déjà vu des empreintes de pieds auparavant.

Pourquoi ne lui en avait-il pas parlé ? Après avoir vérifié qu'Hallie dormait profondément, elle redescendit, bouillonnante d'indignation.

— Pardon, mais ne viens-tu pas de dire que tu avais déjà vu des empreintes de pieds ?

— Hum… Oui. Mais j'ai pensé que c'étaient les tiennes, parce que tu m'avais dit que tu avais jardiné dans ce coin-là.

— Dans ce cas, pourquoi avoir fourni une autre version à la police ?

— Pour qu'ils se dépêchent.

— Je n'en crois pas un mot, Logan. je te connais suffisamment. Maintenant, tu vas m'expliquer ce qui se passe vraiment.

Il lui cachait quelque chose. Elle le voyait à son visage et à la façon dont il évitait son regard. C'était comme si la chose était écrite sur son front.

La police arriva en un temps record : un véhicule avec deux officiers. Pendant que Logan leur faisait le récit des événements, Dana remonta auprès d'Hallie. Si la fillette se réveillait et entendait tout ce qui se passait, elle aurait certainement une grosse frayeur.

Elle dormait toujours à poings fermés. A la voir ainsi, si mignonne, sans défense, Dana éprouva le besoin urgent de faire quelque chose. Mais quoi ?

Pour commencer, aller parler à la police, pour savoir ce qu'elle comptait faire. Dana s'élança dans l'escalier et arriva en bas pour voir le véhicule s'éloigner.

— Que se passe-t-il ? Où vont-ils ?

— Il n'y a pas eu effraction. Donc ils repartent. Un treillage cassé, ce n'est pas à proprement parler une urgence criminelle pour eux.

Sa bouche pincée, son front plissé, tout en lui témoignait de son exaspération.

Dana avait suffisamment eu affaire aux policiers dans l'exercice de sa profession pour savoir que Logan avait raison.

— Bien, reprit-il. S'ils ne font rien, nous, nous allons faire quelque chose.

172

— Bien sûr, je suis prête à tout. Mais que pouvons-nous faire ?

— Parle-moi encore de cette affaire. Celle sur laquelle tu travailles en ce moment, et des personnes qui pourraient avoir envie de se venger de toi.

— Je ne vois personne. C'est vrai que j'ai mis quelques crapules hors d'état de nuire, mais ni plus ni moins que les autres avocats du cabinet.

— Et les objets de valeur ? Y a-t-il quelque chose, dans cette maison, qui pourrait justifier un cambriolage ?

— Logan, tu connais cette maison aussi bien que moi. Il n'y a rien ici de grande valeur, ni bijoux, ni tableaux de maître.

— Et ta bague, où est-elle ?

— Au coffre, à la banque.

Où aurait-elle pu conserver une bague qui coûtait plus cher que sa voiture ? Elle ne s'était jamais sentie à l'aise avec cette bague, cadeau de Logan, et préférait le simple anneau d'or qu'il lui avait offert lorsqu'ils s'étaient mariés en secret.

— Bon, approuva-t-il. Et un ancien petit ami ? l'épouse jalouse d'un ex-petit ami à toi ? ou quelqu'un avec qui tu aurais rompu ?

— Non, il n'y a eu personne.

Cela sonnant par trop pathétique, Dana s'empressa d'ajouter :

— Je n'ai vraiment pas eu le temps pour ça, et d'ailleurs, je suis très bien toute seule.

Logan parut mal à l'aise et serra les dents.

— Et toi ? ajouta Dana.

— Moi ?

— Oui, toi. Dans ton métier, on ne se fait pas précisément des amis. En outre, tu sais aussi bien que moi que plus d'une de tes ex-petites amies t'en veut.

Ainsi, ils étaient à égalité. L'ennui, c'est qu'elle n'avait pas du tout envie de savoir avec combien de femmes il était sorti.

Mais Logan ignora la seconde partie de la question.

— Mon boulot, ce n'est pas un problème. Je sauve des gens, je n'envoie personne en prison. Et tes associés ? Et ton travail bénévole ? Voilà d'autres pistes à explorer.

Dana secoua la tête. Logan avait certes de bonnes raisons de se méfier du travail qu'elle faisait à titre bénévole, mais elle n'avait plus le temps de s'y consacrer.

— Tu oublies quelque chose, Logan.

— Quoi ?

— L'individu qui a tenté de s'introduire ici ne cherche peut-être pas à s'en prendre à toi, ni à moi. Il s'agit peut-être de gosses, d'ados qui cherchent à vandaliser, d'un cambrioleur, d'un pervers quelconque, de quelqu'un qui pénètre chez les gens la nuit et…

— Oui, peut-être bien. Ce qui ne nous facilite pas la tâche. Nous ne devons négliger aucune piste, ne rien laisser au hasard.

Dana croisa les bras. Elle avait soudain très froid. Logan avait raison.

— Je dors avec Hallie cette nuit, dit-elle en montant.

11.

Logan savait parfaitement ce qu'il devait faire. Il devait obtenir le maximum d'informations de Dana. S'il n'y arrivait pas, il les obtiendrait à sa manière habituelle. Pas question de faire courir le moindre risque à sa famille.

Depuis son lit, par la porte ouverte, il voyait ce qui se passait dans la chambre d'Hallie. Il avait insisté pour que Dana laisse la porte d'Hallie ouverte, afin de pouvoir voler à leur secours en cas de besoin. Quel dommage qu'il n'ait pas apporté son arme avec lui…

Respirant profondément, il essayait de rester concentré, de ne pas songer sans cesse aux autres jours, aux autres nuits passés dans cette maison, quand leur petit monde semblait parfait. Cela ne servait à rien.

Rien de tel qu'un bon retour à la réalité. Combien de fois Dana ne lui avait-elle pas dit qu'elle n'avait pas besoin de lui ? Ne pouvait-il pas garder cela présent à l'esprit ? Pourquoi n'arrivait-il pas à la prendre au mot ?

Parce qu'il l'aimait. C'était aussi simple que cela. Autant l'admettre. Lorsqu'il était en mission, il lui était plus facile de l'oublier, de garder l'esprit occupé. Mais même dans ces moments-là, il gardait comme une sensation de vide. Comme si sa vie n'était pas complète sans elle.

Certes, il avait été gâté par la vie et possédait tout ce qu'un homme pouvait rêver. Sauf la chose qu'il désirait le plus au monde.

Le matin venu, il se demanda s'il avait dormi. Le réveil sonna et il se pencha pour voir si ces dames se réveillaient. Hallie s'assit dans son lit en se frottant les yeux. Elle s'étira, bâilla et lui fit signe en le voyant.

— Coucou, papa !

— Coucou... Que veux-tu manger au petit déjeuner ?

Dana sortit de la salle de bains et passa une main dans les cheveux d'Hallie.

— Quelque chose de sain, de préférence.

— Ça marche.

Logan se leva, enfila un jean, un T-shirt, et descendit dans la cuisine en essayant d'oublier Dana dans sa petite chemise de nuit. Son sang n'avait fait qu'un tour lorsqu'il l'avait vue ainsi. Comme chaque fois qu'il la voyait, d'ailleurs.

Heureusement, aucun autre événement n'était venu perturber la nuit et, après le départ de Dana, il pourrait mettre son plan à exécution. Il avait déjà fait savoir à Remy qu'il voulait une surveillance. Il faudrait trouver un moment pour mettre Dana au courant, mais une chose à la fois.

Hallie descendit la première. Il lui avait déjà préparé un bol de céréales et un verre de jus de fruit. L'enfant y jeta un coup d'œil en biais, puis transféra le tout sur la table près de la fenêtre.

— Maman dit que tu fais trop de bruit quand tu ronfles et qu'elle a dû venir dormir dans ma chambre, dit-elle en passant.

— Oh, elle a dit ça ?

176

Dana arriva à son tour. Elle portait un pull vert qui réveillait les reflets auburn de ses cheveux et le vert de ses yeux.

— Ta mère aussi m'a empêché de dormir, mais pas pour la même raison, dit-il.

Dana l'avertit d'un regard, puis ouvrit de grands yeux en apercevant Hallie près de la fenêtre.

— Pourquoi t'es-tu mise là, ma chérie ? Je croyais que tu préférais manger sur le comptoir ?

— Non, je crois que je préfère ici. J'aime bien regarder les oiseaux dehors.

Dana rosit de plaisir.

Apparemment, songea Logan, cette histoire de place avait une signification qu'il ignorait.

— Bien, dit Dana. Je vais me joindre à toi. Moi aussi j'aime regarder les oiseaux.

Elle prit la tasse de café que Logan lui tendait et alla s'asseoir près de la fillette. Logan l'imita, heureux de se sentir de nouveau en famille.

— Tu sais comment s'appelle cet oiseau, là ?

— Facile, répondit Hallie. C'est un cardinal. Et celui-là, là-bas, c'est un moineau, et il y en a un autre, là.

— Exact, ma chérie. Comme dans ton livre. Tu l'a regardé hier soir ?

— Ben non. Je connaissais déjà leur nom. C'est les mêmes oiseaux qu'au lac.

Dana parut jubiler, puis aussitôt cacha sa joie, sans doute de crainte de cultiver de faux espoirs. Mais elle devait penser qu'Hallie retrouvait peu à peu la mémoire.

— Au lac ? Tu veux dire au chalet ? demanda-t-elle calmement.

Hallie prit un air perplexe et continua de balancer ses jambes sous sa chaise.

— Je me rappelle pas où, mais je sais qu'il y a des oiseaux comme ça au lac.

Dana n'insista pas, mais lorsque son regard croisa celui de Logan, ses yeux brillaient d'excitation.

Après le petit déjeuner, quand Hallie partit chercher son manteau, elle glissa à Logan :

— Tu as entendu ? Elle retrouve la mémoire. J'en suis sûre. Tu ne trouves pas ça merveilleux ?

— En tout cas, c'est encourageant.

— Plus que ça ! Je te dis que j'en suis sûre. Une fois au bureau, j'appellerai le docteur pour voir ce qu'il en dit. Je crois qu'on peut le joindre à partir de 9 heures.

Hallie revint en enfilant sa veste.

— Je suis prête. Je peux aller chercher Chloé ?

— Bien sûr, répondirent en chœur Logan et Dana.

— Au revoir, papa.

Logan se baissa pour l'embrasser. Hallie allait bien, Dana allait bien. En ce qui le concernait, c'était moins sûr.

— N'oublie pas de me tenir au courant si tu as des pistes, lança-t-il à cette dernière au moment du départ.

Il les regarda partir, un peu déprimé. Un jour viendrait où il devrait s'en aller. C'était la triste réalité, et il préférait ne pas y penser.

Plus que tout, il voulait qu'Hallie redevienne la fillette qu'elle était auparavant. Il le voulait pour elle et pour Dana, même s'il lui fallait partir quand ce serait chose faite.

Mais avant tout, il devait assurer leur sécurité.

Logan enfila un pull, un veste en cuir et prit sa voiture pour rejoindre le siège de Security International.

— Salut, Laine, dit-il à l'hôtesse d'accueil. Remy est arrivé ?

La jeune femme hocha la tête tout en lui faisant signe d'attendre. Mais Logan fonça dans le bureau de son associé et l'y trouva.

— Salut. Qu'est-ce qui se passe ? demanda Remy en l'invitant à s'asseoir.

— Désolé, je ne reste pas. Tu as réussi à joindre les gars ? J'en veux un sur Hallie et un sur Dana en permanence.

— C'est déjà fait. En ce moment-même, Masters est déjà à l'école et Klienquist suit Dana comme son ombre.

Logan se mit à faire les cent pas devant le bureau d'acajou. Ce qu'il pouvait être tendu ! La nouvelle n'avait pas réussi à le soulager.

— Pour la surveillance, c'est la meilleure équipe que nous ayons, insista Remy. Que veux-tu d'autre ?

— Des noms. Car s'il n'y a pas de nom, il n'y a pas d'enquête. A quelle heure Gideon t'appelle-t-il pour faire le point ?

— Dans une demi-heure. Il te faut autre chose ?

Que lui fallait-il d'autre ? Qu'on l'empêche de massacrer le malade qui menaçait sa famille, s'il le trouvait un jour.

— Si Gideon pouvait me fournir la liste des dossiers sur lesquels Dana travaille actuellement et ceux qu'elle a traités dans le passé et qui pourraient poser problème, nous pourrions faire un tri.

— Tu es sûr qu'il faut en arriver là ?

— Je n'en sais rien. Mais je ne vais pas attendre qu'il soit trop tard. Je trouve qu'il y a trop de coïncidences. Tant mieux si je me trompe. Je préfère m'inquiéter pour rien.

— Je suis avec toi, vieux.

— Klienquist connaît-il la situation ? Je n'ai pas encore trouvé l'occasion de mettre Dana au courant. Je ne voulais pas en parler devant Hallie pour ne pas l'effrayer. Elle n'a vraiment pas besoin de ça.

Remy l'interrogea du regard.

— Non, assura Logan. Dana sera d'accord.

— Bon, tu la connais mieux que personne… Mais pourquoi ne lui parles-tu pas aussi de l'autre affaire ?

— Nous en avons parlé, mais elle n'a aucune idée. La connaissant, je pense qu'elle refuse surtout de divulguer la moindre information concernant ses clients. Ce sera moins compliqué de se procurer des informations par Gideon, s'il parvient à découvrir quelque chose.

Dana venait de prendre deux dépositions et se sentait déjà épuisée. Néanmoins, le fait d'apprendre que le Dr Nero avait rappelé l'avait remontée à bloc. Elle avait eu du mal à se concentrer pendant les dépositions, tant elle avait hâte de s'entretenir avec le médecin.

Hallie se souvenait de certaines choses : c'était certainement le signe que la mémoire lui revenait peu à peu.

Elle était passée voir sa secrétaire et prenait un verre d'eau à la fontaine, quand elle aperçut Gideon, le nouveau, qui sortait de son bureau à elle.

— Bonjour, je suis Dana Marlowe. Vous me cherchiez ?

— Euh… oui, dit-il en lui tendant la main. Gideon Armstrong. Je suis le petit nouveau.

Puis avec un sourire éblouissant, il ajouta :

— Mais je vois que vous êtes occupée.

Il avait un accent très britannique. Dana l'observa un instant, distraite. Puis, s'apercevant qu'elle ne lui avait pas serré la main, répara son oubli et l'invita à entrer dans son bureau.

— Que puis-je faire pour vous ?

— Eh bien, David a suggéré que je travaille avec vous sur l'affaire Lombard. Il pense que je dois me jeter à l'eau tout de suite.

Dana s'attendait à tout sauf à ça. Elle n'avait pas pu assister

180

à la réunion au cours de laquelle David avait présenté leur nouvelles recrue à toute l'équipe. Elle s'attendait à ce que son patron lui demande de le prendre sous son aile, pas d'accepter de travailler avec lui sur sa plus grosse affaire !

— Bien sûr, répondit-elle. Pas de problème. Cela ne vous ennuie pas si nous nous y mettons un peu plus tard ? Disons vers 11 heures ? J'ai plusieurs autres choses à faire avant.

La plus importante étant de demander à David ce qui lui était passé par la tête.

Gideon leva une de ses énormes mains pour faire signe qu'il n'y voyait pas d'inconvénient. Ce type était une véritable armoire à glace. Pourtant, il portait les costumes de grands couturiers avec une aisance confondante. Comment avait-il atterri ici ?

— Bien, dit-il. Je vous laisse. Dès que vous êtes prête, passez-moi un coup de fil.

— Je n'y manquerai pas.

Dès qu'il fut sorti, elle composa en hâte le numéro du Dr Nero, auquel elle narra les derniers événements.

— C'est bon signe, n'est-ce pas ? Cela signifie-t-il que la mémoire lui revient ?

— Oui, c'est très bon signe. Cela dit, je préfère réserver mon opinion tant que je ne l'ai pas examinée. Il est fortement probable que la mémoire lui revienne. C'est ce que nous espérons tous. Mais il est important de ne pas interpréter les choses en fonction de nos désirs.

Dana savait déjà ce qu'il allait ajouter. Elle-même s'était demandé si elle ne prenait pas ses rêves pour des réalités, et si elle n'avait pas tendance à mal interpréter ce qu'elle observait chez Hallie.

— Il arrive qu'un patient lise quelque chose, entende quelque chose à la télévision ou même surprenne une bribe de conversation et en parle ensuite comme d'une chose venant de ses souvenirs, alors qu'en réalité il s'agit d'un savoir récent.

— Ah..., dit Dana, déçue.

— Madame Marlowe, je n'ai pas dit qu'elle ne retrouvait pas la mémoire. La mémoire revient progressivement, dans la plupart des cas. Je pourrai vous en dire plus quand je l'aurai examinée.

— Que voulez-vous dire par « dans la plupart des cas » ?

— Dans la plupart des amnésies, celles qui ne sont pas d'origine organique, c'est ainsi que les gens retrouvent la mémoire. Cela ne se passe pas du tout comme dans ces films où l'on voit les amnésiques se souvenir brusquement de tout à cause d'un détail. C'est toujours un processus progressif. Essayez d'être patiente. Si la chance est avec nous, le jour viendra où votre fille aura retrouvé l'intégralité de sa mémoire.

La déception était terrible.

— Quelle est la date de votre prochain rendez-vous ? demanda le médecin.

— Mercredi, la semaine prochaine.

— Parfait. En attendant, ne perdez pas courage. Continuez de faire ce que vous faites, confrontez-la à des choses familières et dites-vous que vous avez une petite fille en bonne santé.

Dana le remercia et raccrocha. C'est vrai, elle était heureuse d'avoir une petite fille en bonne santé. Il y avait pire dans la vie que d'avoir perdu la mémoire. Si Hallie ne la recouvrait jamais, Dana s'estimerait tout de même heureuse que sa chute n'ait pas eu de conséquences plus graves.

Mais pourquoi se sentait-elle aussi malheureuse ?

Le téléphone sonna. Dana hésita au moment de décrocher. Elle n'avait pas la tête au travail. Elle avait envie de penser à ce qu'il convenait de faire avec Hallie, à ce qui pourrait être le plus efficace pour l'aider à retrouver la mémoire.

Lorsqu'elle décrocha enfin, ce fut pour entendre un officier de police lui annoncer qu'ils avaient un suspect en garde à vue. Il s'agissait d'un adolescent surpris en train de pénétrer par effraction dans une autre maison, et qui avait avoué avoir commis plusieurs autres cambriolages. Même si rien n'indiquait qu'il s'agissait de l'individu qui avait tenté de pénétrer chez elle, on était quasiment sûr que c'était lui, et on espérait qu'il passerait aux aveux complets.

Quel soulagement ! Un souci de moins. Une raison de moins pour Logan d'être tendu à l'extrême. Elle l'appela pour lui annoncer la nouvelle. Comme il ne répondait pas, elle laissa un message.

Après avoir épluché des dossiers, retrouvé la trace d'individus contre lesquels Dana avait plaidé et vérifié leur passé, Logan avait pu éliminer bon nombre de pistes. Il terminait sa journée par une visite dans Lincoln Park. Il avait entendu dire que le North Side était un des quartiers les plus vivants de Chicago, mais Dana avait refusé d'y vivre, trouvant l'endroit trop branché.

Arrivé devant une demeure cossue, il vérifia l'adresse que lui avait donnée Gideon. Après avoir enquêté en vain sur les trois dernières affaires de Dana, il n'avait plus guère d'espoir. Cette piste était la dernière et, connaissant les faits, il doutait qu'elle jette un éclairage quelconque sur l'identité du mystérieux visiteur nocturne.

D'après Gideon, la victime de ce meurtre n'avait aucun lien avec le milieu ni avec Lombard. Du moins la police n'en avait-elle découvert aucun. Apparemment, c'était une simple enseignante qui s'était retrouvée dans la ligne de mire du tireur alors qu'elle allait déjeuner avec une amie. Lombard l'avait descendue par erreur.

Mais était-ce vraiment une erreur ? La victime avait peut-être vu ou appris quelque chose concernant les affaires du milieu, ce jour-là ou un autre jour, et signé du même coup son arrêt de mort. Peut-être avait-on volontairement cherché à donner à sa mort l'apparence d'un accident. Cela dit, il ne voyait pas quel était le rapport avec Dana, à moins que la victime n'ait eu le temps de lui communiquer la fameuse information.

Une information que la police ne connaissait pas.

Après avoir sonné sans obtenir de réponse, il actionna le heurtoir à plusieurs reprises. Il allait partir quand la porte s'entrouvrit.

— Que voulez-vous ?

C'était la voix d'une femme, mais il ne voyait rien par l'interstice minuscule.

— Je cherche M. Gerald Peters. Est-il là ?

— Non.

Apparemment, la femme cachée derrière la porte n'était guère portée sur la conversation.

— Ses enfants, James et Carolyn, seraient-ils là, par hasard ?

Après un long silence, la réponse fut de nouveau :

— Non.

A bout de patience, Logan fourra ses mains dans ses poches.

— Avez-vous une idée de l'heure à laquelle ils vont rentrer ?

Son interlocutrice était sans doute une domestique, quelqu'un qui savait garder la bouche cousue et connaissait probablement tous les secrets de la maison.

— Accepteriez-vous de répondre à quelques questions ? C'est très important.

— Non.

Logan sortit sa carte.

— Pourriez-vous remettre ceci à M. Peters lorsqu'il rentrera et lui demander de me rappeler ? Je vous en serais très reconnaissant.

Il glissa la carte par l'ouverture et attendit que son interlocutrice la prenne.

— Puis-je vous aider ? demanda une voix masculine derrière lui.

C'était un homme d'une quarantaine d'années accompagné d'un adolescent. M. Peters et son fils, sans aucun doute.

Tous deux avaient l'air grave. Qui ne l'aurait pas été, en de telles circonstances ? L'un venait de perdre son épouse, l'autre sa mère lors d'un crime absurde.

— Bonjour, je suis Logan Wakefield. J'aimerais m'entretenir quelques instants avec vous, monsieur Peters. J'enquête actuellement sur une affaire et j'espérais que vous pourriez m'aider.

Il ne restait plus qu'à espérer que l'homme le croie sur parole et en conclue qu'il était de la police.

L'homme le dévisagea d'un œil morne. La douleur que lui avait causée la perte de sa femme était évidente.

— Bien, entrons. Mais je doute de vous être d'un quelconque secours.

L'intérieur était élégant et décoré avec raffinement.

— Je vous présente mon fils, James.

L'adolescent serra timidement la main de Logan.

— Carolyn, peux-tu venir, s'il te plaît ?

Quelques secondes plus tard, une adolescente apparut, les yeux rougis, la mine défaite. Elle était à peine plus âgée que son frère. Sans doute était-ce elle qui avait ouvert la porte.

— M. Wakefield, ici présent, enquête sur notre affaire et voudrait nous poser quelques questions.

L'homme prit place sur un long canapé blanc, entouré de

ses deux enfants. Il semblait éprouver le besoin de garder ce qui lui restait de famille à portée de main. A moins qu'il ne désirât garder près de son cœur ce qui lui restait de sa femme.

— Je ne comprends pas que le coupable soit en liberté alors qu'il y a eu des témoins. Comment cet homme peut-il jouir d'une vie normale alors que ma femme est morte, que mes enfants ont perdu leur mère…

Il dut s'interrompre, car sa voix se brisait.

Pour éviter de lui causer encore plus de chagrin, Logan posa des questions courtes et rapides.

L'entrevue ne déboucha sur rien, hormis le désir urgent de voir sa propre famille de nouveau réunie.

— J'ai eu un A à mon contrôle de maths, annonça fièrement Hallie à table. Et Chloé a eu D. Alors je lui ai dit que je l'aiderais à apprendre des trucs.

— C'est vraiment gentil de ta part, dit Dana. C'est bien d'aider ses amis.

— Chloé n'a pas aimé que je lui dise ça, et maintenant elle est fâchée contre moi.

— Vraiment ? Pourquoi serait-elle fâchée si tu lui as proposé de l'aider ?

— Elle dit que je faisais ma fortiche et qu'elle était aussi fortiche que moi. Seulement, elle dit que quelquefois elle se rappelle pas des choses et qu'elle écrit les nombres à l'envers.

— Je l'ignorais. Sa maman ne m'a jamais dit qu'elle avait des difficultés à l'école.

— Sa mère le sait pas. Et elle m'a fait promettre de rien dire.

Hallie poursuivit, l'air affolé.

186

— Tu le diras pas à sa mère, hein ? S'il te plaît, lui dis pas… Sinon, Chloé sera encore plus fâchée contre moi.

— Mais non, je ne lui dirai pas, ma chérie. Pourtant, tu sais, cela vaudrait mieux pour Chloé si sa mère le savait, car elle pourrait l'aider. Je suis sûre qu'elle est très ennuyée à cause de tout ça, non ?

— Chloé veut pas qu'on l'aide. Et elle veut surtout pas que sa mère le sache. Elle m'a fait promettre de le raconter à personne, ni à sa mère, ni à la maîtresse, ni aux autres enfants.

C'était le scénario habituel. Dana avait découvert la dyslexie dans le cadre de ses interventions bénévoles. Elle avait défendu un client parce que l'école refusait de faire passer les tests nécessaires à son l'enfant dyslexique.

— A propos d'école, intervint Logan, ce ne serait pas l'heure d'aller faire tes devoirs ?

— Bon, d'accord. Mais je peux appeler Chloé d'abord pour lui dire de ne plus être fâchée contre moi ?

— Bien sûr, dirent Logan et Dana en chœur.

— Je t'ai laissé un message aujourd'hui, dit Dana quand Hallie eut quitté la pièce.

Elle était contrariée qu'il ne l'ait pas rappelée. Elle tenait à lui annoncer que la police avait arrêté leur mystérieux cambrioleur, mais pas à table, de peur d'effrayer Hallie. Elle voulait aussi lui rapporter ce que le médecin lui avait expliqué, mais pas non plus devant la fillette.

Apparemment, Logan avait eu mieux à faire que de la rappeler. Voilà une de ses particularités qui n'avait pas changé avec le temps.

Elle se leva pour débarrasser. Logan l'imita et l'aida.

— J'avais quelques affaires à régler, répondit-il enfin. Mais je suis passé au bureau prendre un téléphone portable et j'en ai communiqué le numéro à l'école, ainsi que mon numéro au bureau.

— Heureuse que tu t'autorises enfin à mettre le nez dehors. Hallie semble bien se débrouiller, et l'important, c'est que l'école puisse nous joindre. Je ne vois pas où est le problème.

Elle faillit ajouter qu'il aurait pu l'avertir qu'il sortait, mais cela ne l'aurait avancée à rien.

— Oui, approuva Logan. Du moment que l'un de nous est joignable et disponible.

Touché ! Logan, lui, ne rechignait visiblement pas à remuer le passé. C'est une chose qu'il lui avait souvent reprochée durant leur mariage. Il disait toujours que si elle plaidait au tribunal, il voyait mal comment elle pourrait s'absenter au beau milieu d'un procès sous prétexte que sa fille était malade ou s'était blessée.

Comme le jour où Hallie était tombée à l'école.

Bon... Il avait raison sur ce point. Mais pouvait-elle faire autrement ?

Elle était mère célibataire et faisait de son mieux avec les possibilités qui étaient les siennes. D'ailleurs, Logan consacrait deux, voire trois fois plus de temps qu'elle à son travail.

— Remy ne va certainement pas tarder à te remettre à l'ouvrage, rétorqua-t-elle.

— Peut-être, mais je n'accepte plus que des missions locales, pour le moment.

— Parfait. Te connaissant, cela va durer jusqu'à ce qu'on vous propose une de ces missions dont tu as absolument besoin.

Logan vint s'adosser au comptoir, près d'elle, pendant qu'elle remplissait le lave-vaisselle.

— Ne sois pas aussi prompte à juger. J'ai récemment pris certaines décisions, notamment celle de me fixer et d'être un vrai père pour Hallie. Pour tout dire, j'ai une maison en vue. Pas très loin d'ici. En outre… Remy et moi envisageons de recruter.

— Une maison ? Tu veux dire un pied-à-terre ?

— Je veux dire que je vais avoir un chez-moi, où je pourrai passer du temps avec ma fille. Et qu'en embauchant de nouveaux collaborateurs, je partirai moins souvent.

Dana sentit son pouls s'accélérer. Pourquoi Logan n'avait-il pas pris toutes ces dispositions plus tôt ?

— A propos de la petite, qu'a dit le docteur ?

— Oh… euh… Il a dit qu'il était normal qu'elle se rappelle les choses par bribes. Il dit que la mémoire ne revient pas comme ça d'un seul coup.

— C'est tout ?

— Il a aussi dit qu'il ne pouvait pas vraiment se prononcer avant de l'avoir examinée. Il doit la voir mercredi. En attendant, il recommande de continuer à faire ce que nous faisons : la confronter à des choses familières, des choses qu'elle aime, des endroits dont elle pourrait se souvenir.

— J'y ai songé, justement. Puisqu'elle a parlé du lac, et semble avoir des souvenirs liés à cet endroit, je me suis dit que ce serait peut-être une bonne idée d'aller passer le week-end au chalet. Pour voir si cela réveille des souvenirs.

Des souvenirs, le chalet risquait fort d'en réveiller. Mais des souvenirs dont Dana se serait bien passée. La situation était déjà suffisamment troublante ainsi.

Cependant, les projets dont Logan venait de lui faire part ravivaient ses espoirs. Elle les voyait déjà tous les trois réunis, comme elle l'avait toujours désiré.

Pour une idée stupide, c'était une idée stupide. Logan n'avait pas dit qu'elle faisait partie de ses fameux projets. Une escapade au chalet, où s'étaient déroulées les heures les plus romantiques de leur mariage, ne pouvait déboucher que sur un désastre. Cela dit, c'était faire preuve d'égoïsme que de raisonner ainsi. Elle devait penser à Hallie. S'il fallait aller au chalet pour l'aider, elle irait.

— Oui, dit-elle. C'est peut-être une bonne idée.

— Peut-être ? Tu veux dire que c'est une excellente idée ! Hallie a toujours adoré y aller… Toi aussi, d'ailleurs, si mes souvenirs sont exacts…

Dana sentait déjà qu'elle allait le regretter.

— Mes sentiments n'ont pas à entrer en ligne de compte. L'important, c'est Hallie, et si cela doit l'aider, je suis partante.

— Parfait ! Adjugé ! C'est samedi, demain. Nous ferons les bagages ce soir et partirons de bonne heure.

Pendant qu'il s'éloignait pour passer un coup de fil, Dana nettoya la table et les plans de travail en essayant de ne pas se remémorer leur dernier séjour là-bas. Hallie était chez les parents de Logan et ils avaient passé le week-end en amoureux…

Son cœur se mit à battre plus fort et ses pensées prirent une autre direction. Etait-il possible que leur mariage ait une seconde chance ? Si Logan envisageait de se fixer, de s'acheter une maison, y avait-il un espoir que…

Mais elle n'alla pas jusqu'au bout de sa pensée. C'était son rêve à elle, pas celui de Logan.

— J'ai oublié de te dire que j'avais mis Hallie sous surveillance, annonça-t-il en revenant.

— Sous surveillance ? Tu veux dire que quelqu'un la suit ?

— Cela me semble nécessaire. Et c'est plus tranquillisant.

Dana secoua la tête.

— Voilà, ça recommence.

— Qu'est-ce qui recommence ?

— Le problème de communication. J'ignore pourquoi et

comment, mais c'est toujours la même chose qui se passe. C'est comme si tu vivais dans un coin et moi dans un autre.

— Problème de communication, hein ? Tu dois avoir raison, parce que je ne comprends absolument rien à ce que tu dis.

— Je vais t'en donner un autre exemple. Si tu m'avais appelée aujourd'hui, pour me tenir au courant, j'aurais pu te dire qu'il était inutile d'organiser cette surveillance. Je t'aurais dit que l'inspecteur Andersen m'avait appelée pour me signaler qu'ils avaient arrêté le cambrioleur. C'est un adolescent, un gosse qui a avoué avoir visité une demi-douzaine de maisons dans le quartier.

Logan la regarda bien en face.

— Je ne te laisserai pas me mettre ça sur le dos. Tu n'avais qu'à m'appeler pour me le dire.

Elle soutint son regard de même.

— Je l'ai fait. Je t'ai dit tout à l'heure que je t'avais laissé un message. Apparemment, tu ne m'écoutais pas non plus au moment où je te l'ai expliqué.

Logan resta pétrifié, puis baissa les yeux en secouant la tête. Au bout d'un moment, il jeta un coup d'œil en direction de Dana avec un sourire penaud.

— Comment faisons-nous toujours pour en arriver là ? Et que pouvons-nous faire pour arranger ça ?

Dana souhaitait de tout son cœur qu'un remède puisse exister. Mais était-ce réaliste ?

— Il faudrait que nous changions de caractère. Qu'en penses-tu ?

— Je n'en sais rien, mais je suis prêt à essayer.

12.

Logan remit du bois dans le feu. Après le coucher d'Hallie, Dana était partie faire quelques courses en vitesse pour emporter au chalet. Au moment de sortir, elle lui avait aussi annoncé qu'elle comptait passer chez sa voisine.

Elle ne lui avait pas répondu, lorsqu'il s'était déclaré prêt à essayer de changer, et ces courses ressemblaient beaucoup à une fuite.

En outre, le fait qu'elle soit sortie seule le préoccupait un peu. Le cambrioleur avait été arrêté et la police « espérait obtenir de aveux complets », avait-elle dit. Donc, ils n'étaient pas sûrs à cent pour cent qu'il s'agissait bien de leur homme. Logan ne se sentirait tranquille que lorsqu'il se serait personnellement entretenu avec la police.

Mais s'il avait dit cela à Dana, elle aurait jugé qu'il la protégeait exagérément ou cherchait une fois de plus à régenter son existence. Heureusement, Klienquist connaissait son métier. Logan avait failli expliquer à Dana qu'il l'avait mise sous surveillance, elle aussi, mais elle s'était emportée avant qu'il n'en ait le temps. Tant mieux. Il se rendit dans le bureau de Dana et appela la police. S'il était rassuré à l'issue de ce coup de fil, il annulerait les surveillances.

Le chalet, c'était une bonne idée. L'endroit offrait de multiples avantages, dont le moindre n'était pas de se retrouver en famille, à trois.

Au cours des derniers jours, il avait parfois songé qu'il leur restait une chance, que Dana aimerait que les choses changent, qu'elle était peut-être prête à faire un nouvel essai. Mais chaque fois qu'une ouverture se présentait, elle balayait tout en un clin d'œil.

Elle refusait de baisser sa garde, de dépendre de qui que ce soit. En fait, sa satanée indépendance avait été la principale pierre d'achoppement de leur mariage.

Bien sûr, elle avait dû travailler dur pour en arriver où elle était. Mais elle avait réussi. Que voulait-elle donc de plus ?

C'est ce qu'il n'avait jamais réussi à comprendre.

Mais peut-être était-il tout bonnement incapable de comprendre les femmes en général. Elles formaient vraiment une espèce à part.

Toute chose lui semblait soudain vaine. A une certaine époque, il avait cru bien connaître Dana, savoir ce qu'elle voulait. Mais il s'était trompé du tout au tout.

Il n'avait jamais compris et ne comprenait toujours pas ce qu'elle voulait.

Assise dans la cuisine de Jillian, Dana se demandait comment lui parler du problème de Chloé. Elle ne voulait ni trahir la confiance d'Hallie, ni provoquer une brouille entre les fillettes. Mais elle ne pouvait pas non plus agir comme si elle n'était pas au courant. Elle connaissait trop bien les ravages que pouvait causer dans la vie d'un enfant le sentiment de ne pas être la hauteur. Des solutions d'aide existaient, et Dana voulait être sûre que Jillian les connaissait. Mais encore fallait-il faire en sorte qu'elle ait connaissance du problème.

— Et voilà, madame ! annonça Jillian en lui apportant son café. A quoi dois-je le plaisir de cette visite ?

— Nous partons passer le week-end au chalet. J'ai pensé qu'il valait mieux te mettre au courant, pour que tu ne t'imagines pas que nous avons été enlevés par des extraterrestres.

Jilly ouvrit de grands yeux.

— Je vois.

Ce « Je vois » qui en disait long semblait suggérer que Jillian soupçonnait quelque chose entre Logan et elle.

— Nous avons pensé que cela pourrait faire du bien à Hallie. Elle a toujours aimé aller là-bas et il semble qu'elle en ait des souvenirs.

Jillian ne se départait pas de son air incrédule.

— Je t'assure, insista Dana. Le médecin dit qu'il faut continuer à lui proposer les choses qu'elle aimait faire avant.

— Oui, oui. Mais je me rappelle fort bien ce que tu m'as raconté sur ce chalet…

— C'est de l'histoire ancienne, interrompit Dana.

Elle se cala sur sa chaise, essayant de mettre les choses au point et de chasser les pensées indésirables qui ne cessaient de lui tourner dans la tête depuis que Logan avait parlé du chalet.

Elle n'y était pas retournée depuis le divorce. Ce lieu renfermait trop de souvenirs. C'était aussi le seul endroit où ils s'étaient interdit d'avoir des différends. Ils avaient conclu un pacte : le chalet était sacré.

Les souvenirs aussi.

— Que peut-on faire là-bas à cette époque de l'année ? s'enquit Jilly. Peut-on encore nager ?

Dana secoua la tête. Elle avait tendance à oublier que Jilly ne vivait dans l'Illinois que depuis un an. En outre, comme elle n'était jamais allée plus au nord que Chicago, elle ne pouvait pas savoir.

— Non, l'eau du lac est trop froide. Mais ce n'est pas grave, car il y a mille autres choses à faire.

Comme par exemple de longues promenades en forêt, si le temps le permettait. Dana en gardait un souvenir précis. Elle se souvenait aussi de l'eau cristalline du lac Rainbow, au fond duquel on distinguait le moindre caillou niché dans le sable. L'eau était si chaude, en été, qu'on pouvait faire l'amour sur le rivage sans s'apercevoir que les vagues venaient vous lécher les pieds.

— Allô ? Ici la terre, appela Jilly. Dana ? Tu ne m'as pas dit ce qu'on pouvait faire là-bas. Allez, affranchis-moi.

— Eh bien, on peut faire de la randonnée, du vélo, ce genre de choses… Qui sait ce qui peut provoquer un déclic chez Hallie ? Et franchement, j'en suis au point où je suis prête à essayer n'importe quoi.

— Désolée, dit Jilly en se rembrunissant. Je n'aurais pas dû insinuer quoi que ce soit. Excuse-moi d'avoir plaisanté à propos d'une chose aussi sérieuse.

Dana poussa sa tasse vide et prit la main de son amie.

— Je ne t'en veux pas du tout. D'ailleurs, nous sommes suffisamment amies pour que j'attende de toi que tu me mettes en garde, si je suis sur le point de faire une chose bizarre. Ou une bêtise.

— La réciproque est vraie.

— A propos, je voulais te parler de Chloé. Je ne voudrais pas me mêler de ce qui ne me regarde pas, mais tout à l'heure, Hallie m'a dit une chose qui m'inquiète.

Comme Jilly l'enjoignait d'un signe à ne pas hésiter, Dana poursuivit :

— D'après Hallie, Chloé a des problèmes à l'école. Elle écrit les nombres à l'envers…

— Mon Dieu ! J'ai cru que tu allais m'annoncer la catastrophe du siècle !

— Mais c'est grave. Elle pourrait avoir des problèmes d'apprentissage. Cela peut être catastrophique pour un enfant. Cela n'a rien à voir avec son intelligence ou…

— Deux secondes : je voulais dire que j'étais déjà au courant.

— Tu le savais ?

— Oui, j'ai déjà remarqué certaines choses et j'ai demandé à l'enseignante de l'avoir à l'œil. Elle m'a rappelée il y a deux semaines, et nous allons essayer de lui faire passer des tests pour lui proposer un programme sur mesure. Je ne voulais pas en parler tout de suite à Chloé, parce que… parce qu'elle est diablement précoce. J'aimerais qu'elle s'habitue à cette idée progressivement et de façon positive. J'ai peur que cela la contrarie.

Dana approuva.

— Elle ne doit pas culpabiliser. Il faut qu'elle sache qu'elle est intelligente et que personne ne l'aimera moins à cause de cela.

— Facile à dire.

— Je le sais aussi.

— Dis donc, comment se fait-il que tu en saches aussi long sur le sujet ?

— Un de mes premiers dossiers pour l'association de défense des droits civiques était celui d'un client qui se battait pour que son enfant ait droit à des tests…

Dana hésita à poursuivre. Jamais elle n'avait parlé à qui que ce soit de ses propres problèmes scolaires. Mais si cela pouvait aider son amie…

— … et puis, j'ai moi-même eu des difficultés à l'école. Ce fut terrible et j'en ai souffert toute ma vie. Je ne voudrais pas que Chloé vive la même chose, surtout quand il est possible de se faire aider.

Jilly s'effondra dans sa chaise.

— Ça alors, qui l'eût cru ?

— Quoi ?

— Qu'une brillante avocate comme toi avait déjà rencontré le moindre problème dans la vie. En dehors de ton divorce, évidemment. Je n'en reviens pas. Tu permets que je le dise à Chloé ? Je suis sûre que cela l'aiderait.

Dana sentit ses vieilles angoisses se réveiller et inspira à fond. Elle préférait que les gens la voient comme Jilly, telle qu'elle était aujourd'hui, non telle qu'elle avait été, et qu'ils ignorent à quel point elle avait dû se battre.

— Oui, bien sûr... Si cela peut aider Chloé. Mais surtout, qu'elle ne sache pas qu'Hallie m'en a parlé.

— Tu es la meilleure des amies, Dana. Et je t'adore.

Dana n'avait pas l'habitude que ses amis lui témoignent une telle affection. D'ailleurs, elle n'avait pas l'habitude que quiconque lui témoigne une telle affection. Sentant ses yeux se mouiller, elle changea de sujet avant de se couvrir de ridicule.

— Et ta belle-mère ? Chloé m'a dit qu'elle t'avait fait de la peine et que tu étais allée te réfugier un long moment dans ta chambre.

— Oh, ce n'est rien... Une stupide réaction émotionnelle de ma part. Elle finira bien par se calmer.

— J'étais sincère quand je t'ai proposé de plaider pour toi en cas de besoin.

— Je te remercie, mais franchement, je ne peux pas faire une chose pareille.

Dana avait beau croire connaître son amie, elle ne comprenait pas sa réticence à remettre sa belle-mère à sa place.

— Je ne comprends pas pourquoi tu te sens condamnée à te taire. Quand quelqu'un fait preuve d'une telle ingérence, pourquoi ne pas réagir ? D'ailleurs, son influence négative ne peut être bonne ni pour toi ni pour Chloé. Et si elle te dénigrait auprès de ta fille ?

— Non, elle ne ferait jamais une chose pareille. Cette vieille sorcière a beau avoir des défauts, je sais qu'elle n'essaierait pas de me mettre Chloé à dos.

— Et peut-on savoir ce qui te rend si sûre ?

— Parce que… nous sommes tout ce qui lui reste. Et elle, tout ce qui nous reste, répondit Jilly en baissant la tête.

La gêne de Dana dut être visible, car Jilly ajouta aussitôt :

— Je sais, je sais : ce n'est pas rationnel et sans doute est-ce difficile à comprendre pour une personne extérieure. Je sais que je plaisante beaucoup et que je dis des choses sur la mère de Jack, mais… Elle est sa mère, elle est un peu de lui. Et puis, elle est la seule famille de Chloé, et Chloé est tout ce qui reste à Harriett de son fils. Tu t'imagines ce que ça doit être pour elle ?

Dana ferma les yeux. Elle s'imaginait sans peine ce que cela pouvait être de perdre un être aimé.

— Bref, conclut Jilly, j'essaie juste de comprendre ce qu'elle ressent, en espérant qu'un jour elle ira mieux.

La logique de ce raisonnement échappait totalement à Dana. Mais plus tard, en rentrant chez elle, elle mesura à quel point sa situation était différente de celle de Jilly. Quand Logan et elle s'étaient séparés, elle avait pratiquement eu l'impression qu'il était mort. Puis elle s'était habituée à l'idée, toujours présente à son esprit, qu'il était quelque part dans le monde et ne partagerait plus jamais sa vie.

La différence entre Jilly et elle, c'était que, quoi qu'il puisse arriver, il n'y avait aucune chance pour que Jack partage de nouveau la vie de sa femme. Jilly continuerait à l'aimer et se raccrochait à ce qui restait de lui.

Dana fut frappée de ce que cela signifiait dans son cas.

Peut-être n'arriverait-elle jamais, non plus, à surmonter l'absence de Logan.

Elle pénétra chez elle bien décidée à garder la tête froide en ce qui le concernait. Contrairement à Jilly, elle ne pouvait pas se raccrocher à l'amour de son ex-mari, puisqu'il ne l'avait jamais aimée. Là était la différence entre son amie et elle.

Lorsque Logan et elle étaient étudiants, le problème était facile à ignorer. Ils étudiaient ensemble, se plaignaient des mêmes profs, chantaient les louanges des mêmes profs et avaient les mêmes amis. Ils vivaient rigoureusement dans le même univers.

Mais ce n'était pas la vraie vie. La vraie vie avait révélé leurs différences. Ces différences faisaient partie de leur identité et faisaient d'eux des individus complètement incompatibles.

Comme l'eau et l'huile, ils ne pouvaient se mêler l'un à l'autre.

Voyant de la lumière dans le séjour, elle y entra. Logan était accroupi devant le feu, qu'il contemplait d'un air fasciné. Dana eut un pincement au cœur en songeant à l'évidence de sa présence.

— Je monte faire les bagages, dit-elle. Ensuite, je redescendrai pour faire la liste des autres choses à emporter. Je préparerai les vivres demain matin mais, si tu veux, tu peux descendre la glacière de l'étagère, dans le garage.

Logan se retourna. Son visage était d'une telle beauté, à la lueur du feu, qu'elle faillit s'arrêter pour le plaisir de le regarder. Mais elle monta préparer les bagages. En passant devant leur ancienne chambre, elle éprouva l'irrésistible besoin de regarder à l'intérieur.

Un an qu'elle n'y avait pas mis les pieds. Pourquoi un tel besoin de le faire, soudain ?

Le grand lit à colonnes trônait au milieu de la pièce, comme un monument érigé à leur union. Si elle s'était jamais sentie aimée de Logan, c'était bien dans cette pièce.

Non, ce n'était pas leur passion torride ni leurs ébats sans tabou qu'elle se rappelait, même si cela décrivait bien leur façon de faire l'amour. C'était le pur, le merveilleux sentiment d'aimer et d'être aimée. Si Logan l'avait épousée par sens du devoir, il ne le montrait jamais dans ces moments-là.

— Ça n'a pas changé, dit-il dans son dos.

Elle sursauta et son cœur s'emballa.

— Cette pièce a toujours été ma préférée, ajouta-t-il.

— Je croyais avoir entendu un bruit, mentit Dana.

— Dommage qu'une aussi belle pièce soit inutilisée.

Il posa ses deux mains sur ses épaules et commença un de ces délicieux massages dont il avait le secret. Chaque mouvement de ses doigts faisait tomber une barrière. Logan était un expert en séduction, même malgré lui. Et lorsqu'il avait décidé de la séduire, Dana sentait sa volonté fondre comme neige au soleil.

Tout son corps se ramollissait peu à peu, et il lui fallut un instant avant de répliquer :

— Cette pièce ne va pas rester inutilisée.

Logan ne répondit pas et poursuivit son massage. Elle entendit sa respiration s'accélérer, comme la sienne. Si elle avait écouté son corps, ils se seraient retrouvés au lit en un clin d'œil.

— J'envisage de la louer, lâcha-t-elle.

Les mains de Logan glissèrent le long de ses bras, qu'il empoigna pour la retourner et l'attirer contre lui.

En proie au vertige, Dana brûlait d'envie de sentir ses lèvres sur les siennes. Elle ne désirait que son étreinte, et succomber à l'oubli qu'elle trouverait en faisant l'amour avec lui.

Quand ils faisaient l'amour, plus rien ne comptait.

— Je la prends, quel que soit le prix, déclara Logan en se penchant sur sa bouche.

Mais elle se dégagea.

— C'est au-dessus de tes moyens, Logan. D'ailleurs, j'ai décidé de la louer à Liz.

— Liz ? Et pourquoi ça ?

Il la dévisageait comme si elle avait perdu la tête.

— Elle traverse une période difficile et cela nous rendrait service à toutes les deux. Elle pourrait se remettre à flot financièrement, et moi... elle pourrait m'aider à m'occuper d'Hallie.

— Hallie a des parents. Si tu as besoin d'un coup de main, je suis là. Je suis son père.

Dana recula dans la chambre. Elle avait inventé cette histoire pour s'éviter de faire une chose qu'elle aurait regrettée par la suite. Mais finalement, il n'était pas impossible que Liz puisse venir emménager ici. Cela lui permettrait au moins de ne pas faire savoir à Logan combien elle se sentait seule, parfois.

— Cela m'aiderait beaucoup d'avoir Liz à la maison, à plus d'un titre.

Logan la suivit dans la pièce, le visage tendu, furieux. Puis, soudain, regardant autour de lui :

— Je croyais que tu ne te servais plus de cette chambre.

— En effet.

— Alors pourquoi est-ce aussi propre ? Je ne vois pas un grain de poussière.

— Quelqu'un vient faire le ménage une fois par semaine. Bon, si je ne vais pas faire les bagages, nous ne pourrons jamais partir de bonne heure demain matin...

Sur ces mots, elle se fraya un passage hors de la pièce et attendit qu'il sorte avant de refermer la porte une fois pour toutes.

La nuit fut longue, et elle la passa à se demander ce que Logan pensait vraiment. Avait-il les mêmes souvenirs ? Songeait-il aux bons moments qu'ils avaient partagés, ou tout avait-il été gâché par l'obligation où il s'était trouvé de l'épouser ?

Lui arrivait-il de se rappeler ce qu'étaient leurs relations avant ce jour ? Se rappelait-il leur merveilleuse amitié, et combien ils s'amusaient ?

Tout à l'heure, il n'aurait certainement pas dit non à un petit tête-à-tête avec elle. Mais ensuite ? Il partirait, disparaîtrait de sa vie, comme d'habitude, pour une mission à l'autre bout du monde, qui passerait avant sa famille.

Les problèmes d'Hallie étaient transitoires, du moins l'espérait-elle. La présence de Logan aussi. Mais sa dernière pensée consciente, avant de sombrer dans le sommeil, peu avant l'aube, fut pour les bienfaits qu'elle attendait de ce séjour au chalet.

Une cinquantaine de kilomètres avant d'arriver à destination, Logan s'arrêta dans une station d'essence. Il descendit de voiture et remonta le col de sa veste en cuir.

— Les vieilles habitudes ont la vie dure, lui glissa Dana par la vitre baissée.

Elle parlait à voix basse, probablement parce qu'Hallie dormait à l'arrière.

Il plissa les yeux pour la regarder. Le vent malmenait ses cheveux où le soleil allumait des reflets cuivrés.

Il n'était pas mécontent qu'elle ait de nouveau envie de le taquiner.

— De quelle habitude s'agit-il ?

— Ta façon de faire le plein, toujours le même rituel.

— Je ne vois pas ce que tu veux dire. Faire le plein avant

de s'aventurer loin de la civilisation est une preuve de bon sens, pas une habitude.

— Certes, mais je voulais parler de la façon dont tu procédais, ta façon de tourner le dos à la voiture, ta façon de surveiller les alentours : ça ce sont des habitudes. Et si mes souvenirs sont exacts, une habitude est un comportement acquis que l'on répète si souvent qu'il devient machinal.

— Ah, j'oubliais que je voyageais en compagnie d'un dictionnaire vivant ! Je te rappelle que j'ai été formé à cela. Il ne s'agit pas d'une habitude, mais du résultat d'un entraînement.

— Ne joue pas sur les mots. Je dis que c'est une habitude, car rien ne t'oblige à le faire en ce moment précis. Ton entraînement s'est donc transformé en habitude.

Le plein terminé, il reprit place derrière le volant, sachant qu'il n'aurait pas le dernier mot. Il gagnait rarement, lorsqu'il discutait avec elle. Aucun des deux ne semblait jamais gagner, d'ailleurs. Cela se soldait toujours par une impasse.

Pour le moment, gagner était le cadet de ses soucis. Il préférait savourer le voyage.

— Bien, dit-il. Je te l'accorde. Mais c'est bien parce que...

— Gros malin, va !

Dana s'esclaffa et, en la regardant, il se demanda comment les choses avaient pu dégénérer entre eux. Il aimait sa façon de rire, son éclat, son énergie. Elle était la seule femme toujours partante, quoi qu'il puisse proposer, et elle lui avait toujours communiqué son enthousiasme. Il aimait être avec elle plus qu'avec personne.

Comment les choses avaient-elles pu mal tourner entre eux ? S'il trouvait la réponse à cette question, peut-être...

— Franchement, j'espère que ce voyage servira à

quelque chose, soupira Dana. J'aimerais tant qu'Hallie se souvienne.

— Moi aussi, dit-il en lui effleurant la joue.

Il le désirait autant pour Dana que pour Hallie. Même s'il devait partir ensuite. Ses propres désirs comptaient moins que leur bonheur à elles.

Elle lui lança un regard reconnaissant et, pendant une seconde, il crut qu'elle allait faire un geste dans sa direction. Mais il ne fut pas surpris qu'elle n'en fasse rien.

En arrivant au chalet, il se gara près de la porte pour décharger. Il était près de midi et Dana avait hâte de préparer le déjeuner. Hallie avait tenu à ce qu'on ne s'arrête pas pour manger en route, tant elle avait hâte de voir le chalet.

Dès qu'il coupa le contact, la fillette bondit hors de la voiture, ouvrant de grands yeux comme si elle venait là pour la première fois. Il la regarda sourire en découvrant le chalet de bois, se tordre le cou pour regarder la cime des grands pins. Elle courait en tous sens et, lorsqu'elle aperçut le lac Rainbow qui miroitait entre les arbres, son visage s'illumina totalement.

— Trop génial ! On va super bien s'amuser ! déclara-t-elle en revenant vers eux.

Dana sourit en la voyant s'élancer vers le lac. Puis elle eut un regard inquiet.

— Hallie… Tu ne veux pas attendre que nous ayons fini de décharger ? Je crois que tu ne devrais pas t'aventurer là-bas toute seule.

Hallie s'arrêta net, puis se retourna, les poings sur les hanches. C'était la première fois depuis son arrivée que Dana provoquait chez elle ce genre de réaction, songea Logan. Il ne lui en voulait certes pas d'avoir cherché à éviter tout conflit : la situation était déjà assez difficile ainsi.

Après un moment de gêne, Hallie releva le menton et plissa les yeux.

— Alors t'as qu'à venir avec moi.

Dana sentir son cœur faire un bond dans sa poitrine. C'était la première fois, depuis l'accident, qu'Hallie lui demandait de faire quelque chose avec elle.

— Bien sûr, avec plaisir.

Elle ne devait pas se laisser entraîner par ses émotions. Ce n'était qu'un tout petit pas, mais qui équivalait pour elle à l'ascension de l'Everest. Tout sourire, elle se tourna vers Logan.

— Je reviens tout de suite. Cela ne t'ennuie pas que nous attendions avant de décharger ?

— Pas du tout. Vas-y. Je commencerai sans vous.

Dana suivit Hallie jusqu'au rivage. Il régnait un tel silence qu'on entendait l'eau gicler sur les rochers. Un vent léger ridait la surface du lac. Un chaud soleil brillait et allumait comme des lucioles sur les vaguelettes.

— Regarde tous les beaux cailloux ! s'écria Hallie essoufflée.

Elle s'assit sur un rocher et Dana s'agenouilla près d'elle.

— Nous… toi et moi, nous faisions la chasse aux agates, le long de ce rivage.

Hallie leva les yeux vers elle.

— Ça m'embête de pas me souvenir.

Puis elle ramassa un galet et se mit à le caresser entre ses doigts.

— Oh, ma chérie…

Instinctivement, Dana entoura sa fille de ses bras. Elle n'avait pas pensé qu'Hallie pouvait souffrir du fait de ne pas se souvenir. Elle pensait que les choses dont la fillette ne se souvenait pas ne comptaient pas pour elle.

— Arrête d'y penser, d'accord ? Ce n'est pas grave.

Une fois de plus, depuis qu'Hallie était rentrée à la maison, Dana ne trouvait pas les mots. Mais le fait que la fillette vienne de lui faire part de ce qu'elle ressentait lui rendait espoir.

— C'est pas vrai, répliqua Hallie en boudant. Si je me rappelais des choses, papa et toi vous vous sentiriez mieux, et peut-être que vous seriez comme avant.

— Que veux-tu dire ? Comment étions-nous, avant ?

— Comme sur les photos, à la maison. Celles où vous êtes ensemble, papa et toi, et où vous avez l'air vraiment heureux.

— Mais qu'est-ce qui te fait croire que nous ne sommes plus aussi heureux ?

— Parce que sur les photos, papa et toi vous êtes toujours en train de vous embrasser, de vous serrer dans les bras, et tout ça... Mais maintenant, vous le faites plus du tout.

Que répondre à cela ? Il fallait rester prudente.

— Tu sais, parfois on a beaucoup de soucis. A cause du travail, et tout ça. On est... préoccupé. Mais cela n'empêche pas d'être heureux. En tout cas, cela n'a rien avoir avec le fait que tu ne te rappelles pas certaines choses. Nous t'aimons et nous t'aimerons toujours, que tu retrouves la mémoire ou pas.

Comme Hallie ne répondait pas, Dana ajouta avec un surcroît d'enthousiasme :

— Arrête de t'inquiéter pour ton père et pour moi. Nous sommes heureux, surtout parce que tu vas bien et que tu es avec nous. Le reste ne compte pas, d'accord ?

— Peut-être... En tout cas, vous avez plus besoin de penser à votre travail, parce qu'on est en vacances !

Sur ces mots, Hallie retourna en flèche vers le chalet.

— Tout le monde sur le pont ! annonça Logan lorsqu'elles le rejoignirent.

Imitant un officier donnant ses ordres, il leur fit part des instructions concernant les objets qu'ils déchargeaient de la voiture.

Tout en vaquant à ces occupations, Hallie ne cessa de sauter partout en les bombardant de questions. Est-ce qu'on irait se promener ? Est-ce qu'on ferait un tour en bateau ? Est-ce qu'on pouvait donner à manger aux oiseaux, est-ce que Logan pourrait lui montrer comment faire du feu à la manière des hommes des cavernes, sans allumette ?

Dana se réjouissait de voir la fillette aussi excitée. Quel événement avait pu provoquer une telle métamorphose ? Même si elle l'ignorait, Hallie redevenait peu à peu la fillette qu'elle avait toujours été.

Soudain, ce fut une certitude : quelque chose allait se passer ici même. Elle le sentait au plus profond de son être. Un week-end mémorable les attendait, elle en était certaine.

Hallie était couchée depuis une heure et Dana se détendait dans le canapé, devant un irish-coffee.

De tout l'après-midi, elle n'avait pensé qu'à une seule chose : passer un bon moment avec Hallie et, il fallait bien l'avouer, avec Logan.

Ils avaient passé la journée à faire du ménage, marcher, et ramasser des agates. A la tombée du jour, ils avaient fait un feu de camp « à la mode des cavernes ». Même si Dana avait dû donner un petit coup de pouce à l'aide des allumettes. Puis ils avaient fait griller des marshmallows en écoutant des histoires de fantômes qui ne faisaient pas peur, racontées par Logan.

— Voilà qui devrait nous empêcher d'avoir froid cette nuit, dit-il en reposant le tisonnier.

— Il y a toujours le chauffage électrique, en cas de besoin.

— Oui, heureusement que nous l'avons fait installer.

Le feu avait pris dans la cheminée et la pièce se réchauffait peu à peu. Le chalet n'était pas grand : il comprenait une grande pièce dont l'angle était occupé par la cuisine, ainsi que deux chambres et une salle de bains. Le mobilier était d'occasion, à cause des voleurs. Rustique ou non, c'était un endroit chaleureux et accueillant.

Comment avait-elle pu oublier à quel point elle aimait venir ici ? Au début, elle avait craint que Logan ne déteste cet endroit, lui qui avait grandi dans les quartiers chic, fréquenté les meilleures écoles, et qui ne s'était jamais soucié de savoir d'où venait l'argent ni le reste.

Elle ne s'imaginait pas qu'un homme habitué aux raffinements puisse se plaire dans cet environnement rustique. Mais pour sa part, elle rêvait de posséder un chalet depuis qu'elle était allée dans un camp de jeannettes à l'âge de dix ans.

Alors qu'elle pensait devoir argumenter pour que Logan trouve des charmes au chalet, il avait adopté ce mode de vie comme s'il avait été élevé dans les bois.

— Alors, tu me le dis ? demanda-t-il soudain.

— Te dire quoi ?

— Ce qui s'est passé entre Hallie et toi au lac. Elle n'était plus la même lorsque vous en êtes revenues.

— J'aimerais bien le savoir. En fait, j'ai même cru que ça allait empirer, parce qu'elle m'a avoué être embêtée de ne pas se rappeler certaines choses.

— Vraiment ? C'est la première fois qu'elle dit cela. En tout cas, elle ne m'en a rien dit.

208

— C'est la toute première ouverture. Du moins au sens où je me sens maintenant plus proche d'elle.

— Je sais que tout cela a été dur pour toi, étant donné la complicité qui était la vôtre avant. Je suis heureux qu'Hallie soit un peu sortie de sa coquille.

— C'est peu, mais cela a une grande importance pour moi. Je t'assure, je commençais à nous croire condamnées à être des étrangères l'une pour l'autre, et je me disais que rien ne serait plus jamais comme avant... Mais j'ignore encore si tout redeviendra comme avant. Parfois, je me sens si impuissante, si gauche... Je ne sais pas quoi faire, comment faire, quoi dire.

Elle se mordit la lèvre pour s'empêcher de proférer une chose qu'elle regretterait par la suite.

Soudain, elle s'aperçut que Logan l'avait rejointe sur le canapé, le regard plein de tendresse et de compassion.

— Je sais, dit-il. Tout va s'arranger. D'une façon ou d'une autre. Je le sais.

Elle souhaitait le croire plus que tout. Se rappelant les propos d'Hallie au bord du lac, elle éclata d'un rire ironique.

— Elle pense que c'est à cause d'elle que nous ne sommes plus comme avant !

— Comment ? Elle se rappelle que nous ne sommes plus... ensemble ?

— Non, bien que ce soit ce que j'ai d'abord cru. Mais elle m'a dit que dans les albums, à la maison, il y a des photos où toi et moi sommes... proches. Elle pense que c'est à cause d'elle que nous ne nous comportons plus de la même façon. Bien entendu, je lui ai dit qu'il n'en était rien.

— Tu ne lui as pas dit... ? s'étonna Logan.

— Non, je ne lui ai pas dit que nous avions divorcé. Je crois qu'il est trop tôt. Je lui ai dit que parfois, les grandes personnes étaient préoccupées par des choses comme leur travail, et que cela n'avait rien à voir avec elle.

Logan scruta son visage en se frottant le menton.

— Que voulais-tu que je lui dise d'autre ? demanda Dana.

— Rien. Je me disais seulement que, peut-être… si nous nous rapprochions un peu, ce pourrait être une bonne chose. A plus d'un titre.

Il ponctua ses dires d'un haussement de sourcils comique à la Groucho Marx.

— Laisse tomber, Logan. Ce ne serait une bonne chose que pour tes problèmes d'hormones.

— Ça ne mange pas de pain. Et je suis sûr que ça te plairait… Ose me dire le contraire !

Il lui effleura le bras si légèrement qu'elle le sentit à peine. Mais à l'intérieur, ce geste la brûlait littéralement.

Bizarrement, elle le sentit trembler. Eprouvait-il lui aussi des doutes ? Malgré les apparences, malgré son assurance innée, se pouvait-il que Logan ait un cœur plus vulnérable qu'elle ne l'avait cru ?

— Il n'est rien qui ne me fasse plus envie, murmurat-il.

Le peu de volonté qui lui restait disparut instantanément. Elle avait envie de se retrouver avec lui comme avant, pour le meilleur ou pour le pire, peut-être pour voir ce qui en résulterait. A quoi bon le nier ? Elle avait envie de lui.

Avait-elle encore l'espoir que les choses puissent changer entre eux ? Pensait-elle encore que leur attirance physique pouvait se transformer en amour ? Elle avait pourtant commis l'erreur de le penser, dans le passé.

Mais rien de tout cela n'était logique ni rationnel. Elle connaissait la différence entre le désir et l'amour. Elle savait aussi que chaque fois qu'elle regardait Logan, elle regrettait qu'il n'en aille pas différemment entre eux.

Elle regrettait qu'il ne l'aime pas comme elle l'avait aimé… et comme elle l'aimait toujours.

Ce fut la raison pour laquelle elle lui prit la main et y déposa un baiser, parfaitement consciente de ce qui allait se passer ensuite.

13.

Suaves comme le velours et chaudes comme l'été, les lèvres de Logan se posèrent sur les siennes. Il l'attira contre lui, avec une intensité impérieuse. Dana lui rendit ses baisers avec un total abandon et la même urgence.

Son corps tremblait d'impatience et elle eut soudain l'impression que quelque chose avait changé. Les gestes étaient les mêmes, mais l'émotion semblait plus forte et grandissait avec le désir.

Tout en s'embrassant, ils déboutonnèrent leur vêtements et retirèrent leurs chaussures. Soudain, Logan s'arrêta net.

— Attends, dit-il en regardant en direction de la chambre d'Hallie.

Ils ne pouvaient pas rester là, cela allait de soi. Hallie risquait de se réveiller. Haletante, son chemisier ouvert, une épaule dénudée, Dana approuva. Logan la porta jusqu'à leur lit et ferma la porte de leur chambre à clé. Puis il revint à elle, la déshabilla sans cesser un instant ses baisers et ses caresses, et ne lui laissa que sa petite culotte.

Quand elle lui eut retiré sa chemise, Logan se leva et retira tout le reste.

Il avait un corps ferme, harmonieux et puissant, irradiant

la virilité. Elle avait hâte d'être peau contre peau et de ne faire plus qu'un avec lui.

Mais avant, elle avait soif de le contempler. Il était toujours aussi beau, avec quelque chose de plus vulnérable. Décidément, il avait changé, et le fait d'être ensemble paraissait ne plus avoir le même sens. Sans pouvoir nommer ce changement, elle se sentait véritablement et profondément désirée.

Après l'avoir à son tour contemplée un instant, Logan effleura sa petite culotte soyeuse. Il savait qu'elle aimait les dessous sexy, que c'était un de ses petits faibles, un secret qu'il avait découvert la première fois qu'ils avaient fait l'amour.

Surpris, il s'était arrêté de la déshabiller et avait éclaté de rire.

— J'aurais juré que tu ne portais que des petites culottes en coton blanc ! Qui aurait cru que sous tes tenues sages se cachait une créature affriolante ?

— C'est mon secret, avait-elle répliqué. Maintenant, chaque fois que tu me regarderas, tu sauras sur moi une chose que personne d'autre ne sait.

A présent, il glissait lentement ses doigts brûlants sous l'étoffe légère et se mit à la caresser intimement, éveillant un désir lancinant.

— Enlève ça, dit-il d'une voix altérée.

L'instant d'après, ils étaient dans les bras l'un de l'autre et Dana savourait la douceur de le sentir contre elle. Cela faisait si longtemps qu'ils n'avaient pas été ainsi… Elle en éprouvait une joie si intense qu'elle aurait presque voulu que cela dure toujours.

Mais des désirs plus urgents la pressaient de continuer. Embrasser son abdomen musclé, mordiller ses oreilles et ses doigts, par exemple… Comme elle, Logan semblait vouloir l'embrasser et la caresser partout à la fois. Il déposa des baisers brûlants le long de son cou, puis descendit vers ses seins.

Elle ne pouvait imaginer une source de plus grand plaisir, de plus grande satisfaction émotionnelle. Elle l'aimait et, en ce moment, se sentait aimée en retour.

Logan dut sentir qu'elle n'en pouvait plus d'attendre, car il se glissa entre ses jambes en la regardant au fond des yeux. Même si la surprise était chaque fois renouvelée, ils se connaissaient si bien qu'ils savaient tous deux ce qui allait suivre. Le fait de le savoir la réconfortait, lui permettait de se laisser aller et l'excitait encore davantage. Elle savait qu'il poserait ses lèvres sur les siennes au moment où ils atteindraient l'orgasme ensemble, et qu'elle se soulèverait pour qu'il la pénètre plus facilement. Elle savait avec quelle douceur il le ferait. Puis ils trouveraient leur rythme et oublieraient tout le reste.

Elle sentait son contact comme jamais, chaque sensation étant magnifiée. Elle l'attira contre elle.

— Maintenant…

Ils s'unirent et se mirent à évoluer en parfaite harmonie, d'abord lentement, puis de plus en plus vite. Quand elle sentit qu'elle ne pouvait plus tenir une seconde de plus, elle poussa un gémissement et laissa la réaction en chaîne exploser en elle.

Puis elle reposa contre lui, la tête dans son cou. Logan la serra contre lui en lui caressant le bras. C'était une habitude, un rituel qu'elle adorait, car en ces moments elle se sentait vraiment aimée.

Elle ne voulait plus penser au futur pour l'instant. Elle voulait uniquement l'écouter respirer, sentir sa poitrine se soulever, écouter les battements de son cœur se calmer.

— C'était comme au bon vieux temps, hein ?

Comme il ne répondait pas, elle leva les yeux pour voir s'il dormait.

— Mieux. Beaucoup mieux, répondit-il en la regardant au fond des yeux.

Puis il l'attira contre lui et l'embrassa. Il ne fallut pas longtemps pour que l'envie de faire l'amour les reprenne. Cette fois, ils allèrent lentement, sûrs de vivre un moment de perfection.

A son réveil, Logan trouva le lit vide. Dana avait toujours eu l'habitude de se lever de bonne heure et de se doucher avant de préparer le petit déjeuner d'Hallie. Lui, pour sa part, se contentait d'un café. Mais depuis son retour, il devançait toujours Dana dans la cuisine, le matin, car il n'arrivait pas à dormir plus de quelques heures par nuit.

Il s'étira et savoura l'instant avec une sensation d'intense plénitude. Cette nuit, un déclic s'était produit en lui. Dana avait-elle ressenti la même chose ? Il l'espérait.

Le sexe avait pour elle une signification importante, elle le lui avait dit maintes fois. Elle n'était pas du genre à faire l'amour simplement pour satisfaire un besoin. Mais ses objectifs professionnels aussi comptaient beaucoup pour elle, et elle ferait tout pour les atteindre. De ces deux choses, laquelle comptait le plus ? Les deux étaient-elles compatibles ?

Il connaissait malheureusement la réponse. Dès l'instant où ils avaient fait connaissance, elle avait porté son indépendance en bandoulière. Puis elle s'était retrouvée enceinte. Leur mariage aurait-il fonctionné si elle avait moins pensé à son métier — ou s'ils n'avaient pas eu un enfant d'emblée ?

Dieu sait que ce n'était pas prévu !

Il n'avait appris la grossesse de Dana qu'après avoir accepté un poste à la CIA, une semaine avant le diplôme de Harvard. Elle ne le lui avait pas annoncé tout de suite, avait-elle dit, parce qu'elle ne voulait pas que cela contrarie ses projets. Une chose était sûre : elle ne voulait pas qu'il se sente obligé de l'épouser.

Comment lui en vouloir ? A force de clamer qu'il voulait être libre et ne pas rejoindre l'entreprise familiale, il avait dû lui donner l'impression de ne pas vouloir se marier.

Elle n'avait jamais cru qu'il avait rejoint la CIA pour des raisons qui n'avaient rien à voir avec d'elle, même s'il avait pris cette décision avant d'apprendre sa grossesse. Pour un garçon d'une vingtaine d'années, la CIA était synonyme de vie excitante, et pour lui, c'était un moyen d'échapper à sa famille.

Il se rappelait son air lorsqu'il était venu le lui annoncer :

— Je suis pris ! Il me reste encore un entretien à passer, mais je suis pris !

Surexcité, il ne tenait pas en place et s'était mis à tourner autour d'elle. Assise sur une chaise, Dana avait ouvert de grands yeux et avait fini par dire :

— C'est... c'est vraiment chouette, Logan. Mais tu pourrais préciser ?

— Le mois prochain, je pars en formation. Génial, non ?

— Oui... c'est génial. D'autant plus que... enfin, c'est ce que tu voulais. Mais...

Elle n'avait pas terminé sa phrase et il avait cru voir des larmes briller dans ses yeux.

Peut-être ne trouvait-elle pas le fait qu'il entre à la CIA aussi « génial » que lui.

— Je suis contente pour toi, Logan. Mais... tu sais, tu vas me manquer.

Evidemment, puisqu'ils étaient amis depuis des années. Elle aussi allait lui manquer. Mais ne lui avait-elle pas rebattu les oreilles de ses grands projets ? Son diplôme en poche, elle retournerait à Chicago travailler pour le procureur de l'Illinois. Ensuite, ce serait l'ascension, jusqu'au jour où elle prendrait la place du procureur.

— Toi aussi, tu vas me manquer, avait-il répondu. Mais c'est seulement l'affaire de quelques mois. Ensuite, je viendrai te voir à Chicago, comme prévu.

Ils avaient toujours su que, malgré leur liaison, leurs chemins se sépareraient après l'obtention du diplôme. Dana avait même lourdement insisté sur ce point. Néanmoins, ils avaient prévu de continuer à se voir malgré la distance et de voir ce que cela donnerait. Rien de précis, rien de concret.

Ils agiraient en fonction du cours des choses. Elle, parce qu'elle s'était fixé des objectifs, lui parce qu'il ne voulait pas d'un métier anodin. Il lui fallait faire le bien et avoir un métier d'honneur. S'il ne réagissait pas, s'il suivait la voie que lui avaient tracée ses parents au sein de l'entreprise familiale, il se déprécierait à ses propres yeux.

Dana, lui semblait-il, l'avait toujours compris ainsi.

Mais ce jour-là, lorsqu'elle l'avait écouté, assise, l'air découragé, lui annoncer la grande nouvelle, c'était comme si elle lui avait menti depuis le début. Car elle ne semblait vraiment pas heureuse pour lui.

— Hé ! avait-il dit. Sans toi, j'aurais rejoint l'entreprise familiale à la fin du semestre. Ma vie serait tracée d'avance. Tu te rends compte comme ce serait déprimant ?

Comme elle ne répondait pas, il l'avait forcée à le regarder.

— Crois-moi. Tu sais mieux que personne ce que c'est de poursuivre un but. Tu as été un exemple pour moi, Dana.

Il avait souri, croyant lui avoir fait là un immense compliment.

— Mon départ ne change rien entre nous, si c'est cela qui te chagrine. Je suis toujours dingue de toi.

Ce jour-là, il ne savait pas encore qu'elle était enceinte.

Il ne l'avait appris que trois semaines plus tard, lorsqu'une amie à elle lui avait conseillé de chercher pourquoi elle avait des nausées tous les matins.

Il se rappelait ce jour comme si c'était hier. Dana était enceinte et ne lui en avait pas dit un mot.

Il s'était senti furieux.

Cependant, malgré la façon dont les choses se passaient, il avait toujours désiré l'épouser. Enceinte ou non, quelle importance ? Il avait envie de partager sa vie avec elle, d'avoir beaucoup d'enfants et d'être heureux à son côté.

Que s'était-il passé, ensuite, pour qu'ils en arrivent au point où ils en étaient maintenant ?

Des théories pour l'expliquer, il en avait des tas. Mais il était sûr d'une seule chose : ils avaient fait un beau gâchis de leur couple, et Hallie n'était pour rien dans tout cela. Ses parents auraient dû avoir suffisamment de maturité pour faire en sorte que leur mariage fonctionne.

Les propres parents de Logan étaient aussi dissemblables que possible. Pourtant, ils avaient compris combien il était important de maintenir la cohésion familiale.

Logan n'était pas fier d'avoir laissé son mariage s'effilocher. Il aurait dû faire un effort. Ils auraient dû, tous les deux, faire passer leur fille avant leur rêve raté.

Si une seconde chance se présentait à lui, Logan était prêt à la saisir. Peut-être Dana ferait-elle aussi cet effort.

Il n'avait jamais cessé de l'aimer.

Tout en regardant Hallie s'éloigner vers le lac, Dana s'empressa de prendre l'appel qui sonnait sur son portable. Logan dormait encore et elle ne voulait pas le réveiller.

— Ce n'est pas trop tôt ! déclara sa sœur. Peut-on savoir où tu es passée ?

Liz avait l'art d'aller droit au but, sans s'embarrasser d'inutiles formules de politesse.

— Bonjour, Liz. Je vais bien, je te remercie.

— Je t'en prie, Dana. Je t'ai cherchée partout. Je me suis fait un sang d'encre en me demandant ce qui avait pu vous arriver, à Hallie et toi.

— Nous sommes au chalet, tout simplement. Nous avons pensé que cela pourrait être bénéfique à Hallie.

— Vous auriez dû lui donner un vrai prénom de fille, voilà ce qui lui aurait été bénéfique.

Liz ne s'était jamais privée de dire qu'elle n'aimait pas le prénom d'Hallie, qu'elle trouvait trop masculin. Malgré son nombrilisme, il fallait reconnaître à Liz une totale franchise.

— Nous passons le week-end au chalet, répondit Dana. Un peu de tranquillité, loin du travail, des amis et de la famille...

Liz éclata de rire à cette allusion. Leur rivalité entre sœurs n'était plus que de l'histoire ancienne. L'enfance idéale de Liz avait été bercée d'affection et de louanges déferlant sur elle de toutes parts. Liz, apparemment, avait cru que cela durerait toujours, sans qu'elle ait jamais à bouger le petit doigt. Arrivée à vingt ans sans avoir fait le moindre effort, elle avait tenté de continuer ainsi, ce qui l'avait notamment conduite à épouser Jerrod pour son argent. Tout avait pris fin brutalement, pour elle, le jour où la vraie vie avait exigé qu'elle donne un peu de ce qu'elle avait reçu.

Pour Dana, tout avait basculé le jour où elle avait compris que ses parents eux-mêmes, par leurs attentes, avaient travaillé à la séparer de sa sœur. Cette prise de conscience l'avait littéralement libérée et, depuis ce jour, Liz et elle étaient beaucoup plus proches.

— Bon, poursuivit Liz. Je me demandais ce que je pouvais

faire, en plus de l'injonction, pour que Jerrod me laisse tranquille. Chaque fois qu'il s'approche de moi, j'ai l'impression de tomber dans le même piège. Tu sais comme il peut se montrer persuasif.

En effet, Dana connaissait bien ce genre de piège, mais elle ne pensait pas à Jerrod.

— Malheureusement, répondit-elle, on ne peut pas faire grand-chose de plus. A moins qu'il ne commette une bêtise.

Dana s'était toujours demandé quelle avait été la véritable raison de leur divorce. Liz et elle avaient beau être plus proches qu'avant, elles ne l'étaient pas suffisamment pour que sa sœur lui réponde par autre chose que : « incompatibilité d'humeur ». Sans doute cette réticence venait-elle de l'énorme pension que lui versait Jerrod.

— Liz, si Jerrod a fait quelque chose, tu dois me le dire.

— Je... je ne sais pas.

— Comment, tu ne sais pas ? A-t-il fait oui ou non quelque chose ? Et d'où m'appelles-tu ?

— Je suis chez toi. J'étais venue te voir et... j'ai trouvé une vitre brisée. J'ai pensé que c'était peut-être Jerrod, parce qu'il sait que tu m'as hébergée quelques fois.

— Quelle vitre ? Et l'alarme ? Elle ne s'est pas déclenchée ? Est-ce que la police est venue ?

— Il n'y a ni alarme, ni police. Mais j'ai averti Jillian, pensant qu'elle aurait vu quelque chose.

— Et alors ?

— Elle n'a rien vu.

— Appelle la police ! Plus tu tardes, plus les chances de retrouver la trace du coupable s'amenuisent.

Pourquoi donc l'alarme ne s'était-elle pas déclenchée ?

— Et si c'était lui ? hésita Liz. Si c'était Jerrod ? Si je préviens la police, il pourrait avoir de sérieux ennuis.

Dana n'arrivait plus à raisonner. Si c'était l'œuvre de Jerrod, peut-être était-ce lui qui avait essayé de passer par la fenêtre, l'autre jour, pensant que Liz était là. Mais elle n'arrivait pas à imaginer Jerrod faisant une chose pareille. Il serait venu frapper à la porte, comme il l'avait déjà fait lorsqu'elle hébergeait Liz. D'un autre côté, la police avait un suspect en garde à vue, et ce suspect était un jeune homme, pas Jerrod.

Donc, si quelqu'un avait essayé d'entrer par effraction chez elle alors que ce suspect était en garde à vue... Dana frissonna. Cela signifiait que celui qui avait essayé de pénétrer chez elle courait toujours.

— Je me moque bien de Jerrod, Liz. Ce qui arrive est grave. S'il est assez stupide pour faire une chose pareille, il doit comprendre que tu ne plaisantes pas. S'il s'agit de quelqu'un d'autre, la police doit être avertie immédiatement.

Elle avait donné une clé à sa sœur, au cas où celle-ci aurait besoin d'un point de chute en son absence. Jamais elle n'aurait cru que Jerrod irait jusqu'à commettre une effraction pour retrouver Liz. Mais elle aurait préféré savoir qu'il était bien le coupable. Mieux valait Jerrod que... Dieu sait qui.

— Es-tu à l'intérieur de la maison, Liz ?

— Non, je suis chez Jillian.

— Bon, appelle la police et demande-lui de m'appeler. Je sais qu'on ne peut pas faire grand-chose, parce que le coupable doit être loin, mais il faut tout de même les prévenir. Appelle-les tout de suite et rappelle-moi ensuite, d'accord ?

Au moment où elle raccrochait, elle entendit la voix de Logan.

— Pourquoi faut-il appeler la police ?

Par la fenêtre, elle vérifia qu'Hallie était toujours au bord du lac, s'entraînant à faire des ricochets comme Logan le lui avait appris la veille.

— C'était Liz, répondit-elle. Elle ne savait pas que nous étions partis.

— Que veut-elle encore ?

— En venant me rendre visite, elle a trouvé une vitre de la maison brisée.

— Elle a vu quelqu'un ?

— Non, et elle n'est pas entrée. Elle est allée aussitôt chez Jillian pour m'avertir. Elle va prévenir la police et leur dire de me rappeler.

Logan jura entre ses dents. Hochant la tête, Dana se laissa tomber dans le canapé.

— Ça me flanque vraiment la frousse. Heureusement que nous sommes ici, et pas là-bas.

— Si seulement je n'avais pas retiré mes gars...

— Tes gars ? Que veux-tu dire ?

Ignorant la question, Logan continua à tourner en rond tout en jetant un coup d'œil par la fenêtre chaque fois qu'il passait devant.

— Quand nous avons décidé de venir ici, je me suis dit qu'il n'était plus nécessaire qu'ils continuent leur surveillance.

— Parce qu'ils étaient plusieurs ?

— Oui. Je te faisais suivre aussi. Mais c'était avant d'apprendre que la police avait arrêté quelqu'un.

Elle voulait bien admettre qu'il fallait protéger Hallie, et même elle si nécessaire. Mais elle aurait préféré qu'il la tienne au courant.

— Ce doit être Jerrod qui cherche à retrouver Liz, tout simplement. Il ne fera de mal à personne.

— Tu en es certaine ? Comment peux-tu le savoir ?

— Comment je peux savoir qu'il s'agit de Jerrod ? Ou comment je peux savoir qu'il ne fera de mal à personne ?

— Les deux. Tu n'es sûre ni d'une chose ni de l'autre.

Elle n'en était pas sûre, mais cela semblait plausible.

Pourquoi Logan faisait-il autant d'histoires ? Avait-il oublié quel drôle d'individu était Jerrod ?

— Liz est en train de prévenir la police. Et puisque nous sommes ici, je ne vois pas pourquoi nous devrions nous inquiéter.

Logan approuva, mais continua à tourner en rond.

— Si c'est Jerrod qui t'inquiète, pourquoi ne demandes-tu pas à tes gars de retourner surveiller la maison ?

— Si tu m'avais parlé de Jerrod plus tôt, je ne leur aurais pas demandé de cesser leur surveillance. Maintenant, nous ne savons pas qui a essayé d'entrer, ni pour quelle raison. Les problèmes privés sont souvent ceux qui dégénèrent le plus facilement. Les gens deviennent dingues, quand leur vie est détruite.

Dana le savait, grâce à différentes affaires qu'elle avait plaidées. Mais Jerrod n'avait jamais été un violent. Comment l'imaginer fou furieux ? Si Liz avait demandé une injonction, c'est parce qu'un jour il avait bu et était devenu incontrôlable. Mais cela n'avait été qu'un incident isolé.

Ce qui ennuyait le plus Dana, c'était cette impression que Logan lui cachait quelque chose, et qu'il n'était pas seulement préoccupé par Jerrod.

— Pourquoi ne m'as-tu pas dit que tu me faisais suivre ? Saurais-tu quelque chose que j'ignore ?

Logan ne répondit pas immédiatement. Elle essaya néanmoins de ne pas se dire qu'il recommençait, qu'il avait pris des dispositions sans même la consulter. Cela n'avait pas d'importance. Il ne fallait pas y penser.

— Tu aurais dû m'en parler.

Logan haussa les épaules en marmonnant qu'il n'y avait pas de quoi en faire une histoire. Puis il alla se planter devant la fenêtre, lui tournant le dos.

Il lui cachait vraiment quelque chose.

— Si tu étais aussi inquiet, tu aurais au moins pu me consulter.

Si au moins il lui en avait touché un mot ! Si, pour une fois, il avait agi comme s'il tenait compte de son avis ! Comment avait-elle pu espérer que les choses changeraient entre eux ?

Tout recommençait exactement comme avant. Elle insistait pour qu'il lui parle un peu, se livre à elle comme n'importe quel mari. Pour finir, il s'ouvrait un peu... mais si peu ! Pourquoi était-ce aussi laborieux ?

Elle allait insister encore quand elle vit son dos se relâcher.

— Excuse-moi pour ce gâchis, et pour n'avoir pas trouvé le temps de t'en parler, dit-il alors. Je ne voulais pas t'en parler devant Hallie. Quand tu m'as dit que la police avait arrêté un suspect et quand j'ai appris qu'il avait avoué, j'ai retiré mes hommes. Ensuite, nous sommes venus ici et je n'y ai plus pensé. Voilà, pas de quoi en faire une histoire.

Jetant un coup d'œil à Hallie, dehors, il ajouta :

— C'est mon boulot qui veut ça, Dana. Je ne parle du boulot à personne, sauf à mes coéquipiers. Cela n'a rien à voir avec toi. Je pensais que tu l'avais compris.

Surprise de le voir s'excuser, Dana ne trouva pas les mots pour lui répondre. Il disait qu'il était désolé. Quant à elle, elle se réjouissait qu'il veille sur Hallie et elle, qu'il tienne à elles. En outre, et contrairement à ce qu'il disait, il venait bel et bien de lui apprendre quelque chose sur son travail. C'était peu de choses, mais c'était plus qu'il ne lui en avait jamais dit.

— Je vais voir ce qu'Hallie aimerait faire cet après-midi, dit-il avant de sortir.

Dana le suivit dehors et s'installa sur la balancelle de la terrasse. De là, elle pouvait voir Logan et Hallie. Assise au bord du ponton, la petite observait apparemment les vairons qui nageaient dans l'eau transparente, sous ses pieds. Logan était perché sur un arbre mort. Il n'avait pas évoqué d'autre problème. Aussi, pourquoi le croyait-elle encore inquiet ?

Le chalet était perdu au fond des bois, la route pour y parvenir était compliquée. Même les rares personnes qui connaissaient le chalet avaient du mal à le trouver. Serait-il déjà venu ici — ce qui n'était pas le cas —, Jerrod n'aurait jamais su retrouver le chemin. Même dans l'hypothèse où, pris d'un coup de folie, il avait effectivement essayé de retrouver Liz chez Dana à Chicago, il n'aurait jamais fait de mal à Dana ni à Hallie. Or, cette hypothèse semblait probable, car il avait déjà essayé une fois.

Quelques minutes plus tard, Logan laissa Hallie jouer toute seule sur le rivage et vint rejoindre Dana sur la balancelle.

Depuis l'accident d'Hallie, elle n'avait pas cessé un instant de s'inquiéter, pour sa fille et pour son travail. Son esprit avait maintenant besoin d'une pause.

Juste un moment, elle avait envie de faire comme si sa vie avait suivi un cours paisible, comme si Logan, Hallie et elle formaient toujours une famille, et comme si rien d'autre ne comptait. D'ailleurs, rien d'autre ne comptait. Pas même sa carrière.

Qu'avait-elle gagné, à force de travail acharné ? Ses parents n'avaient pas changé d'attitude à son égard sous prétexte qu'elle avait fait des études brillantes et obtenu un poste prestigieux. Sa réussite matérielle n'avait pas changé l'opinion qu'avait sur elle la mère de Logan. Et elle avait beau être une excellente avocate, Logan ne l'aimait pas pour autant.

Le pire de tout, c'est qu'elle aurait beau travailler dur, elle ne pourrait empêcher sa carrière de s'infléchir, puisqu'elle avait refusé par principe de faire ce que David lui demandait. Mais elle ne voulait plus penser à tout cela pour l'instant.

— Alors, mon cher Watson, que faut-il faire à votre avis ? plaisanta-t-elle pour détendre l'atmosphère.

— Je réfléchis et je te tiens au courant, répondit Logan avec un clin d'œil.

Pendant les minutes qui suivirent, ils restèrent serrés l'un contre l'autre en silence, sur l'étroite balancelle où leurs corps se touchaient.

Pour une fois, Dana ne se sentait pas obligée de parler ; le fait de se balancer en silence serrée contre Logan lui procurait un étrange sentiment de réconfort. Au bout d'un moment, il lui prit la main et la tint posée sur sa cuisse, sans cesser de se balancer.

Bientôt, elle ressentit une incroyable envie. Cette envie ne provenait pas de la passion physique qui les avait unis autrefois. Elle venait de plus loin. C'était un besoin spirituel, un besoin d'être aimée comme elle ne l'avait jamais été, et par le seul être qui ne l'aimerait jamais.

Elle essaya de s'en défendre par une sorte de détachement, de penser à Logan et elle comme à des amis…

Mais en vain, car au fond de son cœur, elle savait qu'elle ne pourrait jamais éprouver une simple amitié pour Logan Wakefield.

Il avait l'art de réveiller la passion en elle. Il était son point faible. Elle avait impérativement besoin de lui, besoin qu'il l'aime.

Seule son indépendance avait toujours permis à Dana d'avoir l'assurance nécessaire. Son salut, elle le devait au fait d'avoir toujours eu un objectif. En se concentrant sur cela, elle réussirait sans doute à neutraliser toutes les pensées indésirables qui s'emparaient d'elle dans ses moments de faiblesse.

Par exemple, l'idée qu'elle n'était pas suffisamment douce, intelligente ou jolie. Ou encore des idées de mariage et de bonheur, ces deux choses qu'elle n'obtiendrait jamais avec Logan.

Ils étaient aussi différents l'un de l'autre que s'ils appartenaient à deux espèces distinctes.

La mère de Logan ne s'était pas privée de faire connaître son opinion à Dana, à savoir qu'elle avait gâché la vie de Logan, initialement promis à épouser la fille d'un notable. Comme d'habitude, Dana avait gardé ses commentaires pour elle, bien décidée à faire ses preuves, à prouver à cette famille qu'elle n'était pas indigne de leur fils.

Tout cela en vain, bien sûr. Rien de tout ce qu'elle avait pu accomplir durant leur mariage n'avait pu ébranler sa belle-mère dans la croyance que son fils avait commis une mésalliance. Ni les succès professionnels de Dana, ni les récompenses qu'elles avait reçues, ni l'augmentation de ses revenus n'avaient pu ébranler l'opinion d'Andrea Wakefield.

Dana comprit soudain que tout ce qu'elle avait réussi à prouver aux autres, c'est qu'elle était une gagnante. Mais au fond d'elle-même, elle était toujours la même petite fille solitaire et en quête d'affection.

Tout ce qu'elle avait fait n'avait donc servi à rien ? Elle éprouva soudain un violent besoin de rejoindre sa fille et d'être aussi près d'elle que possible.

Logan dut lire dans ses pensées, car il déclara au même moment :

— Si on allait faire des ricochets avec elle ?

Il l'entraîna sans lui lâcher la main. La familiarité, la tendresse de ses gestes et de sa voix, firent de nouveau naître un espoir fou en elle. Il avait réellement changé, ces derniers temps, même si elle ne savait pas dire précisément en quoi. Elle commençait à penser qu'il tenait plus à elle qu'elle ne l'aurait cru.

Pouvaient-ils reconstruire quelque chose ensemble ? Quelque chose de plus profond qu'une simple passion charnelle ?

Seraient-ils heureux sur ces nouvelles bases ?

Logan serait-il prêt à essayer ?

14.

Logan faisait les cent pas sur la terrasse en attendant que Remy décroche. Il ne quittait pas des yeux la porte du chalet. Après une partie de ricochets, Dana et Hallie étaient allées faire un tour à deux en canoë. Puis elles avaient décidé de se changer pour aller marcher. Logan en avait profité pour faire le point sur ses affaires.

— Salut ! répondit Remy.

— J'ai eu ton message. Que se passe-t-il ?

— Les bébés sont là.

— « Les » bébés ? Il y en a plusieurs ?

Remy semblait essoufflé, comme s'il venait de faire de l'exercice. Logan avait un jour accusé son ami d'être un drogué du sport, ce que Remy trouvait parfaitement ridicule. Comment pouvait-on se droguer avec une chose qui vous faisait du bien ? Et puisque cela lui faisait du bien, pourquoi arrêter ?

Logan ne s'était pas privé de le lui rappeler depuis que Crystal était enceinte.

— Des jumeaux. Un garçon et une fille.

Logan sourit malgré lui. Il voyait mal Remy père d'un

enfant, encore moins de deux. Mais son associé semblait heureux et ce bonheur était communicatif.

— Félicitations, mon vieux. Comment va Crystal ?

— Elle est contente. Plus belle que jamais. Mais ce n'est pas pour cela que je t'ai appelé. Gideon t'a contacté ?

— Non, pourquoi ?

— Il a dit qu'il le ferait dès qu'il aurait réglé une ou deux choses. Je me suis dit que j'allais te tenir au courant, pour que tu ne t'éloignes pas et qu'on puisse te joindre.

— A-t-il dit de quoi il s'agissait ?

En consultant les anciens dossiers de Dana, Gideon avait-il découvert quelque chose ?

— Il a une piste. Il a dit qu'il se passait quelque chose et qu'il fallait qu'il te parle. C'est tout ce que je sais. Il doit faire le point à 11 heures. On te tient au courant.

— Parfait. Tu peux prévenir Masters et Klienquist ? Dis-leur de se tenir prêts.

— Que se passe-t-il ?

— Simple mesure de précaution. Tu me tiens au courant dès que possible, d'accord ?

— Ça roule !

Logan rempocha son téléphone. Gideon avait donc une piste… Pourvu que les nouvelles soient bonnes !

Au même moment, Hallie ressortit du chalet. Avec un geste théâtral, elle pivota sur elle-même pour faire admirer sa nouvelle tenue de marche. Elle portait un jean, un sous-pull blanc, un sweat-shirt rouge, des chaussures de marche et un sac à dos violet.

— Epatant, ma puce.

Hallie sourit à ce compliment, puis elle grimpa près de lui sur la balancelle. Elle semblait plus heureuse que jamais, depuis sa sortie de l'hôpital.

230

— Tu devrais dire à ta mère de se dépêcher, si elle veut se promener avant qu'il ne fasse nuit.

Au même instant, Dana sortit à son tour, portant une tenue identique, sac à dos excepté. Elle prit la main de sa fille et toutes les deux posèrent comme dans les magazines.

Elles formaient un tableau parfait. Logan se sentit tout ému de les voir ainsi.

— Ne bougez pas, vous deux.

Il alla chercher l'appareil jetable et les prit en photo.

Après deux clichés, Hallie se plaignit que cela suffisait. Au troisième, elle s'avança vers lui la main levée.

— Qu'y a-t-il ?

— Toi, va là-bas, dit-elle en désignant un point de la terrasse. Maman aussi. Maintenant, c'est moi qui vais vous prendre en photo.

Logan se réjouissait de la voir plus affirmée, comme elle l'était auparavant. Quand Dana l'eut rejoint à l'endroit indiqué, il passa un bras autour de ses épaules.

Dana le regarda. Pendant qu'Hallie les prenait en photo, il sentit qu'elle lui touchait la main. Le parfum de son shampooing vint lui chatouiller les narines, lui rappelant leur première rencontre.

Il baissa les yeux vers ses lèvres. Elle avait une bouche diablement attirante. Il eut envie... Dana dut le deviner car elle lui envoya un coup de coude dans les côtes.

Comme elle ne lâchait pas la main qu'il avait posée sur son épaule, il se rapprocha encore, la prit par la taille et l'attira contre lui, afin de lui faire sentir qu'il était prêt à recommencer ce qu'il avait fait durant la nuit.

Hallie, tout heureuse, prit une nouvelle photo avant de s'écrier :

— Regardez ! Il y a quelque chose qui bouge là-bas !

Logan se jeta sur Dana et Hallie et les plaqua sur la

terrasse, les protégeant de son corps. Puis il tendit le bras pour ouvrir la porte du chalet. Dana l'avait malheureusement déjà fermée à clé.

— Papa, tu m'écrases, se plaignit Hallie.

Elle se tortillait pour lui échapper, mais il la maintint fermement ainsi que Dana.

— Attendez une seconde.

Il s'écarta pour les laisser respirer, tout en continuant de les protéger.

— Qu'est-ce que tu as vu ? demanda-t-il à Hallie.

L'enfant ouvrit de grands yeux, le menton tout tremblant.

— C'était… un daim. Je crois que c'était un daim parce ce que c'était marron. Les daims ne peuvent pas nous faire de mal, hein, papa ?

— D'habitude non, ma puce.

— Tu crois qu'il était dangereux, celui-là ?

— Non, ma chérie, je ne crois pas. Mais comme tu n'as pas dit tout de suite que c'était un daim, j'ai cru que c'était autre chose. Euh… un ours, par exemple.

Il baissa les yeux vers Dana, toujours couchée sous lui. Elle n'en croyait visiblement pas un mot.

— Hum… Simple mesure de précaution, ajouta-t-il.

Puis il se leva et les aida à se relever.

— Déformation professionnelle, glissa-t-il à Dana.

— Tu t'entraînes trop.

— Ça peut servir.

— Bon, on va se promener ? demanda Hallie, qui s'impatientait. J'ai envie d'aller près de la colline, là où on trouve des agates.

*
* *

Assis sur la plus haute marche de la terrasse, Logan attendait un coup de fil de Gideon ou de Remy. Après la promenade, Dana, Hallie et lui avaient dîné, fait du feu, joué aux cartes. Puis Dana était allée donner son bain à la fillette avant le coucher.

Hallie avait-elle réellement des souvenirs de l'endroit où ils étaient allés ramasser des pierres ? Lorsqu'il lui avait posé des questions, elle avait haussé les épaules en disant :

— Je sais plus.

La dernière fois qu'il avait parlé avec le médecin, ce dernier avait expliqué qu'Hallie ne s'apercevrait probablement pas qu'elle avait des souvenirs. Elle aurait peut-être l'impression qu'une chose lui était familière, mais cela n'irait pas plus loin. Elle pourrait agir comme si une chose lui était totalement nouvelle puis, l'instant d'après, comme si elle l'avait toujours connue.

Comme ce soir, lorsqu'elle avait demandé à Dana de lui lire une histoire avant de se coucher. Hallie avait toujours respecté ce rituel, quasiment depuis le jour de sa naissance. Mais c'était toujours Dana qui lui faisait la lecture. Aussi, lorsque Hallie lui avait demandé de lui lire une histoire, il s'était douté que Dana en souffrirait. Sans connaître les raisons de ce changement, il en était toutefois heureux. Chaque fois qu'Hallie ne se souvenait pas de sa mère, chaque fois qu'elle lui demandait, à lui, de faire les choses dont sa mère se chargeait habituellement, il voyait ce qu'il en coûtait à Dana.

Elle ne se plaignait pas, mais il la voyait accuser le coup, se redresser imperceptiblement, pincer les lèvres. Puis elle cachait sa douleur aussi vite qu'elle était venue. Elle aurait préféré mourir plutôt que de montrer sa vulnérabilité.

Aujourd'hui, cependant, Hallie avait apparemment eu envie de se rapprocher de sa mère. Elle avait tenu la main de Dana durant leur promenade et lui avait posé mille questions.

« Où tu vivais quand t'étais petite ? Est-ce que tu sautais à la corde et est-ce que tu jouais à la poupée ? Papa et toi, vous aviez envie d'avoir une fille, ou un garçon, avant que je naisse ? »

Pas un instant elle n'avait cessé de poser des questions. Logan s'était senti inutile ; il aurait aussi bien fait de rester au chalet. Finalement, il en avait profité pour traîner derrière elles et appeler Remy pour avoir des nouvelles de Gideon.

Il se sentait certes coupable de n'avoir pas mis Dana au courant de ses agissements. Gideon exécutait à la fois une mission pour Security International et un travail pour lui rendre service. Logan ne voulait pas qu'il compromette sa mission à cause du reste, ni qu'il mette sa vie en danger.

Quand Remy lui avait appris qu'on n'avait aucune nouvelle de lui, Logan avait commencé à s'inquiéter. Si Gideon ne les contactait pas, il serait peut-être obligé de trouver un moyen de le contacter lui-même.

En terminant le chapitre de *La petite maison dans la prairie*, Dana vit qu'Hallie s'était endormie. Un instant, elle regarda dormir sa chère petite fille. Hallie avait les joues rosies par le grand air, elle sentait le savon et respirait la douceur et l'innocence.

Comme c'était bon de se sentir plus proche d'elle ! Elle devinait qu'elle pourrait forger une nouvelle relation, même si la mémoire ne lui revenait pas. C'était tout l'encouragement qu'il lui fallait pour continuer à faire front. Aujourd'hui, elles avaient fait d'immenses progrès, et elle priait pour que chaque jour apporte son amélioration.

Après avoir bordé la fillette, elle déposa un baiser sur son front et sortit en fermant doucement derrière elle. Dans le couloir, elle resta quelques secondes contre la porte, savourant ce moment.

Au bout de quelques instants, elle s'aperçut qu'il n'y avait plus de lumière dans le salon. Le feu était presque éteint ; il ne restait plus que quelques braises au milieu des cendres. Elle alluma une lampe près du canapé. Peut-être Logan était-il sorti chercher du bois.

Mais, près de la cheminée, la pile de bois bien fournie rendait cette hypothèse improbable. C'est alors qu'elle l'aperçut par la fenêtre, faisant les cent pas sur la terrasse.

C'était toujours chez lui le signe que quelque chose n'allait pas. Lorsqu'il repassa devant la fenêtre, elle vit qu'il téléphonait.

Peut-être s'apprêtait-il à reprendre le travail. Dana se rendit compte qu'il allait lui manquer, et qu'elle n'avait pas envie qu'il reparte.

Hélas, ses propres envies n'étaient pas nécessairement les mêmes que celles de Logan. Elle plaça une nouvelle bûche dans la cheminée. S'il voulait partir, il partirait. Et tout s'arrêterait là.

Le feu ne tarda pas à reprendre. Bientôt, la chaleur fut trop forte pour qu'elle reste près du feu. Elle retira son sweat-shirt et alla dans la cuisine chercher à boire. Du cidre, peut-être. Un cidre chaud avec un peu d'eau-de-vie lui faisait envie, et elle se rappelait que Logan aimait cette boisson. Elle remplissait la casserole quand la porte d'entrée grinça. Logan était là, les cheveux ébouriffés par le vent, le visage rougi, la main sur la poignée de la porte, comme s'il hésitait à entrer tout à fait. Comme une bourrasque poussait des feuilles mortes à l'intérieur, il referma la porte.

Il resta planté là, se frottant le menton. Il ne s'était pas rasé et sa barbe naissante alliée à ses cheveux ébouriffés lui donnait une allure dangereuse et sexy.

Mais quelque chose n'allait pas, Dana le sentait.

— Tiens, bois ça, ça te réchauffera.

— Merci, dit-il en prenant d'un air absent la tasse qu'elle lui tendait.

— Allons, viens t'asseoir près du feu, dit-elle en le tirant par la manche.

Il la suivit mais resta debout devant le feu, une main sur le manteau de la cheminée.

— Tu as raison, tu vas te réchauffer encore plus vite en restant devant.

Dana s'installa sur le canapé, mais il ne faisait toujours aucun mouvement pour la rejoindre.

— Problèmes professionnels ?

Après tout, qu'en savait-elle ? Il pouvait avoir des problèmes de cœur. Avec une autre.

Cette pensée la déstabilisa, mais elle l'écarta aussitôt. Logan n'était pas du genre à avoir simultanément deux femmes dans sa vie. Du moins n'était-il pas ainsi, auparavant.

Pour quelle raison aurait-il changé ? Il était d'une grande intégrité. C'était une des qualités qui lui avaient infiniment plu, chez lui.

— On peut dire ça comme ça, répondit-il enfin. Un de nos gars a... hum... disparu.

— Tu veux dire qu'il a abandonné sa mission ?

— Je ne crois pas. Je dirais plutôt qu'il manque à l'appel.

Elle savait que Remy et lui organisaient des missions à risque. Mais elle ignorait quels risques ils prenaient, ayant divorcé quelques mois seulement après que Logan eut monté son affaire.

— Manquer à l'appel, c'est assez vague. Mais cela ne me dit rien de bon. Si tu ne veux pas m'en parler, Logan, tu n'as qu'à le dire. Mais ne commence pas à m'en parler si tu ne veux pas que je te pose de questions.

Logan enleva sa veste et s'assit près d'elle, penché en avant, les coudes sur ses genoux, l'œil plus noir que la nuit, l'air plus sérieux que jamais.

— Nous avons un homme sur une mission qui devait nous faire son rapport il y a plusieurs heures. Il ne l'a pas fait. Nous ne savons pas ce qui s'est passé.

Il soupira.

— Dire que ce n'était même pas une mission dangereuse…

Pour la deuxième fois de la journée, il venait de lui parler de son travail. Dana ne savait plus comment réagir. Si ce n'était pas une mission dangereuse, pourquoi s'inquiétait-il autant ?

— Sa voiture est peut-être tombée en panne, ou bien il est peut-être tombé malade.

— Il nous aurait contactés, si c'était le cas.

— Ce n'est peut-être pas quelqu'un sur qui on peut compter.

— L'ennui, c'est que nous n'embauchons que des gars sur qui on peut compter. Nous ne prenons que les meilleurs.

Il se mit à faire craquer ses doigts un par un.

— Il y a quelque chose que je puisse faire pour toi ?

Logan secoua la tête. Puis le silence s'installa, interrompu quelques minutes plus tard par une faible sonnerie. Logan se leva comme un ressort et prit l'appel en se dirigeant vers la porte.

Sans doute ce qu'il avait à dire ne la regardait-il pas. Elle aurait dû avoir l'habitude, depuis le temps.

A l'époque où ils étaient mariés, Logan avait une vie parallèle à laquelle elle n'avait pas accès. Jamais elle ne pouvait lui parler de son travail, lui demander comment s'était passée sa journée. Tout cela parce qu'il était agent secret et que parler de son travail pouvait mettre sa famille en danger. Elle le comprenait, mais le fait de ne pas pouvoir en parler, allié à ses fréquentes absences, lui avait lourdement pesé.

Lorsque Logan partait en mission, elle n'avait plus qu'Hallie et son travail. Aussi s'était-elle sentie blessée lorsqu'il l'avait accusée de faire passer son travail avant sa famille. Quand elle lui avait expliqué ses raisons, et signifié combien elle se sentait coupée de sa vie, ils s'étaient querellés. Un jour, la querelle était allée encore plus loin, et elle avait déballé tout ce qu'elle avait sur le cœur au sujet de son travail et de ses continuelles absences. Elle préférait encore être célibataire que mariée à un homme qui n'était jamais là, avait-elle déclaré.

Lorsque Logan avait répondu que, dans ces conditions, il partait, elle était restée sans voix. Il n'avait même pas hésité, ce qui prouvait qu'il n'avait jamais eu réellement envie de l'épouser.

Effondrée, elle avait entamé la procédure de divorce. Puis elle s'était concentrée sur ce qui restait de sa vie, sur ce qui comptait le plus pour elle : Hallie et son travail.

Logan et elle étaient comme les deux acteurs d'un vieux film qui tourne en rond. En se levant pour raviver le feu, elle le vit s'arrêter net.

Parfaitement immobile, il écoutait. Finalement, il se laissa tomber dans la balancelle.

Quelques instants plus tard, il rentra en rempochant son téléphone. Il se planta devant elle, agité.

— Assieds-toi. Il faut que nous parlions.

Elle s'exécuta, le ventre noué. Il allait partir, voilà ce qu'il allait lui annoncer. Que cela ait ou non un rapport avec son agent disparu, elle s'en moquait bien. Il allait partir, comme il l'avait toujours fait. Croire qu'il pouvait changer, c'était rêver.

238

— Bien, dit-elle. Qu'as-tu à me dire ?

— Nous avons un problème.

— C'est évident. Vas-y, dis-moi tout. Inutile de tourner autour du pot avec moi.

— Bien. Nous… Un des agents de SISI travaille actuellement sur une affaire qui pourrait être en rapport avec l'effraction qui a eu lieu à la maison.

— Chez nous ? Tu veux dire que quelqu'un essayait de s'en prendre à toi ?

Il secoua la tête.

— Alors, de quoi s'agit-il ? Je ne comprends pas comment une affaire sur laquelle vous travaillez pourrait avoir un lien avec le cambriolage, s'il n'y a pas de rapport avec toi ?

Logan poussa un long soupir.

— L'un de nos agents, celui qui a disparu — et qui a refait surface, d'ailleurs — a appris que quelqu'un au sein du bureau du procureur de l'Illinois essayait de se débarrasser de l'affaire Lombard. Ils veulent te retirer l'affaire car ils sont persuadés que tu finirais par obtenir une condamnation.

— Tu peux me répéter ça ? Quelqu'un de mon bureau ?

C'était impensable. L'affaire Lombard était leur plus grosse affaire, et une condamnation ne pouvait que les servir.

— Dans quel but cette personne ferait-elle cela ?

— Je l'ignore. Ils pensent peut-être qu'en te retirant l'affaire, elle sera confiée à un avocat moins expérimenté, susceptible de commettre des erreurs de procédure, et qu'ils obtiendront un non-lieu.

— Je ne comprends toujours pas. Personne au bureau ne ferait une chose pareille. D'ailleurs, comment un cambriolage servirait-il à me retirer le dossier ? A moins… Mon Dieu, es-tu en train de me dire qu'on essaie de me mettre momentanément hors-jeu ? Mais c'est absurde, puisqu'il suffirait d'obliger David à me retirer l'affaire…

Logan l'arrêta d'un geste.

— Une seconde, tu vas trop vite.

Mais Dana ne pouvait plus s'arrêter. Questions et réponses s'enchaînaient à toute vitesse dans sa tête. Le nouveau, Gideon Armstrong, devait y être pour quelque chose. Il était censé travailler avec elle... Mais comment pouvait-il avoir convaincu David de faire une chose pareille ? A moins que David ne soit de mèche. Mais c'était impossible : David tenait tant à obtenir cette condamnation qu'il lui avait même demandé d'aller parler au juge Wellesy... Oh, non...

Non, c'était tout bonnement impossible. Et si c'était ça ? Qu'elle aille parler à Wellesy et on lui retirait l'affaire, après quoi Armstrong la reprenait et, étant donné le peu de temps dont il disposait pour préparer sa plaidoirie, perdait le procès. Ou encore, Armstrong touchait un dessous-de-table pour perdre. Mais encore une fois, quel était le rapport avec le cambriolage ? Et pour quelle raison David aurait-il trempé là-dedans, lui qui était quasiment assuré de devenir ministre de la Justice ?

Certes, il ne s'était guère montré satisfait, lorsqu'elle avait refusé d'aller voir Wellesy. Mais ensuite, il ne lui en avait plus touché un mot, et elle avait jugé qu'il avait admis sa décision.

En outre, comment se faisait-il que Logan soit au courant ? Elle ne parlait jamais des affaires sur lesquelles elle travaillait, et il n'était rentré au pays que depuis une dizaine de jours.

— Comment se fait-il que tu saches que je travaille sur l'affaire Lombard ?

Il hésita, détournant le regard.

— Tout le monde le sait, non ? On en parle dans les journaux, à la télé...

Soit. Mais lorsqu'il la regarda en face, elle comprit et se leva d'un bond.

— Logan, dis-moi la vérité. Comment l'as-tu appris ? As-tu parlé avec quelqu'un de mon bureau ? Dis-le-moi !

Logan se leva à son tour, tendu à l'extrême. Il n'aimait pas qu'on le défie.

— Très bien. En effet, je me suis débrouillé pour obtenir certaines informations parce que je voulais m'assurer qu'Hallie et toi ne couriez aucun danger.

— Tu as parlé de *mes* dossiers avec quelqu'un de *mon* bureau ? Comment s'appelle cette personne, Logan ?

— Ne t'inquiète pas, ta place n'est pas compromise. Je m'inquiétais simplement pour ma famille, alors j'ai pris mes renseignements, voilà tout.

Ça alors, elle n'en revenait pas ! Et s'il avait parlé aux personnes qu'il ne fallait pas ? Et si on s'imaginait qu'elle divulguait des informations confidentielles hors du bureau ?

— Tu sais ce que tu as fait, au moins ?

Elle pourrait s'estimer heureuse si on voulait bien d'elle comme femme de ménage au bureau du procureur, à son retour ! Elle pouvait dire adieu à son mandat de procureur de l'Illinois.

Le pire, dans cette histoire, c'est qu'elle était coincée, quoi qu'elle puisse faire. Si Logan avait raison, David était le coupable. Or, elle ne pouvait pas l'accuser, faute de preuve. Et même si elle l'accusait, il lui retirerait le dossier, ce qui, si Logan disait vrai, était le but de toute cette manœuvre. Enfin, si elle s'obstinait à plaider contre Lombard, Hallie ou elle-même pourraient courir un danger.

— Je n'ai fait que veiller sur les miens, répondit Logan.

— Et tu n'as pas jugé utile de m'en parler ? L'idée ne t'a pas effleuré que tu pourrais me discréditer au plan professionnel et ruiner tout ce pour quoi je travaille depuis toujours ?

— Enfin, Dana, je me fous de ton travail : j'essayais de t'aider !

— M'aider ? M'aider à me faire virer ? M'aider à perdre toute crédibilité ? Je t'en prie, Logan, garde tes bonnes intentions pour toi ! Je n'ai pas besoin que tu m'aides. Je ne veux plus de ta protection.

Sa fureur était à son comble. Essoufflée de rage, elle ajouta :

— Demain, lorsque nous rentrerons à la maison, je veux que tu partes !

Logan se dirigea vers la sortie à grands pas.

— Bien, très bien.

Sur ces mots, la porte claqua derrière lui.

15.

C'était juste un mauvais rêve, songea Hallie. Pas des vraies voix. Elle s'étira, puis se recroquevilla sous ses couvertures pour retrouver le sommeil. Mais elle entendit de nouveau les voix, comme si des gens parlaient fort, très fort.

Des voix aussi fortes, ça faisait peur, la nuit. Elle s'assit dans son lit et se frotta les yeux. Les voix s'étaient tues, et c'était bien, sauf que maintenant elle avait une grosse envie de faire pipi.

Grâce à la veilleuse, elle voyait suffisamment clair pour aller aux toilettes. Elle allait descendre de son lit, quand elle entendit encore une fois les voix. Et si c'était la télévision ? Y avait-il une télé au chalet ? Elle ne s'en souvenait pas.

Elle tourna lentement la poignée de la porte. Peut-être que sa maman voudrait bien qu'elle dorme avec elle. Les mamans laissaient leurs enfants faire ça, quand ils avaient peur ou faisaient des cauchemars, et elle avait bien aimé, l'autre jour, quand sa maman était venue dormir avec elle.

Hallie se dépêcha d'aller jusqu'aux toilettes, parce qu'elle était pieds nus, mais elle entendit encore une fois les voix. Elles parlaient de plus en plus fort, comme si elles criaient.

Hallie commença à avoir mal au ventre, parce qu'il se passait toujours des choses graves quand quelqu'un criait.

C'est comme ça que les papas partaient.

Son ventre lui faisait de plus en plus mal et elle eut envie de retourner dans son lit pour dormir de toutes ses forces, pour que les voix en colère s'arrêtent. En regagnant sa chambre, elle vit ses parents, dans le salon, qui faisaient de grands gestes.

Ils avaient l'air vraiment en colère.

— Je veux que tu partes ! dit sa maman.

Hallie se boucha les oreilles et essaya de fredonner quelque chose pour couvrir leurs voix. Si elle ne les entendait plus, peut-être qu'il ne se passerait rien de grave. Peut-être que son papa ne partirait pas encore une fois.

Mais même en se bouchant les oreilles, elle les voyait toujours. Ses larmes commencèrent à couler, son nez aussi, et elle avait tellement mal au ventre qu'elle ne savait plus quoi faire. Elle se réfugia dans sa chambre et resta près de la porte. Pour arrêter les grosses larmes qui coulaient sur ses joues, elle posa ses deux mains sur sa bouche et essaya d'avaler sa salive.

Si elle pleurait trop fort, ils allaient l'entendre, et elle ne le voulait surtout pas. Elle n'était pas censée les avoir écoutés. La maîtresse disait que ce n'était pas bien, et si son papa savait qu'elle écoutait aux portes, il penserait qu'elle était vilaine et s'en irait. Mais elle ne savait pas quoi faire pour qu'on ne l'entende pas. Il fallait absolument trouver une idée.

Dana regardait Logan s'éloigner dehors. Dès l'instant où il avait passé la porte, elle avait été submergée par le regret. Elle se sentait plus seule que jamais.

En ce moment précis, elle avait soudain compris ce qu'elle

venait de perdre. Et, plus important encore, ce qu'ils avaient partagé : un passé, une amitié, de la tendresse, une parfaite entente physique. Ils ne formaient peut-être pas une famille idéale, mais ils avaient connu plus d'heures heureuses que bien des gens n'en connaissent dans toute leur vie.

En tout cas, c'était plus qu'elle n'avait à présent.

Comment pouvait-elle jeter tout cela au nom d'un rêve illusoire ? Jeune fille, à l'époque des espoirs et des rêves, elle avait pensé se marier avec quelqu'un qui la comblerait affectivement. Un homme qui l'adorerait, qui l'aimerait pour ce qu'elle était.

Elle avait compris depuis longtemps que ses rapports désastreux avec ses parents étaient ce qui l'avait poussée à réussir. Elle avait tout compris en découvrant qu'ils ne désiraient pas avoir d'autre enfant après Liz, à moins que ce ne fût un garçon.

Pas étonnant qu'elle ait toujours été reléguée au second plan. En apprenant la vérité, elle n'avait pas eu moins de mal à la digérer, mais elle avait cessé de s'en vouloir. Même après cette découverte, elle avait continué d'espérer trouver un jour cet être unique qui l'aimerait sans condition.

Logan n'avait jamais été cet homme-là. Ce n'était pas sa faute à lui. Il avait eu une existence toute différente, qui avait fait de lui ce qu'il était.

Telle était la vérité toute nue, qu'elle avait tant de mal à accepter depuis leur divorce.

Puis Logan était revenu, s'était installé chez elle et avait réveillé tous ses rêves de petite fille. Fallait-il qu'elle soit sotte ! Elle ne pouvait pas plus changer les sentiments de Logan à son égard que ceux de ses parents. Quand le comprendrait-elle enfin ?

Mais au-delà de ce qu'elle éprouvait, il y avait Hallie. Hallie avait besoin d'une famille. Dana voulait que Logan reste coûte que coûte. Elle était prête à oublier ses rêves s'il existait un moyen de recoller leur couple.

Néanmoins, les concessions auxquelles elle était prête n'étaient pas forcément compatibles avec ce que Logan accepterait de faire. Après une intense et brève réflexion, elle comprit qu'il fallait aller lui poser la question : pensait-il que les choses pouvaient encore marcher entre eux ?

Elle l'aimait, il aimait Hallie. Elle devait oublier son ego et sa fierté et lui poser la question, même s'il devait la rembarrer.

C'est alors que Logan rentra. Que se passait-il encore ?

Ils restèrent face à face un moment, attendant, se jaugeant. Puis tous les deux parlèrent en même temps.

— Excuse-moi.

Logan lui prit la main et l'entraîna vers le canapé, où il la fit asseoir.

— Il faut que nous parlions, et pas de notre boulot.

Etait-il parvenu aux mêmes conclusions qu'elle ?

— Dana, avant toute chose, je retire ce que je viens de dire. Je dois te parler de ton travail. Mais si je me le permets, c'est uniquement parce que je sais combien il compte pour toi. Je veux que tu saches que tu ne risques rien de ce côté-là. Ce que je vais te dire doit rester strictement confidentiel, d'accord ?

Elle hocha la tête, même si elle voulait uniquement parler de leur couple, pour savoir s'il leur restait une chance.

— SISI a infiltré un de ses agents au bureau du procureur.

— Quoi ?

— Je t'en prie, ne me demande pas de détails. C'est lui qui manquait à l'appel, tout à l'heure. Mais tout s'est éclairci entretemps et nous avons trouvé ce qu'il nous fallait. Je te promets que tu sauras bientôt le reste. Je ne peux rien te dire de plus pour le moment, mais sache que tu ne risques pas ta place. Je n'ai parlé à personne d'autre qu'à notre homme.

— Ma place… Ma place n'est pas aussi importante que tu le crois. Y a-t-il autre chose ?

— Il y a quelque chose de profond entre nous. Mais chaque fois que nous sommes ensemble, un phénomène survient qui échappe totalement à notre contrôle. Si nous voulons vraiment qu'Hallie ait une vie normale, il va falloir trouver ce que c'est. Nous devons reprendre notre vie en main.

Dana sentit son cœur bondir dans sa poitrine. Il était prêt à essayer encore une fois !

— Mais… comment pouvons-nous faire ?

— Je n'en sais rien, je ne sais pas exactement. Peut-être que si nous savions pourquoi tu travailles aussi dur… pourquoi tu tiens tant à être indépendante et à n'avoir besoin de personne…

— Besoin de personne ? Oh, Logan, toi qui me connais si bien, comment peux-tu dire une chose pareille ?

— Comment ? Parce que chaque fois que j'essaie de t'aider, tu me fais savoir on ne peut plus clairement que tu n'as besoin de personne. Tu mets un point d'honneur à tout faire toi-même, et à le faire mieux que les autres. Et je peux te dire que tu réussis brillamment.

Elle ne savait plus quoi dire. Son indépendance, elle croyait que c'était ce qu'il aimait en elle. S'il n'aimait pas cet aspect de sa personnalité, que pouvait-il donc aimer ?

— Si tu es heureuse comme cela, je devrais ne rien dire, étant donné que tu as atteint tous tes objectifs. Mais je peux te dire que je me sens affreusement seul auprès de quelqu'un qui n'a besoin de personne.

— Mais Logan, c'est toi qui a toujours tenu à rester libre… C'est toi qui as voulu vivre dangereusement, même si cela me faisait souffrir, même si cela impliquait que tu sois toujours parti et que notre vie en pâtisse. Le jour où je t'ai simplement dit — dans un moment d'exaspération, je l'avoue — que je préférais encore vivre seule que vivre avec un homme qui n'était jamais là, tu t'es empressé de prendre la porte.

— Dana, je voulais que tu aies besoin de moi. Pendant des années, j'ai attendu que tu me dises que je te comblais comme personne d'autre ne pouvait te combler. Je suis parti parce que tu voulais que je parte et parce que je me sentais... inutile. Tu imagines comme c'est dur, pour moi, d'admettre une chose pareille ?

Elle le dévisagea, stupéfaite. Comment avait-il pu penser qu'il lui était inutile ? Il ne pouvait tout de même pas avoir été aveugle à ce point ? Il savait forcément combien elle avait besoin de lui, combien elle l'aimait.

— Je... je ne t'aurais pas épousé si je t'avais trouvé inutile. Et à moins que j'aie fait une erreur toutes ces années, tu ne tenais pas à ce que je m'accroche à toi comme une naufragée.

— Il y a une différence entre s'accrocher à quelqu'un comme un naufragé et se suffire à soi-même. Mais, tu sais... je ne crois pas que nous parvenions à résoudre ce problème, ni même qu'il faille le résoudre. Ce que je veux, pour Hallie, c'est que nous arrivions à trouver un équilibre. Hallie a besoin d'être entourée. Elle a besoin de ses deux parents, et je pense que nous ne pourrons pas lui donner cela si nous passons notre temps à ruminer le passé. Je veux faire tout ce qu'il faudra pour qu'Hallie guérisse, et tant que ce ne sera pas chose faite, je ne t'embêterai pas avec le reste.

Dana se sentit brusquement épuisée, vidée. Elle se leva et lui tendit une main tremblante.

— Bien, faisons une trêve. Aidons Hallie et mettons de côté nos sentiments personnels. Je vais me coucher. Si tu veux, je prends des couvertures et je dors sur le canapé.

248

— C'est moi qui vais dormir sur le canapé. Je dirai à Hallie que je suis resté là pour m'occuper du feu.

— Bien, je vais te chercher des couvertures.

Elle se dirigea vers la chambre hébétée, désespérée, essayant de ne pas pleurer, de ne pas craquer, de trouver une raison pour mettre un pied devant l'autre. Il lui restait Hallie.

Elle se rendit dans la chambre de la fillette pour vérifier qu'elle était bien couverte, car il pouvait faire froid au petit jour.

Logan envoya son poing dans un coussin du canapé. Ils étaient parvenus à une solution qui ne le satisfaisait pas, mais il faudrait bien s'en contenter pour le moment.

— Logan ! Mon Dieu, viens vite ! Hallie !

Il rejoignit Dana en un clin d'œil.

— Elle est partie ! hurla Dana en se précipitant à la fenêtre ouverte. Hallie !

Puis elle se tourna vers lui, furetant du regard partout à la fois.

— Elle… elle est partie.

Ils inspectèrent ensemble le moindre recoin du chalet, placards compris, puis sortirent. Dana continuait d'appeler Hallie et ils se rendirent sous la fenêtre de la chambre. La moustiquaire était par terre, fendue en deux. De profondes empreintes étaient visibles dans la boue. Dana poussa un cri et chancela.

— Tiens-toi, dit Logan en la soulevant. Allons, viens. On rentre.

— Non ! Il faut la chercher. Ces empreintes ne sont pas les siennes : elles sont bien trop grandes. Quelqu'un l'a enlevée.

— Nous n'en savons rien, répliqua Logan.

Tous les sens en alerte, il savait qu'avant toute chose, il devait ramener Dana à l'intérieur.

— D'abord, il faut appeler de l'aide. Et nous devons faire attention à ne pas abîmer les indices.

— Les indices…

Une fois à l'intérieur, Dana s'assit sur une chaise de la cuisine et s'effondra sur la table. Logan appela la police sur son téléphone portable.

La ville la plus proche était un petit bourg à une quarantaine de kilomètres. Il devait y avoir un seul shérif, plus ou moins habitué aux enlèvements. Mais on pouvait toujours demander qu'un barrage soit installé sur la route principale.

Le policier de garde, si toutefois on pouvait nommer ainsi l'individu peu éveillé qui lui répondit, nota l'adresse et lui affirma que quelqu'un allait venir. Puis Logan appela Remy pour réunir une équipe. Aussitôt au courant, son associé se mit en action. Il leur faudrait une heure pour rejoindre le chalet, peut-être moins.

Logan raccrocha et se tourna vers Dana.

— Bien. Il va falloir que je te demande deux ou trois choses avant de lancer les recherches. Le temps est essentiel dans ce genre de cas, tout comme la préservation des indices. L'organisation est primordiale.

— Je me fous des indices ou de l'organisation. Je veux retrouver Hallie.

— C'est ce que nous voulons tous les deux, et si nous procédons correctement, nos chances de la retrouver saine et sauve n'en seront que plus grandes. Si elle a été…

Il s'interrompit, la gorge nouée. Il avait prodigué les mêmes conseils des dizaines de fois à des parents dont les enfants avaient été enlevés, à des épouses de dirigeants haut placés dont le mari avait été enlevé. A l'époque, il ne pouvait qu'imaginer leur terreur.

Maintenant, il savait ce que c'était.

— Si quelqu'un l'a kidnappée, il va sans doute nous contacter pour réclamer une rançon. Remy sera là dans une heure avec une équipe, et il a mis du monde sur l'étude de profils.

— Mais pourquoi quelqu'un voudrait-il enlever Hallie ? Pour quelle raison ? Ce n'est pas comme si…

Elle n'acheva pas, comme si elle entrevoyait soudain une foule de raisons qu'elle n'arrivait pas à nommer.

Logan connaissait ces raisons. L'argent, bien sûr. Sa famille à lui était immensément riche. Mais aussi la vengeance. Il connaissait deux ou trois individus qui avaient des raisons de lui en vouloir — s'ils arrivaient un jour à découvrir sa véritable identité. Il y avait aussi quelques centaines de criminels susceptibles de vouloir se venger de l'avocate qui avait mis fin à leur carrière, sans compter les amis mafieux de Lombard.

Il y avait aussi les autres possibilités, celles auxquelles il ne voulait même pas penser. Un pédophile, un tueur en série. Et aussi Jerrod, son ex-beau-frère. Qui savait ce qu'il cachait, sous ses dehors amènes ?

Mais Logan eut vite fait de réduire l'éventail des possibilités. Jerrod n'était pas un suspect plausible, à moins qu'il n'ait un mobile. Le scénario le plus probable, c'était que ceux qui voulaient retirer à Dana l'affaire Lombard avaient trouvé là un moyen de détourner son attention. Autrement dit, le coupable était Lombard ou son employeur, dont tout le monde savait qu'il s'agissait de Salvatore Leonetti.

— Et Jerrod ? demanda-t-il à Dana, juste par acquit de conscience.

— Jerrod ?

— Liz n'a-t-elle pas dit qu'il la harcelait ? Ne devait-elle pas avertir la police ?

— Elle pensait effectivement que Jerrod avait pu essayer de pénétrer chez moi pour la retrouver, et elle a dit qu'elle allait prévenir la police.

— Crois-tu que Jerrod capable d'enlever Hallie pour te punir d'avoir hébergé Liz ?

— Non. Il n'aurait pas pris Hallie. Je ne le crois vraiment pas.

Logan soutint son regard dans l'espoir de la calmer. On pouvait éliminer Jerrod. Il était capable de casser une fenêtre, mais n'avait aucun mobile pour enlever Hallie.

— Il est capital que tu m'écoutes, maintenant, et que tu fasses ce que je vais te dire, d'accord ?

— D'accord. C'est toi le spécialiste. Que faut-il faire ?

— Je vais te demander de faire des choses qui ne te plairont peut-être pas. D'abord, il faut que quelqu'un reste ici, au cas où on nous appellerait pour réclamer une rançon.

— Mais… comment…

— S'il y a un kidnappeur, il trouvera certainement un moyen de nous joindre. Une pierre entourée d'un message et lancée par la fenêtre, un appel sur le portable… Il faut absolument que quelqu'un reste ici, au cas où… Et aussi pour répondre aux questions de la police ou des agents de SISI. Et ce quelqu'un, c'est toi.

Elle ne le fusilla pas du regard, mais il n'aurait pas su dire si elle acceptait ces instructions. La demande de rançon était peu probable si la mafia était derrière cet enlèvement, mais il fallait envisager cette possibilité.

— Moi, je vais sortir voir si je trouve une piste. Je sais ce que je dois chercher, et je sais comment faire pour ne pas abîmer des traces.

— Bien. Et que dois-je faire, à part rester assise là et attendre ?

Logan compatissait de tout son cœur, sachant ce qu'il lui en avait coûté d'accepter. Accepter de ne rien faire était contre nature, pour elle.

— Rien d'autre, ma chérie. Tu attends les secours, et je te

tiens au courant dès que j'ai repéré la moindre piste. Quand ils arriveront, dis à mes hommes que je suis le plan A. Ils sauront quelle direction j'ai prise et ce qu'ils doivent faire.

Dana aurait préféré n'importe quoi plutôt que de rester assise à attendre, surtout seule. Mais Logan avait raison. C'était la première fois qu'elle le voyait à l'œuvre dans le cadre d'une affaire, et pour la première fois, elle comprenait combien son travail était difficile.

Pour lui, c'était chaque fois une question de vie ou de mort, et c'était à lui qu'on s'en remettait. Comment imaginer le fardeau que ce devait être, jour après jour, et ce qu'un tel travail devait exiger de lui ? Pourtant, il l'accomplissait avec un professionnalisme et une assurance parfaits.

Si quelqu'un pouvait venir à bout de cette affaire, c'était bien lui. Elle avait confiance en lui.

— Bien, je vais faire ce que tu m'as dit. Mais promets-moi de me laisser vous aider si l'occasion se présente.

Logan lui releva la tête et la regarda au fond des yeux.

— Absolument. J'ai besoin de ton aide. Désolé si je te donne l'impression de jouer les vedettes, mais je sais ce que je fais, et je le fais uniquement pour retrouver notre fille. C'est ainsi qu'il faut procéder.

— Va, et retrouve-la, je t'en prie.

Les mains tremblantes, l'estomac noué et le cœur battant, elle le regarda partir. Elle ne s'était jamais sentie aussi désemparée.

Néanmoins, elle faisait confiance à Logan pour essayer, par tous les moyens, de retrouver Hallie.

La demi-heure qui suivit lui parut une éternité. Une fois encore, elle inspecta les chambres, la salle de bains, les placards, à la recherche d'un indice. Que s'était-il passé, et à quel moment ? Depuis combien de temps Hallie avait-elle disparu ?

Cela ne pouvait pas remonter à plus d'une heure, une heure et demie, depuis la dernière fois qu'elle était allée vérifier que la fillette dormait bien.

Quand le téléphone sonna, Dana se jeta dessus, puis hésita. Et si c'était le ravisseur ? S'il appelait pour lui donner un ultimatum ? Affolée, elle répondit.

— Qui est à l'appareil ? demanda-t-elle d'une voix cassée.

Des bruits l'empêchèrent d'abord de reconnaître la voix de son interlocuteur. Puis elle reconnut Remy.

— Nous sommes dans l'hélico au-dessus de Fern Creek. Il nous faut des coordonnées pour atterrir. Je n'arrive pas à joindre Logan sur son appareil.

Remy lui expliqua que des véhicules les attendaient au sol. Il lui fallait donc aussi des indications pour rejoindre le chalet. Dana lui fournit toutes les explications, réconfortée de savoir que les experts de SISI seraient bientôt là. Elle n'était plus seule. Ils n'étaient plus seuls. Avec tout ce monde, on ne tarderait pas à retrouver Hallie. Mais pourquoi Remy n'arrivait-il pas à joindre Logan ?

Pour la première fois depuis très longtemps, elle récita une prière et promit de renoncer à tout ce à quoi elle croyait tenir, si sa fille lui était rendue et si Logan était sain et sauf.

Sans autre occupation que de ruminer toutes sortes d'idées noires, elle alla préparer du café dans la cuisine. Après avoir réapprovisionné le feu, elle alla boire son café dans la chambre d'Hallie. Les couvertures pendaient par terre, et ce fut alors, seulement, qu'elle remarqua que le sac à dos d'Hallie avait disparu.

Bizarre… Elle se précipita dans le placard. Pas de sac à dos. Elle essaya de se rappeler quels autres objets la fillette avait apportés avec elle, afin de voir ce qui avait disparu.

Pooka. Elle retrouvait pas non plus l'animal en peluche, ce qui rendait le mystère encore plus épais.

Quel ravisseur aurait pris le temps de remplir un petit sac et de s'assurer que sa victime emportait bien son doudou ?

Et si Hallie s'était enfuie ? Etait-ce seulement imaginable ? Non, pas en pleine nuit, dans les bois. Jamais Hallie n'aurait fait une chose pareille. D'ailleurs, tout s'était merveilleusement bien passé, depuis l'arrivée au chalet.

Restait que le sac à dos et le doudou avaient bel et bien disparu. Cela devait signifier quelque chose. Et si Hallie les avait entendus se quereller ? Cela pouvait-il l'avoir effrayée au point qu'elle s'enfuie ? C'était peu probable, surtout aussi tard dans la nuit. Et pourtant...

Aussi étrange fût-elle, cette éventualité lui rendit espoir. Si, pour quelque raison que ce fût, Hallie avait décidé de s'enfuir, cela écartait au moins la possibilité que quelqu'un cherche à lui faire du mal. Mais l'idée que la fillette soit perdue au milieu des bois était à peine moins effrayante.

Si seulement Logan pouvait appeler...

Un grand coup frappé à la porte la fit sursauter. Elle se précipita pour ouvrir.

— Sherif Beuler, madame, déclara un petit homme rond tout ébouriffé.

Il semblait avoir été surpris dans son sommeil et avoir dormi en uniforme.

— C'est ici qu'un enfant a disparu ? demanda-t-il en poussant son chapeau vers l'arrière de son crâne.

— Oui. Dieu merci, vous êtes là... Entrez.

Comme elle regardait derrière lui, le shérif reprit :

— Il n'y a personne d'autre, madame. Pas moyen de rassembler mes hommes dans des délais aussi brefs. Ils doivent tous être au ciné en ville, ou quelque chose comme ça. Je me suis dit que j'allais venir aux nouvelles pour voir ce qu'on peut faire.

Dana eut un instant de découragement. Mais une personne de plus, c'était mieux que rien.

— Voulez-vous bien me raconter ce qui s'est passé ?

— En allant voir si ma fille dormait bien avant d'aller me coucher, je me suis aperçue qu'elle avait disparu. Sa fenêtre était ouverte et la moustiquaire semble avoir été découpée. Le père de ma fille est actuellement en train de la chercher.

— Hum...

— Nous attendons aussi des renforts. Une équipe d'enquêteurs.

Troublée, Dana eut l'impression que cet homme ne leur serait absolument d'aucun secours.

— Des renforts, dites-vous ? Une équipe d'enquêteurs. Hum... Plutôt encourageant.

— Ecoutez, monsieur... shérif, il faut que je retrouve mon ma... le père de ma fille. Il faut que quelqu'un reste ici au cas où les enquêteurs arriveraient, pour leur dire...

Elle n'acheva pas car, visiblement, le shérif ne l'écoutait pas.

— Et puis zut !

Sur la table de la cuisine, elle trouva un papier sur lequel elle griffonna : « Dites aux enquêteurs qu'il faut suivre le plan A ». Puis elle fourra le papier dans la main du shérif, prit son manteau et sortit.

Au même moment, les phares d'un véhicule fendirent la nuit. C'était Remy. Soulagée, elle se jucha sur la plus haute marche de la terrasse pour attendre l'arrivée de la voiture, qui fut suivie d'une deuxième.

Aussitôt arrivés, six hommes descendirent des véhicules. Dana s'élança vers Remy.

— Dieu merci, vous êtes là !

Remy était en treillis et elle comprit, à la manière expéditive dont il la salua, qu'il était tout à sa mission, comme Logan.

— Plan A ! Logan m'a chargée de vous dire qu'il suivait le plan A.

Remy hocha la tête, puis désigna la voiture du shérif.

— Oublie-le. Il est à l'intérieur, probablement en train de dormir.

— Tu as eu des nouvelles ? Des coups de fil ?

— Rien.

Sur un geste de Remy, ses hommes se disposèrent en cercle autour du chalet.

— Je peux venir avec vous ? implora Dana.

Elle avait désespérément besoin de faire quelque chose. Du coin de l'œil, elle avisa l'un des hommes, un grand Black qui se dirigeait vers la forêt. Il lui rappelait terriblement quelqu'un.

— Que t'a dit de faire Logan ? répondit Remy.

— D'accord... Il m'a dit de rester ici au cas où on nous appellerait. Je sais qu'il a raison, mais je ne supporte pas de rester sans rien faire.

— Je comprends. Mais dans une situation comme celle-ci, il est primordial de suivre les instructions, comme les hommes de mon équipe.

Sur un autre geste de lui, ses hommes disparurent dans le bois.

— Il faut que j'y aille.

Sur ces mots, Remy partit dans la direction opposée.

— Remy, attends ! Tout à l'heure, en retournant dans la chambre d'Hallie, je me suis aperçue que son sac à dos et son doudou avaient disparu. Tu sais, ce vieux lapin pelé qu'elle a depuis sa naissance ? Cela ne signifie-t-il pas qu'elle s'est enfuie ?

— Elle a une raison de le faire ?

— Il se peut qu'elle nous ait entendus hausser le ton, Logan et moi. Je ne crois pas que cela soit une raison suffisante... Mais Hallie est bizarre ces temps-ci. En tout cas, je vois mal un kidnappeur emporter son sac à dos.

— En fait, un objet familier permet parfois de faire taire un enfant... Logan m'a dit qu'il y avait des empreintes.

Tous les espoirs de Dana s'évanouirent aussitôt.

— Nous allons la retrouver, assura Remy avant de disparaître à son tour.

Les nerfs à fleur de peau, Logan suivait les empreintes qui partaient du lac. Il était équipé d'une torche puissante et c'était la pleine lune. Il n'avait trouvé aucune empreinte, ni aucun autre indice donnant à penser que quelqu'un était retourné vers le lac. Il avait entendu l'hélico, quelques instants plus tôt ; ses hommes allaient se mettre au travail d'un instant à l'autre.

Soudain, un bruit, un claquement sur sa droite. Il braqua sa torche dans cette direction, pour voir un animal détaler dans les taillis.

Il s'arrêta un instant. De quel côté aller ? Fallait-il prendre le sentier menant à la route, ou bien le sentier envahi par la végétation qui menait au chalet le plus proche, à un kilomètre de là ?

Il choisit le premier. Le ravisseur avait dû venir en voiture et la laisser près de la route.

Difficile de se faire une idée de l'individu auquel ils avaient affaire. Le mode opératoire ne faisait pas penser à un professionnel, et ce n'était pas bon signe. Les professionnels faisaient cela pour l'argent ; on pouvait négocier avec eux. Les amateurs, en revanche, pouvaient paniquer, ils étaient plus nerveux, plus prompts à la violence. Le pourcentage de négociations réussies avec des kidnappeurs n'était plus le même dès lors qu'on avait affaire à des amateurs.

Le fait que des effractions aient été commises à leur domicile et au chalet écartait l'hypothèse du hasard. Et celui qui avait agi était aussi maladroit que Lombard. Le pire était donc à craindre. Il fallait rester concentré, suivre le plan, ne pas penser à cette fillette terrorisée — la sienne — qui était là, quelque part.

Il se dirigea vers l'autoroute et ne tarda pas à entendre le signal de Remy. Jamais il n'avait été aussi soulagé de savoir son camarade à proximité.

Puis des bruits, des cris, des coups de feu. En courant dans la direction d'où venaient les tirs, Logan vit une silhouette foncer à travers les buissons, dans sa direction.

Caché derrière un arbre, il attendit, le cœur battant. Quand l'inconnu fut à sa portée, il lui asséna un coup sur la gorge.

L'inconnu se plia en deux et tomba à genoux. Logan aurait pu le tuer, mais il n'y était pas allé trop fort car l'inconnu étant seul, il s'agissait certainement du ravisseur et lui seul pourrait leur dire où était Hallie.

L'inconnu se tordait de douleur par terre. Quelques instants plus tard, Remy rejoignit Logan.

— Salut, vieux. Alors, c'est ce gars-là que tu cherchais ?

— Salut, Remy.

En saisissant l'inconnu par le col, Logan remarqua qu'il portait un long manteau brun, comme une redingote de l'armée, qui ressemblait au manteau du type qu'il avait remarqué devant l'école. Fou de rage, il souleva le ravisseur.

Celui-ci portait un passe-montagne. Au moment où Remy allait le lui retirer, l'inconnu se mit à vomir à travers l'étoffe.

— Tu as intérêt à nous donner des réponses, quand tu

auras fini ! Et si tu as touché à un seul cheveu de ma fille, tu regretteras de ne pas être mort.

Quand le ravisseur eut fini de vomir, Remy lui arracha son passe-montagne et Logan lui éclaira le visage.

— Nom d'un… !

16

Dana tournait en rond sur la terrasse du chalet, attendant des nouvelles. Le shérif était reparti, prétendument pour réunir une équipe de volontaires. Elle attendait donc, tendant l'oreille au moindre bruit, espérant entendre le téléphone sonner ou voir Logan arriver avec leur enfant.

Si seulement les ravisseurs appelaient ! Au moins, cela lui permettrait de parler avec Hallie, de savoir qu'elle allait bien.

Heureusement que Logan était là… Elle pria pour qu'il retrouve Hallie, tout en se reprochant ce qui était arrivé.

Si elle avait trop attendu de la vie, consacré trop de temps à son travail ou accordé plus d'importance à certaines choses plutôt qu'à ceux qu'elle aimait, elle se promettait de changer. Au cours de ces deux dernières semaines, elle avait perdu sa fille par deux fois. Si Hallie lui revenait saine et sauve, jamais plus elle n'essaierait d'être tout à la fois.

Le « syndrome de Superwoman », c'est ainsi que Logan avait appelé cette maladie. Pas étonnant qu'il ait l'impression qu'elle n'avait pas besoin de lui : elle ne lui avait jamais donné l'occasion de penser le contraire. Et bien entendu, elle ne s'en était jamais rendu compte, occupée qu'elle était à se dire qu'elle pouvait tout assumer seule.

Alors que c'était impossible.

Or, si Logan, l'homme qu'elle aimait par-dessus tout, avait l'impression qu'elle n'avait pas besoin de lui, comment sa fille pouvait-elle se sentir aimée ? Combien de fois, depuis le départ de Logan, Hallie n'avait-elle pas demandé ce qui arriverait si elle faisait quelque chose de très mal ?

Hallie en voulait-elle à sa mère du départ de son père ?

La gorge nouée, Dana fondit en larmes.

Logan ne s'était pas trompé à son sujet. Il avait mis en plein dans le mille. Mais s'il ne l'aimait pas, qu'est-ce que cela changeait ? Serait-il resté marié avec elle sans amour, s'il avait su qu'elle avait besoin de lui ?

Qu'importait, à présent ? Il était trop tard pour eux deux. Mais pour sa fille, elle tenait à se corriger, si une deuxième chance lui était accordée.

Des bruits retentirent dans la forêt, en face d'elle, puis d'autres sur sa gauche. Des craquements de branches, des voix... Etaient-ce Logan et Hallie ?

Quatre hommes surgirent des bois. Elle reconnut parmi eux Logan et Remy traînant un individu vêtu d'un long manteau. Mais quand ils s'approchèrent, elle n'en crut pas ses yeux.

L'homme en question était frêle, ses cheveux blonds attachés en queue-de-cheval. A y regarder de plus près, ce n'était pas un homme, mais une jeune femme. Une adolescente.

Que faisait-elle à une heure pareille, seule dans ces bois ? Comme le groupe se rapprochait, Dana eut l'impression de l'avoir déjà vue. Mais où ?

C'était sans importance. Elle voulait seulement savoir ce qu'était devenue Hallie.

— Vous l'avez retrouvée ? Vous avez trouvé Hallie ?

— Demande-lui, répondit Logan.

— Que veux-tu dire ?

— Elle ne veut parler qu'à toi. Elle dit qu'à cause de toi, l'assassin de sa mère a été libéré sous caution.

— Quel est le rapport avec Hallie ? Vous l'avez retrouvée, oui ou non ?

Sa voix était de plus en plus perçante. On devait la prendre pour une hystérique, mais elle s'en moquait. Tout ce qui comptait, c'était de retrouver sa fille. Soudain, une odeur nauséabonde lui parvint, qui provenait de la jeune fille, et elle se couvrit le nez.

— Elle a vomi. Je l'avais prise pour un homme et je l'ai frappée à la gorge.

— Pourriez-vous m'expliquer de quoi il retourne ? demanda Dana à la prisonnière.

— C'est votre faute ! Maman est morte, elle ne reviendra plus jamais ! Vous avez laissé cet homme sortir de prison et il ne paiera jamais pour ce qu'il a fait !

Aussitôt, tout devint clair. Cette adolescente était la fille de la femme abattue par Lombard.

— Croyez bien que je le regrette, mais la libération sous caution est une procédure légale, décidée par le juge. Je ne pouvais rien faire pour l'empêcher. Quel est le rapport avec ma fille ?

— Vous ne savez pas ce que c'est de perdre quelqu'un qu'on aime ! Je voulais que vous sachiez ce que c'est !

Prise de panique, Dana jeta un regard désespéré à Logan, puis se tourna de nouveau vers la jeune fille.

— Que se passe-t-il ? Où est Hallie ? Que lui avez-vous fait ?

— Je n'avais pas l'intention de lui faire du mal. Je voulais seulement vous l'enlever un moment, pour que vous sachiez ce que c'est. Je pensais que, peut-être, vous remettriez cet homme en prison. Voilà. C'est tout ce que j'avais l'intention de faire.

La jeune fille fondit en larmes.

— Vous avez enlevé Hallie ! hurla Dana. Vous l'avez suivie, vous avez essayé de pénétrer chez nous pour l'enlever, tout ça pour que je voie ce que ça faisait ? Dites-moi immédiatement où elle est !

Logan l'écarta de la jeune fille, qu'elle avait saisie par le revers de son manteau. Cette dernière sanglotait.

— Calme-la, conseilla Logan à l'oreille de Dana. Dis-lui quelque chose qui lui donne envie de nous révéler où est Hallie.

La calmer ? Si c'était la conduite à suivre, pourquoi pas ? Dana se calma donc et s'adressa à la jeune fille.

— Je comprends, et je sais maintenant ce que vous ressentez. Je ferai tout ce qui est en mon pouvoir pour remettre cet homme en prison, définitivement cette fois. Je vous en fais la promesse.

Elle attendit un instant, pour observer la réaction de la jeune fille, qui semblait légèrement plus réceptive.

— Mais nous devons savoir où se trouve Hallie, avant que vous n'ayez des ennuis. Pourriez-vous me dire où vous l'avez emmenée ?

Comme le nez de la jeune fille coulait, Dana lui tendit un mouchoir. Remy lui lâcha un bras pour lui permettre de se moucher, ce qu'elle fit tout en parlant.

— Je... je ne l'ai pas enlevée. Quand je suis arrivée au chalet, elle était en train de sortir par la fenêtre. Elle m'a dit qu'elle voulait partir, je lui ai dit que j'allais l'aider. Comme ça, je ne faisais rien de mal, et vous alliez quand même souffrir...

Dana se retint de sauter sur la jeune fille et continua d'une voix calme.

— Je vous assure que j'ai compris ce qu'on ressentait. Pourriez-vous me dire ce que vous avez fait pour l'aider à s'enfuir ? Où l'avez-vous emmenée ?

— Dans la remise à bateaux, près du chalet, là-bas.

— Vous l'avez laissée là-bas toute seule ? intervint Logan.

La jeune fille hocha la tête. Dana allait partir en courant, mais Logan la retint.

— La voiture ! On ira plus vite.

— La clé est dessus, dit Remy en désignant sa voiture.

Lui laissant la jeune fille, Logan et Dana grimpèrent dans le véhicule. En chemin, ils aperçurent une voiture dans le fossé. Mais ils n'avaient pas le temps de s'arrêter pour regarder, et foncèrent jusqu'au chalet qui se trouvait à un kilomètre de là.

L'endroit était plongé dans le noir. Apparemment, les propriétaires n'y étaient pas venus passer le week-end. Dana et Logan s'élancèrent vers la remise. Dana tomba dans des buissons, trébucha sur des pierres, déchira son jean et se coupa à la cheville. Essoufflée, elle parvint enfin à la porte de la remise.

Elle était fermée à clé.

Mais une seconde plus tard, Logan l'avait défoncée et pénétrait comme un fou à l'intérieur avec sa lampe torche.

Tout d'abord, ils ne virent rien, et Dana eut la plus grande frayeur de sa vie.

Puis elle entendit des pleurs. Logan braqua sa lampe dans la direction d'où venaient ces bruits.

Il y avait une pile de couvertures dans un coin. En les soulevant, Dana découvrit Hallie.

— Oh, Hallie, Dieu soit loué !

Soudain, apercevant Logan, la fillette ouvrit de grands yeux.

— Papa ! Papa ! Tu es pas parti !

— Je suis là, ma chérie. Pourquoi croyais-tu que j'étais parti ?

— Parce que je t'ai entendu crier avec maman, et maman t'a dit de partir, comme l'autre fois.

Dana échangea avec Logan un regard horrifié.

— Mais… pourquoi t'es-tu enfuie ? demanda-t-elle.

— J'avais peur. Je voulais pas que vous m'entendiez pleurer, parce que vous auriez su que j'avais écouté aux portes, et papa serait sûrement parti.

Hallie les avait donc entendus se quereller. Dana essaya de se rappeler ce qu'ils s'étaient dit exactement, pour évaluer l'étendue des dégâts.

— Je veux pas que tu t'en ailles, papa. Je veux que tu restes.

L'enfant fondit en larmes. Dana essaya en vain de retenir les siennes. Ils avaient retrouvé leur petite fille saine et sauve.

— Pleure pas, lui dit cette dernière. J'ai pas eu si peur que ça. La gentille dame m'a donné son chapeau et son manteau pour que j'aie chaud en chemin. Après, elle m'a donné une couverture. Elle a dit qu'on allait jouer à cache-cache et que si je me cachais, papa et toi vous me retrouveriez. Vous avez fait exactement comme elle a dit. Tu sais, maman, j'ai essayé de pas avoir peur, mais comme elle revenait pas, j'ai quand même eu un petit peu peur.

— Oh, ma chérie ! C'est normal d'avoir peur et de le dire. Nous craignions tant qu'il ne te soit arrivé quelque chose et…

Les larmes furent les plus fortes, et Dana pleura ouvertement. Sa fille était saine et sauve.

Hallie tendit la main vers elle.

— S'il te plaît, pleure pas, maman. Ça me rend toute triste. Je voulais pas que papa s'en aille encore, c'est tout.

Ces mots heurtèrent Dana de plein fouet. Les jambes tremblantes, elle se raccrocha à Logan pour ne pas tomber. Hallie avait dit : « encore » !

Avait-elle entendu leur dispute avant qu'ils ne se séparent, un an auparavant ? L'avait-elle entendue dire qu'elle préférait vivre seule et que Logan ferait mieux de partir ? Pas étonnant qu'Hallie l'ait rayée de sa mémoire, si elle la croyait responsable du départ de son père.

Et pourtant, elle venait de l'appeler « maman ». Elle se rappelait enfin.

Logan l'attira contre lui avec Hallie.

— Tout va s'arranger, dit-il. Maintenant, rentrons au chalet pour que tout le monde cesse de s'inquiéter.

De sa petite main potelée, Hallie tapota la joue de sa mère et essuya ses larmes.

— Ça va aller, maman. Papa a dit que tout allait s'arranger.

De retour au chalet, et après avoir couché Hallie, il leur fallut encore une bonne heure pour régler les derniers détails. Le shérif avait emmené Carolyn, la jeune fille, pendant qu'ils se trouvaient au hangar. Apparemment, elle avait réussi à apprendre qu'ils étaient au chalet en racontant à Jillian qu'elle avait des informations importantes à communiquer à Dana au sujet d'un dossier. Puis elle avait obtenu de l'assesseur des informations lui permettant de trouver l'adresse exacte du chalet. La voiture qu'ils avaient aperçue dans le fossé était bien la sienne.

Dana apprit également que Gideon travaillait pour SISI. Le FBI avait demandé à l'entreprise une enquête indépendante afin de faire la lumière sur la corruption qui régnait au sein du gouvernement de l'Illinois et du bureau du procureur de cet État. L'influence de la mafia s'étendait loin dans le système judiciaire et allait de la manipulation des jurés aux dessous-de-table. Il s'agissait d'un dossier top secret, dont les détails seraient révélés ultérieurement.

David, lui, n'était impliqué dans cette affaire que depuis peu. La mafia le faisait chanter à cause de certains écarts dans sa vie privée, qu'elle menaçait de rendre publics, compromettant définitivement ses espoirs de devenir ministre de la Justice, à moins qu'il n'obtienne un non-lieu dans l'affaire Lombard.

Voyant ses espoirs de non-lieu compromis, Leonetti avait engagé quelqu'un pour tuer Lombard. Gideon, qui avait eu vent de la chose, avait fait mettre Lombard en sécurité en attendant le procès. Voilà pourquoi il avait momentanément disparu.

Lombard, visiblement moins stupide qu'on ne le croyait, avait conclu un marché : il avait échangé des informations permettant de faire tomber Leonetti en échange d'une peine de prison réduite, dans un établissement pénitentiaire sûr. Leonetti avait été arrêté sur-le-champ.

Apparemment, le fait que Dana ait refusé d'aller parler à Wellesy avait déclenché cette réaction en chaîne.

Elle ne risquait plus de perdre sa place, désormais, et pourrait briguer en toute tranquillité le poste de procureur de l'Illinois. Si elle gagnait contre Leonetti, ce qui était presque certain, vu les preuves dont elle disposait, l'affaire était dans le sac. L'ennui, c'est qu'elle n'était plus très sûre d'en avoir toujours envie. Il faudrait qu'elle prenne une décision.

Mais, pour l'heure, elle était horriblement fatiguée. Quand tout le monde fut parti, elle alla se coucher avec Logan, et Hallie entre eux deux. Comment expliquer à la fillette qu'il valait mieux que ses parents restent séparés ?

Bien sûr, ce n'était pas ce que Dana désirait, mais Logan n'avait plus abordé le sujet depuis la disparition d'Hallie. Sans doute attendait-il un moment où la fillette ne serait pas là pour les entendre.

De toute façon, que restait-il à ajouter ?

Le lendemain matin, Hallie était redevenue la petite fille qu'elle avait toujours été et semblait se souvenir de tout. Elle parla d'aller voir Chloé dès leur retour à Chicago.

Dana se félicitait de la voir rétablie. Logan, en revanche, l'intriguait. Il se conduisait comme si rien ne s'était passé, et le petit déjeuner se déroula comme d'habitude. Il joua avec Hallie, taquina Dana sur ses œufs mollets trop cuits, puis sortit en déclarant qu'il devait passer quelques coups de fil.

Quand ce fut chose faite, il revint et resta derrière Dana pendant qu'elle achevait la vaisselle du petit déjeuner. Hallie était partie ramasser une dernière fois des cailloux au bord du lac avant de partir.

— J'ai pratiquement fait affaire, concernant ma maison en ville. J'aimerais me poser un peu, et que nous envisagions la garde partagée.

Dana sentit une boule se former dans sa gorge. Elle s'était trompée en se croyant prête à affronter n'importe quoi. Elle se sentait plus seule que jamais.

— Très bien, dit-elle. Je vais faire les bagages.

Elle se rendit dans la chambre et s'allongea sur le lit. Qu'avait-elle espéré ? Que tout s'arrangerait, parce qu'Hallie avait recouvré la mémoire ? Que tout redeviendrait comme avant ? Après tout ce qui s'était passé, comment auraient-ils pu revenir en arrière ? Logan avait été on ne peu plus clair.

Elle l'aimait, et n'avait jamais cessé de l'aimer. Pour la première fois depuis très longtemps, elle laissa couler les larmes des regrets, elle qui croyait avoir déjà pleuré toutes les larmes de son corps.

Ses larmes taries, elle s'essuya les yeux et acheva les bagages. Rester digne, c'est tout ce qui lui restait.

Quand elle sortit de la chambre, Logan était devant la cheminée et lui tournait le dos. Elle s'arrêta un instant dans le couloir pour le regarder. Il semblait si solide et si fort, intérieurement et extérieurement.

Si seulement elle avait eu un peu de sa force…

Mais en vérité, sa propre force n'était que façade.

Le seul fait de l'admettre enfin lui donnait une détermination nouvelle. Oui, c'était bon d'admettre qu'elle avait besoin de lui, et elle se sentait plus forte parce qu'elle était enfin capable de l'avouer. Pour la première fois, son besoin d'être aimée ne lui apparaissait plus comme une faiblesse.

Si seulement elle l'avait compris quand il était encore temps ! Peut-être Logan ne l'aurait-il pas aimée comme elle le désirait, mais peut-être auraient-ils pu sauver leur couple.

Soudain, Logan se retourna, pâle, le regard désespéré. La disparition d'Hallie l'avait éprouvé autant qu'elle. Comment ne s'en était-elle pas rendu compte ? Comment n'avait-elle pas compris une chose pareille ?

Sans doute parce qu'il était le plus fort des deux. Il avait toujours été ce garçon décontracté et fonceur dont les forces semblaient inépuisables. Mais Dana comprenait soudain qu'elles ne l'étaient pas. Lui aussi avait besoin d'elle. Cette découverte soudaine lui fit regretter d'autant plus le temps, les espoirs et les rêves perdus.

Mais n'étaient-ce pas des larmes qui perlaient dans ses yeux ? Dana se précipita vers lui, pour lui apporter le réconfort qu'il lui avait dispensé de bon cœur.

— Logan, viens t'asseoir un instant près de moi, s'il te plaît.

Il s'exécuta, mais d'un air si absent, si abattu, qu'elle en eut le cœur serré.

— Je sais que cela n'a plus d'importance, mais il y a une chose que je dois te dire. Toute ma vie je me suis battue pour que mes parents aient de l'estime pour moi. Je crois que je pensais que la réussite me vaudrait d'être aimée comme je le voulais. Puis, au fil du temps, cette obsession de la réussite s'est confondue avec ma personnalité. Jamais je n'ai voulu te faire sentir que tu m'étais inutile. Tu étais si fort, et moi je me sentais si peu à la hauteur… J'aurais voulu que quelqu'un tienne à moi, sans être obligée d'être parfaite. Le jour où je t'ai rencontré, je suis tombée amoureuse. Je sais que tu m'as épousée uniquement parce que j'étais enceinte. Je sais que ce n'était pas ce que l'on avait prévu pour toi. Mais j'espérais de tout mon cœur que tu finirais par m'aimer.

Elle baissa les yeux, tordant l'ourlet de son chemisier. Sa voix, elle s'en rendait compte, tremblait autant que ses mains.

— Surtout, ne t'impute pas l'échec de notre mariage. C'est entièrement ma faute. J'en demandais trop et il fallait que je te le cache. Je… je regrette. Je regrette sincèrement…

Après une pause, elle se ressaisit.

— Bien, poursuivit-elle. Maintenant, dis-moi ce que tu veux concernant Hallie, et nous mettrons au point un arrange…

— C'est donc ce que tu croyais ? l'interrompit Logan.

— Comment ça, ce que je croyais ?

— Que je ne t'aimais pas ? Que je t'ai épousée parce que tu étais enceinte ?

— Ce n'était guère difficile à deviner.

Logan sourit d'un air incrédule, puis son sourire s'agrandit.

— Dana, oh, Dana… Je n'en crois pas mes oreilles ! Comment pouvais-tu ignorer que je t'admirais, pour ton intelligence, ton esprit, ton caractère fonceur ? Ta grossesse n'a fait que précipiter légèrement les choses.

Il avait parlé d'admiration, pas d'amour.

— Précipiter les choses ? Dis plutôt que cela a changé le cours de ta vie. Crois-tu que j'ignore qu'on t'avait promis une autre épouse ? Une épouse qui ferait meilleure figure dans ton monde, une femme… de ta caste.

Logan parut perplexe, puis hocha la tête.

— C'est ma mère, hein ?

— Je n'ai pas dit cela.

— Inutile. C'est vrai, mes parents avaient tout prévu et même choisi une fille qu'ils trouvaient parfaite pour moi. Mais tout est tombé à l'eau dès l'instant où je t'ai rencontrée… Sais-tu où ma mère est née, où elle a grandi ?

— A Philadelphie.

— Dans quel quartier ?

— Elle m'a dit que c'était non loin de l'endroit où Grace Kelly avait grandi…

— C'est dans le quartier sud de Philadelphie. Pas du tout du même côté que le quartier où a grandi Grace Kelly. A Little Italy, plus exactement. Dans le coin où Remy aime traîner.

— Je ne connais pas ce coin-là. A quoi cela ressemble-t-il ?

— Pas vraiment à un quartier chic ! Des rangées de maisons toutes mitoyennes, des vieux immeubles. Quelques-uns bien fréquentés, d'autres moins. Quoi qu'il en soit, ma mère aurait voulu naître ailleurs. C'est une snob, Dana. Elle voulait échapper à cette vie qu'elle jugeait indigne d'elle. Elle n'admettra jamais que ce passé l'a faite telle qu'elle est. Elle ne changera probablement jamais, mais ce n'est pas grave. Je n'ai pas besoin qu'elle change pour vivre ma vie comme je l'entends. Toi et moi, nous sommes tels que nous sommes. Et toi, tu es la femme que j'aime.

Avait-il bien parlé d'amour, cette fois ?

Logan lui prit les mains.

— C'est vrai, je t'ai admirée pour tes réussites, et même pour ta fichue indépendance. Mais toutes ces choses me tenaient à cœur parce qu'elles te tenaient à cœur. Toutes ces choses comptaient pour moi uniquement parce qu'elles comptaient pour toi.

Comme sa voix se cassait, il l'éclaircit avant de poursuivre.

— Celle qui est à l'intérieur, là, c'est elle que j'aime. J'aime ta tendresse, ta chaleur, ta manière de me regarder comme si j'étais un géant. Je t'aime, Dana. Et tu ne sais pas la meilleure ?

Elle secoua la tête en se mordant la lèvre, craignant d'ouvrir la bouche, de peur de ne plus pouvoir retenir ses larmes.

— Je t'ai aimée dès le premier instant, et je n'ai plus cessé depuis.

Il l'aimait ? Dana sentit son cœur s'envoler et, soudain, elle se sentit elle-même semblable à une géante.

Elle aurait aimé chanter, danser, rire et crier. Mais elle se contenta d'un petit rire étranglé et laissa couler quelques larmes de joie.

— Nous faisons vraiment la paire ! dit-elle enfin. Qu'allons-nous devenir, maintenant ?

Logan affichait un sourire radieux, riche des espoirs et de l'amour qu'elle sentait en son propre cœur.

— J'ai envie de ramener ma famille chez moi, Dana. De l'y ramener pour de bon. De vivre et de faire l'amour avec toi jusqu'à la fin de mes jours, pour le meilleur et pour le pire. J'ai envie de te montrer que je t'aime de mille manières différentes, et de pousser enfin la porte de notre chambre.

J'espère que tu t'en sens capable, parce que par-dessus tout, j'ai envie de t'épouser une seconde fois, Dana. Veux-tu m'épouser ?

L'émotion l'étouffait littéralement et elle ne put souffler que quelques mots.

— Oui... C'est oui.

Épilogue

Au printemps suivant…

Hallie rejoignit Dana en sautillant devant le miroir.

— T'es belle, maman. C'est pas grave si tu n'as pas de traîne.

Puis la fillette examina son propre reflet dans le miroir.

— Merci, ma chérie, dit Dana en ajustant une rose thé dans les cheveux de la fillette. Toi aussi, tu es belle. Je suis sûre que Chloé et toi allez nous voler la vedette.

Chloé, justement, passait sa tête par la porte de la chambre d'ami.

— Je crois que ta robe est encore plus belle que celles qu'on voit dans les magazines.

— C'est parce que ta maman m'a aidée à la choisir.

Les deux fillettes portaient la même robe de taffetas rose brodé de minuscules roses. Leurs paniers aussi étaient bordés de roses pâles assorties à celles de leurs cheveux.

Dana avait l'estomac noué. Un bref instant, elle regretta d'avoir accepté cette cérémonie. Elle aurait préféré un mariage secret, comme la première fois. Mais Logan avait insisté pour un mariage en grande pompe, puisqu'il ne l'avait pas fait la première fois. Finalement, ils s'étaient mis d'accord sur un mariage plutôt intime, dans leur jardin, avec parents et amis, sans montée à l'autel de la mariée et sans cadeaux.

Ils avaient tous deux invité leurs parents qui, surprise, étaient venus tous les quatre. Remy et Crystal étaient là avec leur progéniture, et Hallie était sous le charme des bébés. Dante, Gideon et Brody, les permanents de SISI, étaient venus aussi, mais sans compagnes. Dana avait toutefois remarqué qu'ils s'intéressaient beaucoup à Jillian et à l'unique autre célibataire présente, Liz. Elle comptait sur Logan pour les mettre au parfum concernant cette dernière, s'ils n'y voyaient pas clair par eux-mêmes. Liz pouvait être vraiment irrésistible, quand elle voulait...

Jillian arriva, dans un froissement de satin vert pomme.

— Les filles, il est temps de rejoindre tante Liz pour laisser Dana finir de se préparer.

Les fillettes parties, Jillian se mit à courir en tous sens, vérifiant la robe, les chaussures, le voile, les fleurs de la mariée.

— Bien, inutile de s'affoler. On s'est déjà occupés de tout. Les invités arrivent et... mon Dieu ! Je savais bien que j'oubliais quelque chose !

— Ce n'est pas moi qui suis nerveuse, Jillian. Du moins je ne l'étais pas avant que tu arrives. Veux-tu, s'il te plaît, t'asseoir quelque part et te détendre ?

— D'accord, mais je dois y aller dans quelques minutes. Laisse-moi vérifier ta coiffure. J'aperçois des mèches...

— Ma coiffure est parfaite. Tout est parfait. Si tu allais attendre avec les filles ? J'arrive dans une minute.

— Tu en en sûre ?

— Parfaitement.

Dana poussa doucement son amie vers la sortie.

— Je t'assure que je suis archiprête. Je te demande juste une minute, d'accord ?

Une fois seule, Dana contempla une dernière fois son reflet. Tout était vraiment parfait. Et chaque jour depuis que Logan l'avait redemandée en mariage, elle se réveillait émerveillée du tour qu'avait pris son destin.

Elle avait repris le travail, conclu un accord avec Lombard et espérait obtenir la condamnation de Leonetti. Tout le monde insistait pour qu'elle brigue le mandat de procureur de l'Illinois. Bizarrement, même si c'était le but qu'elle avait toujours voulu atteindre, elle y avait renoncé. Sa carrière, si épanouissante et importante soit-elle, ne passerait plus avant sa famille. Or, cette charge demandait plus de disponibilité qu'elle ne pouvait lui accorder pour le moment.

Logan et elle avaient jeté des bases nouvelles dans leur relation. Logan travaillait uniquement à l'échelon local et tenait à passer plus de temps avec Hallie. Et puis, songea-t-elle en effleurant son ventre, il fallait aussi penser au futur proche.

Quant à la porte de leur chambre, ils ne l'avaient pas encore franchie. Ils attendaient leur nuit de noce.

Ce soir.

Les premières notes de musique vinrent interrompre sa rêverie. C'était l'heure.

Si elle n'avait pas été nerveuse jusque-là, c'était maintenant chose faite. Lissant le devant de sa robe de satin blanc cassé, elle s'humecta les lèvres.

C'était le moment ou jamais.

Soudain, on frappa discrètement à la porte. En se retournant, elle découvrit Andrea Wakefield.

La mère de Logan était toute rose, comme si elle avait trop chaud ou venait d'éprouver une contrariété. Pourvu qu'elle ne soit pas venue gâcher cet instant ! Depuis que Logan lui avait révélé le passé de sa mère, Dana jugeait qu'ils pouvaient être heureux ensemble, même si Andrea Wakefield et les parents de Dana ne changeaient pas. Il fallait en prendre son parti.

Mais soudain, elle doutait.

— Oui, qu'y a-t-il, Andrea ?

Cette dernière semblait sur le point de faire ou de dire quelque chose, mais restait figée sans rien dire. Enfin, elle tendit une main tenant un écrin.

— J'aimerais que ceci soit pour vous.

Elle parlait sans chaleur, mais aussi sans son dédain habituel.

La musique jouait maintenant plus fort. Il était temps pour Dana de descendre. L'homme de sa vie l'attendait sous une treille fleurie qu'ils avaient installée eux-mêmes dans le jardin.

Mais Andrea semblait attacher de l'importance à sa démarche.

Dana tendit la main et Andrea lui remit l'écrin.

— C'est quelque chose d'ancien...

Dana ouvrit l'écrin d'un main tremblante. C'était un simple pendentif en diamant.

— Il était à ma mère.

— C'est magnifique, murmura Dana, les larmes aux yeux. Voulez-vous m'aider à le passer ?

— Avec joie, Dana.

Le pendentif au cou, Dana se retourna et embrassa sa belle-mère pour la toute première fois.

— Merci. Merci de m'avoir fait cadeau de votre merveilleux fils.

Chère lectrice,

Vous nous êtes fidèle depuis longtemps?
Vous venez de faire notre connaissance?

C'est pour votre plaisir que nous avons
imaginé un rendez-vous chaque mois
avec vos auteurs préférés, vos
AUTEURS VEDETTE dans les
collections Azur et Horizon.

Les **AUTEURS VEDETTE** vous
donneront rendez-vous pour de
nouveaux livres vedette.

Pour les reconnaître, cherchez
l'étoile... Elle vous guidera!

Éditions Harlequin

ROUGE PASSION

**De fiévreuses histoires
d'amour sensuelles!**

De provocantes histoires
d'amour passionnées et
romantiques qu'on lit d'une
seule traite. Aventureuses,
parfois humoristiques, et
sensuelles, elles mettent en
vedette des hommes et des
femmes d'aujourd'hui.

**ROUGE PASSION...
trois nouveaux titres
chaque mois.**

<u>COLLECTION HORIZON</u>

Des histoires d'amour romantiques qui vous mènent au bout du monde!

Découvrez la passion et les vives émotions qu'apportent à la Collection Horizon des auteurs de renommée internationale!

Captivantes, voire irrésistibles, ces histoires d'amour vous iront assurément droit au coeur.

Surveillez nos trois nouveaux titres chaque mois!

HARLEQUIN

COLLECTION
ROUGE PASSION

- Des héroïnes émancipées.
- Des héros qui savent aimer.
- Des situations modernes et réalistes.
- Des histoires d'amour sensuelles et provocantes.

LAISSEZ-VOUS TENTER
par 3 titres irrésistibles
chaque mois.

**69 L'ASTROLOGIE EN DIRECT
TOUT AU LONG
DE L'ANNÉE.**

(France métropolitaine uniquement)
Par téléphone 08.92.68.41.01
0,34 € la minute (Serveur JET MULTIMÉDIA).

Composé et édité par les
éditions Harlequin
Achevé d'imprimer en septembre 2006

BUSSIÈRE

GROUPE CPI

à Saint-Amand-Montrond (Cher)
Dépôt légal : octobre 2006
N° d'imprimeur : 61669 — N° d'éditeur : 12365

Imprimé en France